REGINE SEEMANN

Alsterschwan

TOD AN HALLOWEEN Die Kommissarinnen Stella Brandes und Banu Kurtoğlu werden zu einer Party in die Harburger Berge gerufen. Vor den Augen der schockierten Partygäste ist ein Jugendlicher tot zusammengebrochen. Es handelt sich um den lange vermissten Fynn. Seine letzten Worte lassen den Schluss zu, dass es eine Verbindung zwischen ihm und zwei anderen Siebzehnjährigen gibt, die unter ähnlichen Umständen verschwunden sind. Doch alle Versuche, Berührungspunkte zu finden, scheinen Stella und Banu eher von der Lösung des Falls wegzuführen. Als Banus Tochter Merve, die den Toten kannte, unbeabsichtigt in die Ermittlungen hineingezogen wird, gelingt ein entscheidender Fortschritt. Denn immer deutlicher wird, dass die furchtbare Geschichte eines in den 70er-Jahren abgebrannten Ferienheims in engem Zusammenhang mit der Aufklärung des Verschwindens der Jugendlichen steht.

Regine Seemann, 1968 in Hamburg geboren, lebt mit Ehemann, Sohn und einem Rudel Katzen nahe der Fischbeker Heide, dem südwestlichsten Teil Hamburgs. Sie hat Deutsch und Biologie auf Lehramt studiert und arbeitet seit mehreren Jahren als Schulleiterin einer Hamburger Grundschule, was ähnlich spannend ist wie Krimis schreiben. Ihr Interesse an der Geschichte ihrer Heimatstadt spiegelt sich in ihren Krimis wider, die neben der Handlung in der Gegenwart auch immer ein Stück Hamburger Vergangenheit aufgreifen.

www.regine-seemann.de

REGINE SEEMANN

Alsterschwan

Kriminalroman

GMEINER

Personen und Handlung sind frei erfunden.
Ähnlichkeiten mit lebenden oder toten Personen
sind rein zufällig und nicht beabsichtigt.

MIX
Papier aus verantwortungsvollen Quellen
FSC® C083411
www.fsc.org

Besuchen Sie uns im Internet:
www.gmeiner-verlag.de

Im Ehnried 5, 88605 Meßkirch
Telefon 07575/2095-0
info@gmeiner-verlag.de

2. Auflage 2021

Lektorat: Sven Lang
Herstellung: Mirjam Hecht
Umschlaggestaltung: U.O.R.G. Lutz Eberle, Stuttgart
unter Verwendung eines Fotos von: © Sergey Kelin / shutterstock.com
und © Tama66 / pixabay
Zitat auf S. 174: Droste-Hülshoff, Annette von: Gedichte. Stuttgart u. a.,
1844, S. 94. In: www.deutschestextarchiv.de/droste_gedichte_1844/108
Druck: CPI books GmbH, Leck
Printed in Germany
ISBN 978-3-8392-2687-2

Für meine Freundinnen Julia, Patricia und Sandra – seit frühester Jugend an meiner Seite. In guten wie in schlechten Zeiten.

PROLOG
21. OKTOBER 1969

Der Fotograf hatte das Wesentliche dieses schrecklichen Tages überaus nüchtern eingefangen. Wie zur Salzsäule erstarrt stand ihr Sohn neben ihr auf dem Schulhof und blickte angstvoll in Richtung seiner neuen Klassenkameraden, die bereits in Zweierreihen aufgestellt waren und bereit schienen, das Schulgebäude zu betreten. Seine kleine Hand krallte sich an dem Saum ihres Mantels fest. Sie erinnerte sich noch daran, wie sie Finger für Finger einzeln hatte lösen müssen.

Sie strich über die Fotografie, bedeckte die aufgeschlagene Seite mit dem pergamentartigen Deckblatt und schloss das Fotoalbum.

Anton fixierte sie. Seit mindestens zehn Minuten hatten sie kein Wort gesprochen. »Wir müssen jetzt eine Entscheidung treffen«, sagte er. »Es wird von Tag zu Tag schlimmer mit ihm.«

Das Baby schrie. Immer hatte es Hunger, Bauchschmerzen oder eine volle Windel. Ihr Erstgeborener war vollkommen anders gewesen. Als kleines Kind hatte er kaum etwas eingefordert. Die Probleme mit ihm waren erst später gekommen.

Mühsam drückte sie sich aus dem Sessel hoch. Ihr Körper hatte sich noch nicht vollständig von der schweren

Geburt erholt. Der Unterleib schmerzte und sie spürte einen leichten Schwindel.

Anton stand auf. »Ich sehe nach ihr. Und wenn ich wieder da bin, möchte ich von dir eine klare Antwort haben.«

Sie wusste, dass es keinen anderen Ausweg gab, als zuzustimmen. Seit Anton ihren Jungen vor zwei Tagen mit der Steppdecke an der Wiege hatte stehen sehen, die Augen dunkel vor Hass, hatte sie es gewusst. Das Verhältnis zwischen Anton und ihrem Sohn war immer schwierig gewesen. Ihr Ehemann hatte das uneheliche Kind, das Ergebnis eines feuchtfröhlichen Abends mit einem amerikanischen Soldaten und einer anschließenden nächtlichen Vergewaltigung, nie akzeptiert. Anton sprach häufig so, als würde sie ihm gehören, dabei war ihr Sohn zuerst da gewesen. »Du hättest ihn wegmachen lassen sollen«, seufzte er oft, nachdem wieder mal ein Streit eskaliert war. Vielleicht hätte sie das wirklich tun sollen. Aber sie wollte ihn damals unbedingt austragen, etwas für sich ganz allein haben, denn der Krieg hatte ihr alles genommen. Und am Anfang war es gut gewesen.

Aber nach und nach hatte ihr Sohn sich verändert. In der Schule saß er den größten Teil des Unterrichts unter dem Tisch. In den Pausen wurde er gehänselt und wusste sich nicht anders zu verteidigen, als andere Kinder zu schlagen. Irgendwann schlug er auch, ohne vorher geärgert zu werden.

»Verhaltensgestört«, hatte sein Klassenlehrer gesagt. Als dann Anton in ihr Leben trat, wurde es sogar schlimmer. Und nun hatte ihr Junge dem Baby etwas antun wollen, seiner Halbschwester. Warum zögerte sie also noch? Sie griff erneut nach dem Fotoalbum, das sie auf den Tisch neben sich gelegt hatte, und blätterte die erste Seite auf. Ein zahnloser Säugling lächelte sie an. Obwohl das Foto schwarz-weiß war, konnte sie sich noch genau an die Farbe des Strampelanzugs erinnern. Sie berührte das Foto und meinte, fast den weichen Baumwollstoff zu fühlen. Aber so niedlich und unschuldig würde ihr Sohn niemals mehr sein.

Sie mussten jetzt etwas tun. Wahrscheinlich würden sie ihm sogar helfen, wenn er in eine Erziehungsanstalt kam. Sie hatte einen Entschluss gefasst und das Aufstehen aus dem Sessel fiel ihr nun leicht. Das Fotoalbum an die Brust gedrückt, verließ sie das Wohnzimmer und stellte sich neben Anton, der ihre nun wieder schlafende kleine Tochter anlächelte. Eine Hand hatte er ausgestreckt und schaukelte die Wiege ganz leicht hin und her.

»Er wird gehen!«, sagte sie knapp.

SAMSTAG, 31. OKTOBER 2015

Solange die Zigaretten ihr nur schmeckten, wenn sie mehrere Gläser Alkohol intus hatte, musste Dita sich wohl keine Sorgen machen. Sie nahm noch zwei Züge und drückte die halb aufgerauchte Zigarette in dem großen LED-Pflanzgefäß aus, das neben der Terrasse stand. Die Blume darin sah so traurig aus, dass ihr das wohl auch nicht mehr schaden würde. Dann schlug sie ein Bein über das andere und zupfte noch ein bisschen an ihrem Rock herum, bis man die schwarzen Strapse sehen konnte. Ihr war sehr wohl bewusst, dass ihre lasziven Bewegungen niederes Instinktverhalten bei einigen Jungen provozierten, die links von ihr auf Picknickdecken über den Rasen verteilt saßen. Dita wurde von ihren Blicken regelrecht ausgezogen. Aus ihrer Perspektive sah man wahrscheinlich nicht nur ihre Strapse, sondern auch den roten Spitzenstring. Die Lichterketten mit kleinen Hexen, Totenköpfen und blinkenden Gehirnen hingen an den Holzsprossen der Pergolen, im Metallgeflecht der beiden Rosenpavillons und den Ästen der vielen Bäume im Garten der Warnckes und ließen das Fest eher nach einer Sommerparty aussehen.

Ditas spaßbefreiter Zwillingsbruder Theo, der natürlich nicht zu Jules Halloween-Party eingeladen worden war, hatte ihr Hexenkostüm von oben bis unten gemustert und gemurmelt: »Der modernen Hexe reicht wohl ein Besen zwischen den Beinen nicht mehr.« Dann war er in die Küche geschlurft, hatte sich Popcorn aus der Mikrowelle genommen und war in sein Zimmer zum Harry-Potter-Marathon zurückgekehrt. Obwohl sie sich vor gut siebzehn Jahren eine Gebärmutter geteilt hatten, gab es wohl kaum zwei Menschen, die unterschiedlicher tickten als Theo und sie.

»Die Zombie-Apokalypse naht«, faselte Pelle jetzt schon zum fünften Mal neben ihr und blies ihr seinen wodkaschwangeren Atem ins Gesicht. Seit Jule angekündigt hatte, an Halloween eine Party feiern zu wollen, hatte Pelle angefangen, sich einen Bart wachsen zu lassen wie der schweigsame Serienheld Daryl aus »The Walking Dead«. Denn er wusste, dass Dita den Schauspieler, der ihn verkörperte, momentan anhimmelte. Dita war allerdings geneigt, Pelle einen Lappen zu reichen, damit er sich den Kakao abwischen konnte, so lächerlich sahen die spärlichen Haare in seinem Gesicht aus.

Pelle war fast so unsexy wie Jules kleiner Bruder, der sich gerade hinter dem Rhododendron übergab. Wenn er wenigstens so einsilbig wäre wie sein großes Vorbild aus der Horrorserie. Aber wie in einer Endlosschleife sagte er immer wieder seinen Apokalypsenspruch auf.

Alles in allem sah Pelle eher aus wie die Minion-Version von Daryl auf dem Kaffeebecher, den ihre Freundin Donna ihr zu Weihnachten geschenkt hatte.

Dita warf einen Blick in Richtung John, den sie eigentlich mit ihrem Kostüm hatte beeindrucken wollen. Doch der starrte hartnäckig auf den Busen von Christin, die sich mit ihrer Version von Poison Ivy tatsächlich noch mehr getraut hatte als Dita. Als Dita gehört hatte, dass Christins Kostüm zum größten Teil aus Body-Painting-Farbe bestehen würde, hatte sie zum ersten Mal in ihrem Leben Petrus angefleht, er möge an Halloween Regen schicken. Es wurde jedoch das wohl wärmste und sonnigste Halloween seit Menschengedenken. Dita zuckte resigniert mit den Achseln und drehte sich von dem balzenden Paar weg. Gemäß dem alten Indianersprichwort – »Wenn du auf einem toten Pferd sitzt, solltest du lieber absteigen« – würde sie heute keine Flirtoffensiven in Richtung John starten, sondern sich nach anderen interessanten Typen umsehen.

Sie drückte Pelle ihr leeres Glas in die Hand. »Gin, bitte.« Sie konnte morgen ausschlafen. Ihre Eltern waren in den Urlaub gefahren und würden erst in zehn Tagen zurückkommen. Dita und Theo glänzten seit der ersten Klasse immer mit den besten Noten. Da konnten die Eltern auch mal in der Schulzeit ein paar Wochen wegbleiben. Selbst wenn es aufs Abi zuging.

Pelle sah sie mit glasigen Augen an und schulterte seine Spielzeugarmbrust. »Aber du weißt, dass die Zombie…«

»Zieh ab, Pelle. Und besorge mir den Drink.« Pelle schnalzte beleidigt mit der Zunge, verschwand dann aber mit Ditas leerem Glas, in dem noch die Eiswürfel klirrten.

Dita ließ den Blick über die Schar der Partygäste schweifen. Jede Menge Hexen, untote Krankenschwestern, Zombie-Cheerleaderinnen und schwarze Witwen, aber eben nur eine Poison Ivy. Sie schüttelte eine weitere Zigarette aus der Schachtel, als eine Gestalt auf sie zugewankt kam. Der Junge war in ihrem Alter, ihr jedoch völlig unbekannt. Er hatte sich unglaublich viel Mühe mit seiner Verkleidung gegeben. Zwar war es nicht so originell, als Zombie zu kommen, aber dafür hatte er sich mit der Schminke echt ins Zeug gelegt. Helles Kunstblut tropfte aus seiner Nase auf den sattgrünen Rasen, und es sah aus, als hätte er tatsächlich nur noch ein Auge. Dita ging auf den Jungen zu. Vielleicht war es interessant, mit ihm ins Gespräch zu kommen. Jemand, der so kreativ war, konnte kein Langweiler sein.

»Tolle Party, oder? Ich habe dich noch nie bei Jule gesehen.« Doch der unbekannte Junge sah mit dem einen Auge durch sie hindurch. Aus der leeren Augenhöhle lief eine gallertartige Masse. Der Zombie beugte sich vor, flüsterte Dita etwas zu und brach vor ihren Füßen zusammen.

Kriminalkommissarin Stella Brandes steckte in einem Gewissenskonflikt. Auf ihrer linken Schulter saß eine sehr schlecht gelaunte Mini-Version ihrer besten Freundin Bounty, die ganz in Schwarz gekleidet war und ein Gesicht machte, als wüsste sie alles besser. »Tu es nicht! Du weißt doch, wie es beim letzten Mal war. Ein Ehering ist wie eine Handschelle!« Auf Stellas rechter Schulter lag hingegen eine kleine Olivia hingegossen wie die Fruchtbarkeitsgöttin selbst. »Tu es«, hauchte sie Stella ins Ohr. »Ihr liebt euch doch. Zeigt es der ganzen Welt.« Stella fühlte sich zwischen ihren beiden Freundinnen hin- und hergezogen wie ein Knochen zwischen zwei Hunden. Letztlich musste aber Olivia gewonnen haben, denn nur Sekundenbruchteile später stand Stella in einem herrlichen elfenbeinfarbenen Brautkleid vor der Tür einer kleinen uralten Dorfkirche. Instinktiv wusste sie, dass sie sich in Schottland befand. Ihr Patenonkel Tristan hakte sie unter und würde gleich die Tür öffnen, um die Braut ins Kirchenschiff zu führen. Irritierend war nur, dass aus dem Inneren der Kirche nicht der Hochzeitsmarsch erklang, sondern die Titelmelodie der Serie »Game of Thrones« in der Version ihres Diensthandys. Und auch der Mann an ihrer Seite war nicht mehr ihr Onkel, sondern transformierte sich blitzschnell in Thorsten Fock, ihren Chef. Unwillig, aber auch ein wenig erleichtert, verließ Stella diese doch verstörende Traumkulisse und griff schlaftrunken nach ihrem Handy, das sie auf den Nachttisch gelegt hatte. »Wir haben einen toten Jugendlichen am Ehestorfer Heuweg in Hausbruch. Wann kannst du da sein?«

»Gib mir 60 Minuten«, sagte Stella und beendete den Anruf. Ungläubig blickte sie auf ihren Radiowecker. Es war erst 23 Uhr. Eigentlich viel zu früh für eine Tiefschlafphase.

Als sie die Bettdecke zur Seite schlug, um aufzustehen, knurrte ihr Kater Caveman, der immer an ihrem Fußende schlief, und öffnete unwillig seine bernsteinfarbenen Augen.

»Nun hör auf zu schimpfen«, flüsterte Stella und streichelte seinen Kopf. »Ich würde jetzt auch lieber liegen bleiben und schlafen. Allerdings frage ich mich gerade, was das für ein bescheuerter Traum war. Schließlich hat Jupiter mich nie gefragt, ob ich ihn heiraten will.« Sie schwang die Füße aus dem Bett und bekräftigte noch mal für sich: »Und das steht auch gar nicht zur Debatte.« Auf dem Weg ins Erdgeschoss griff Stella nach dem Bündel Kleidung, das sie sich immer zurechtlegte, wenn sie Bereitschaftsdienst hatte.

Noch ehe sie die erste Treppenstufe erreicht hatte, hörte sie das tiefe Schnarchen ihres Katers, der sofort wieder eingeschlafen war.

Der Schmerz begann wie immer in der rechten Schläfe mit einem fast zarten Pochen, das sich nach einigen Minuten in einen Trommelwirbel steigerte und auf den ganzen Kopf übergriff. Alexander Benner klappte seinen Laptop zu und stand auf, um sich einen Single Malt Whisky aus der Vitrine im Wohnzimmer zu holen. Diese goldene Flüssigkeit war die einzige Medizin, die Alexander akzeptierte. Denn sie bannte nicht nur den Kopfschmerz, sondern minimierte das verstörende Gefühl der Ungewissheit. Er hatte an jedem Abend die Macht zu entscheiden, ob er so viele Gläser trinken würde, um das unklare Schicksal seines Sohnes für einige Stunden ganz aus seinen Gedanken zu löschen. An den meisten Abenden entschied er sich jedoch dafür, zumindest bei Bewusstsein zu bleiben. Leise schloss er die Schiebetür, die zum Wohnzimmer führte, denn er wollte Diana nicht wecken. Sie lag mit angezogenen Knien auf dem Sofa. Ihr fein gemeißeltes Gesicht hatte sich im Schlaf entspannt, die Sorgenfalten auf der Stirn waren verschwunden.

Alexander nahm die dünne Fleecedecke von einem der Sessel und deckte seine Frau vorsichtig zu. Ihre Augenlider flatterten leicht wie Schmetterlingsflügel, sie wachte jedoch nicht auf.

An diesem Abend wählte er einen besonders torfigen Tropfen. »Uisge beatha«, flüsterte er und strich mit dem Daumen über das Etikett, »Das Wasser des Lebens.« Die Chance, dass sein Fynn noch am Leben war, schwand mit jedem Tag. Natürlich waren die Polizisten nicht müde geworden, ihnen zu erzählen, dass Jugendliche häufig von zu Hause ausrissen. Sie hatten nach seinen Schulnoten gefragt, ob er unglücklich verliebt war und ob er sich oft mit seinen Eltern stritt. Ja, er hatte in der letzten Zeit auch mal eine Fünf geschrieben, nicht immer seine Hausaufgaben gemacht und sich abends mit anderen Jugendlichen getroffen. Und wahrscheinlich hatte er ihnen nicht mehr alles erzählt, was ihn bewegte. Aber er hätte seine Eltern und den kleinen Chihuahua-Rüden Jojo nie aus eigenen Stücken verlassen. Der Hund war mittlerweile aus Fynns verwaistem Bett in das Ehebett immigriert. Und sie ließen es zu.

Heute war Halloween. Wie in jedem Jahr hatten unzählige Kinder an der Haustür geklingelt. Aber sie hatten nicht aufgemacht. Wollten die kleinen Geister nicht sehen.

Um 18 Uhr hatte Alexander die Klingel abgestellt. Er hatte seinen Laptop aufgeklappt und wie jeden Abend, seit Fynn verschwunden war, so getan, als müsse er noch arbeiten. Er liebte seine Frau, aber er wusste nicht, worüber er mit ihr reden sollte. Beide vermieden das einzige Thema, das momentan ihr Leben bestimmte. Diana hatte erleichtert genickt. Sie konnte sich denken, dass er nur auf den Bildschirm und die flimmernden Zahlen starrte, aber auch für sie war sicher alles besser, als mühsam ein Gespräch über ihren Sohn vermeiden zu müssen. Kurz darauf hatte Alexander gehört, wie sie den Fernseher angeschaltet hatte und einen Spielfilm laufen ließ, auf den sie sich genauso wenig konzentrieren würde wie er auf seine monatliche Bilanz.

Alexander schenkte sich ein zweites Glas ein und fühlte das wohlige Brennen auf der Zunge. Heute würde wohl ein Abend werden, an dem er alles vergessen wollte. Als er eine eiskalte Hand auf seiner Schulter fühlte, schreckte er so zusammen, dass er das Whiskyglas fallen ließ und sich eine goldene Lache auf dem Parkettboden bildete.

»Er hat uns ein Zeichen gegeben«, flüsterte Diana. Alexander drehte sich um und starrte in die weit aufgerissenen Augen seiner Frau. Sie rüttelte an seiner Schulter und bedeutete ihm aufzustehen. »Komm«, sagte sie, und er folgte ihr ins Wohnzimmer. Erst jetzt fiel ihm auf, dass Diana, die sonst immer fror, barfuß war.

Vor der Anrichte mit den vielen gerahmten Fotografien blieb sie stehen. »Es ist umgefallen. Eben gerade.« Ganz behutsam nahm sie einen schweren Silberrahmen in die Hand und stellte ihn wieder aufrecht hin. Auf dem Foto war ein pausbäckiger Fynn zu sehen, der sechs Kerzen auf einer Geburtstagstorte auspustete. »Auf einmal ist der Rahmen nach vorn gekippt. Ich habe ihn nicht angefasst.«

Alexander wies Diana nicht auf die Pfotenabdrücke hin, die eine geschwungene Linie durch den Staub hinter den Fotografien zogen. Der kleine Hund liebte es, auf die niedrigen Schränke zu springen und auf ihnen spazieren zu gehen. Bestimmt hatte er das Bild umgeworfen. Alexander wollte sich abwenden, aber Diana hatte ihre Hand in seinen Pullover gekrallt. »Es ist etwas passiert«, sagte sie. »Eine Mutter spürt das.«

Die Laufmasche im Strumpf wurde immer länger. Es gab viele Frauen, die ihre Nylonstrümpfe nur einmal trugen und dann in den Müll warfen. Aber Kriminalkommissarin Banu Kurtoğlu gehörte nicht zu ihnen. Kleinen Laufmaschen gebot sie normalerweise dadurch Einhalt, dass sie mit Nagellack die Löcher verschloss. Als sie sich vor circa einer Dreiviertelstunde anzog, um zu dem Fundort der Leiche zu fahren, musste sie wohl mit dem Fingernagel im Nylongewebe hängen geblieben sein. Und das einzige Kosmetikutensil in ihrer Handtasche war ein Lippenstift. Es war so viel einfacher, an kaputte Strümpfe zu denken als an tote Jugendliche, die im selben Alter waren wie ihre Tochter Merve. Aber dies war nun einmal ihr Job!

Resigniert seufzend stieg sie aus dem Auto aus und krempelte ihre Hosenbeine herunter. Vielleicht war es an der Zeit, dass auch sie damit anfing, getragene und kaputte Nylonsocken wegzuwerfen.

Bereits an der Gartenpforte begrüßte sie ein riesiger Frankenstein aus Pappmaschee, der wohl mit einem Bewegungssensor ausgestattet war und dumpf anfing zu lachen, als sie vorüberging.

»Amerikanischer Dreck«, fluchte Banu und beschleunigte ihre Schritte. Diese Halloween-Begeisterung nahm wirklich Überhand. Selbst in den Räumen der Mordbereitschaft 5 war man davor nicht sicher. Stella hatte vor zwei Wochen eine kleine Hexenpuppe auf ihren Schreibtisch gestellt, die jedes Mal anfing zu tanzen, wenn man in die Hände klatschte. Banu hatte darauf hingewiesen, dass sie den Adventskranz tolerierte, den ihr Chef Thorsten Fock immer am Freitag vor dem ersten Advent auf den Tisch im Besprechungszimmer stellte. Auch sagte sie nichts gegen das Lametta, das Stella kurz vor Weihnachten auf den Pflanzen, die auf der Fensterbank standen, verteilte. Aber Banu betonte, dass Halloween für sie nichts anderes als Kommerz sei und sie nichts davon an ihrem Arbeitsplatz sehen wolle. Beifall heischend hatte sie sich im Kreis ihrer männlichen Kollegen umgesehen. Da diese jedoch die nächste Viertelstunde damit beschäftigt gewesen waren, dümmlich grinsend in die Hände zu klatschen, hatte sie mit den Schultern gezuckt und auch die kleine Hexe toleriert.

Der lange, geschwungene Kiesweg über die Rasenfläche des Anwesens der Warnckes schien kein Ende zu nehmen. Banu erinnerte sich daran, dass sie vor fünf Jahren schon mal in dieser Gegend ermittelt hatten. Damals hatte sie der Fall Henning Manteuffel auf ein ähnliches Grundstück in Hausbruch geführt.

»Moin, Banu. Jetzt fehlt nur noch Stella«, begrüßte ihr Kollege Gunnar Müller sie. »Der Tote liegt dahinten. Seligmann ist schon dabei, ihn zu untersuchen.« Banu bahnte sich einen Weg durch eine Gruppe von weinenden Hexen, die sich an den Händen hielten. Der Nieselregen, der eingesetzt hatte, als sie ihr Auto verließ, wurde immer stärker. Ein Mädchen, dessen Kostüm wohl nur aus ein paar aufgemalten Blumenranken bestanden hatte, blickte quasi nackt und fassungslos auf ein Bündel Mensch herab, das zusammengekrümmt am Boden lag.

»Könnt ihr mal bitte einen von den Pavillons über dem Toten aufstellen?« Der Gerichtsmediziner winkte die Mitarbeiter der Spurensicherung zu sich heran. »Ich kann nicht viel sehen, wenn es anfängt in Strömen zu regnen.« Dann wandte er sich an Banu. »Und nimm bitte das Pflanzen-Mädchen aus dem Licht.«

Banu musterte die verwaschene Schönheit und fragte sich, ob es wirklich dem Geist von Halloween entsprach, sich als Blume zu verkleiden.

»Poison Ivy«, hauchte das Mädchen.

»Aus Gotham City.« Banu drehte sich um und sah ihre Kollegin Stella mit ausladenden Schritten über den Rasen auf sich zukommen. »Eine sehr aufregende und böse Figur im Batman Universum.«

Schüchtern nickte das Mädchen und lächelte Stella bewundernd an.

»Ich liebe diese Comics.« Stella legte Poison Ivy behutsam einen Arm um die Schultern und zog sie sanft aus dem Lichtkegel des von den Technikern aufgestellten Strahlers. »Haben Sie mit dem Toten gesprochen?«

Das Mädchen zuckte zusammen. Banu konnte seine Gedankengänge nachvollziehen. Dieser Junge war im selben Alter. Wahrscheinlich hatte er geflirtet, die Schule verflucht und ab und zu mal zu viel getrunken, genauso wie Poison Ivy. Und jetzt war er vor ihren Augen in Minutenschnelle gestorben, obwohl er eigentlich noch sein ganzes Leben vor sich hatte. Langsam schüttelte sie den Kopf und zeigte auf eine spärlich bekleidete Hexe, die selbstbewusst an der Miniversion eines mexikanischen Mayatempels lehnte und eine Zigarette rauchte.

»Es sieht so aus, als hätten fast alle weiblichen Halloween-Gäste ihre Kostüme in Sex-Shops auf der Reeperbahn zusammengesammelt«, flüsterte Banu ihrer Kollegin zu. Trotz des Dämmerlichts konnte sie sehen, wie Stella mit den Augen rollte.

»Nun sei doch nicht so spießig! Als was ist Merve denn gegangen?«

»Als Totengräber. Völlig harmlos!« Das war jedoch nicht die ganze Wahrheit. Das schnelle gemurmelte »Bis später« ihrer Tochter, als sie die Haustür aufgeschlossen hatte, um die Wohnung zu verlassen, hatte Banu misstrauisch gemacht. Sie hatte doch den Drang verspürt, Merves Kostüm noch mal in Augenschein zu nehmen, bevor sie in die Dunkelheit entschwand. Natürlich durfte Merve nur bis 22 Uhr wegbleiben. Sie war vor zwei Jahren von einem Auto angefahren worden und hatte mit zwei gebrochenen Armen, einem zertrümmerten Schlüsselbein und einer schweren Gehirnerschütterung fast ein Vierteljahr in Krankenhaus und Reha verbracht. Seitdem hatte Banu ständig Angst um sie. Auch wenn Banus Ehemann Tim nie müde wurde zu erwähnen, dass der Unfall auf dem Weg zur Schule passiert war und nicht im nächtlichen Hamburg, war Banu zu jeder Tages- und Nachtzeit in Sorge, wenn Merve sich außer Haus befand. Glücklicherweise hatten ihre Verletzungen keine bleibenden Schäden hinterlassen. Sie musste zwar ein Schuljahr wiederholen. Dies war jedoch nicht tragisch, da sie sowieso mit fünf Jahren eingeschult worden war.

Ein weiterer Grund, warum Merve heute früh zu Hause sein musste, waren die Vorabi-Klausuren, die nächste Woche anstanden. Merve sollte üben und konnte es sich nicht leisten, das ganze Wochenende verkatert im Bett zu verbringen. Ansonsten hätte Banu ihr eventuell erlaubt, noch eine Stunde länger wegzubleiben. Aber um mit ihren Freundinnen um die Häuser zu ziehen und bei Viktoria noch einen alkoholfreien Blutorangen-Cocktail zu trinken, würde die Zeit ja reichen. Und Banu könnte sich ganz beruhigt um 22 Uhr ins Bett legen, wenn ihre Tochter wohlbehalten zu Hause war.

Mit Entsetzen hatte Banu feststellen müssen, dass Merve, die bereits den Griff der Haustür heruntergedrückt hatte, aussah, als wäre sie auf dem Weg in ein Sadomaso-Studio. »Was soll das denn sein?«, hatte sie entgeistert gefragt. Das enge schwarze Spitzenröckchen endete weit über dem Knie, und an den unglaublich tief ausgeschnittenen Body hatte sie schwarze Tüll-Flügel angenäht.

»Ich bin ein Friedhofs-Engel«, hatte Merve fast schon bockig gesagt und die Augen mit den falschen Wimpern niedergeschlagen.

»So verlässt du nicht das Haus!«

»Ach anne, alle Mädchen haben sexy Kostüme. Viktoria geht als unartige Zombie-Krankenschwester und Nadine als Flaschengeist. Sie hat nur eine bunte durchsichtige Folie um und einen grünen Bikini drunter. Warum musst du dich wieder so aufregen?«

Banu hatte hörbar aus- und eingeatmet und ihren langen schwarzen Mantel von der Garderobe genommen. »Okay, ein Kompromiss. Du ziehst den Mantel über und gehst als Totengräber.« Widerwillig hatte Merve genickt. Banu war klar, dass der Mantel bei Viktorias Feier sofort an der Garderobe hängen würde. Aber immerhin hatte sie ihrer Pflicht als fürsorgliche Mutter Genüge getan. Als sich die Tür hinter ihrer Tochter schloss, hatte sie lächeln müssen. Es war gerade mal drei Jahre her, dass sie sich mit Merve gestritten hatte, weil diese von jetzt auf gleich ein Kopftuch hatte tragen wollen. Und nun konnte es auf einmal nicht freizügig genug sein.

Stella zog den Gürtel ihres Trenchcoats fester um ihre Taille, denn sie hatte das Gefühl, von einer Kältewelle erfasst zu werden, als sie die Zeugin musterte. Der Grund dafür war nicht das kurze durchscheinende Hexenkostüm, sondern der missbilligende Blick aus den eisblauen Augen, den die Hexe Banu und ihr zuwarf. Der sehr blasse Teint des Mädchens und ihre weißblonden Haare vertieften den unterkühlten Eindruck noch.

»Der Junge ist nun schon seit eineinhalb Stunden tot. Ich wollte schon längst zu Hause sein. Ich dachte, Bereitschaftsdienst heißt, dass man auch so bereit ist, nicht die halbe Nacht zu brauchen, um an dem Schauplatz eines Verbrechens zu erscheinen.«

Stella hob fragend eine Augenbraue. Offensichtlich hatten sie es hier mit einer sehr selbstbewussten Eishexe zu tun. Sie war jedoch nicht bereit, sich das Heft aus der Hand nehmen zu lassen, und überging die unhöfliche Bemerkung. »Brandes und Kurtoğlu, Mordkommission«, sagte sie und nahm den Anstarrwettbewerb mit der Blondine auf. Stella gewann, da die Hexe den Rauch ihrer Zigarette ins Auge bekam und blinzelte.

»Ich bin Dita von Ribbeck. Ich war Gast auf der Party, als der Junge angetorkelt kam und vor meinen Augen zusammenbrach.«

»Haben Sie ihn jemals zuvor gesehen?«

Langsam schüttelte die Zeugin den Kopf. »Er ist natürlich sehr verunstaltet. Eben wie ein Zombie. Deshalb dachte ich, dass er auch zu den Partygästen gehören würde. Aber aus unserer Schule ist er ganz definitiv nicht.« Sie drückte die Zigarette an der Backsteinmauer in ihrem Rücken aus und zündete sich eine neue an.

Da dies bei dem mittlerweile starken Regen ein schwieriges Unterfangen war, hielt Stella ihre beiden Hände schützend um die Flamme des Feuerzeugs. Das Mädchen nickte dankend. »Aber ich kenne ja nicht alle Leute, mit denen Jule befreundet ist.«

»Ich glaube, das klären unsere Kollegen gerade«, sagte Banu und blickte zu Gunnar, der einer weinenden Zombie-Pfadfinderin den Arm um die Schultern gelegt hatte. Armin Leitmeyr stand vor einem deutlich jüngeren Jungen, der wohl der Bruder der Gastgeberin war.

Banu blickte sich in der Menge suchend um. »Und wo sind die Erziehungsberechtigten?«

Stella merkte ihrer Kollegin an, dass sie höchst irritiert ob des Mangels an elterlicher Fürsorge war. Für Stellas Geschmack gab Banu ihrer Tochter, die im gleichen Alter sein musste wie die Partygäste, zu wenig Freiraum. Aber sie würde sich hüten, ihr das zu sagen. »Jules Eltern sind selber unterwegs. Ich glaube, passenderweise im Musical ›Tanz der Vampire‹. Die kommen heute Nacht irgendwann wieder zurück.«

Banu gab ein missbilligendes Grunzen von sich. Dita inhalierte den Rauch ihrer Zigarette.

»Jule hat sie zwar, kurz nachdem der Junge gestorben ist, angerufen, aber sie sind nicht ans Handy gegangen. Da werden sie sich aber wundern.«

»Ist Ihnen denn noch irgendetwas aufgefallen?«, fragte Stella.

Dita von Ribbeck runzelte die Stirn. »Bevor er hinfiel, hat er etwas gesagt. Irgendwie total sinnlos.«

Stella wurde hellhörig. Sie blendete das Geplapper der

Hexengruppe neben sich komplett aus. Eventuell kam jetzt der erste Hinweis in diesem Tötungsdelikt. »Ja?«

»Er sagte: ›Da sind noch andere. Vielleicht sind es Schwäne im Haus vom Nikolaus.‹ Wahrscheinlich war er auf Droge oder vor Schmerzen schon total wirr im Kopf.«

Banu blickte auf ihre Armbanduhr. Es war ein Uhr morgens. Sie hatten Jules Eltern erreicht. Sie waren natürlich völlig fassungslos und nun auf dem Weg hierher.

Ihr Chef unterhielt sich mit dem Rechtsmediziner Thies Seligmann, der über dem Toten kniete und dessen untere Augenlider herunterzog, um einen Blick auf die Schleimhäute zu werfen. »Wir nehmen ihn jetzt mit. Ich kann die genaue Todesursache hier nicht feststellen. Bei diesen Bedingungen kann doch kein Mensch arbeiten.« Er zeigte auf den beständig vom Himmel fallenden Regen und den aufgeweichten Boden unter dem Toten. »Ich lege ihn erst mal auf Eis und warte auf das grüne Licht zur Obduktion. Was ich jetzt schon sagen kann, ist, dass der Junge stark unterernährt und auf jeden Fall auch dehydriert war. Und er hat jede Menge Einstiche an den Armbeugen und Kniekehlen sowie viele Hämatome um die Einstichstellen herum. Schlimmer als bei einem Junkie. Außerdem noch einen tieferen Stich im Abdomen.«

»Aber die äußeren Verletzungen waren nicht die Todesursache?« Banu stellte sich interessiert zwischen den Rechtsmediziner und ihren Chef. Sie begeisterte sich sehr für die menschliche Anatomie. Da sie zudem noch über einen unsensiblen Magen verfügte, war sie auch meist diejenige, die den Obduktionen beiwohnte.

»Nein. Das Auge zu verlieren war natürlich äußerst schmerzhaft, es hat ihn jedoch nicht umgebracht. Und die gebrochene Nase auch nicht.« Thies Seligmann steckte das Thermometer in seine Tasche und stand auf. »Aber ich werde mich hier jetzt nicht auf wilde Spekulationen einlassen.« Der tote Junge wurde auf eine Trage gelegt und über die ausladende Rasenfläche davongetragen. »Wir sehen uns dann im Sektionssaal, Banu.« Der Rechtsmediziner winkte ihr zum Abschied zu. Ein wenig neidisch blickte Banu ihm hinterher. Jules Gästeliste war lang gewesen. Auf sie wartete in dieser Nacht noch jede Menge Ermittlungsarbeit.

SONNTAG, DEN 1. NOVEMBER 2015

Heute tanzte die kleine Hexe nicht. Es klatschte niemand in die Hände. Die Arbeit der Mordkommission war häufig belastend für die Mitarbeiter und führte sie an ihre Grenzen. Da es jedoch in diesem Fall um den Mord an einem Jugendlichen ging, wirkten Gegenstände, die gute Laune verbreiten sollten, hier momentan geradezu obszön. In einem unbeobachteten Moment griff Stella nach der kleinen Halloween-Dekoration und stopfte sie in die oberste Schublade ihres Schreibtisches. Dann nahm sie sich einen Kaffeebecher und folgte ihrem Chef in den Besprechungsraum. Die gestrige Nacht auf dem Anwesen der Warnckes war lang gewesen. Dennoch würde sie an diesem Sonntag nicht frei haben. Stella hatte bisher erst einmal mit dem Mord an einer Minderjährigen zu tun gehabt. Das fünfzehnjährige Mädchen war im Klövensteen, einem weitläufigen Waldstück im Westen Hamburgs, von zwei Reiterinnen gefunden worden. Der Täter hatte es vergewaltigt, ihm die Kehle durchgeschnitten und es dann liegen lassen wie ein Stück Müll. Sie hatten den Mord nicht aufklären können.

Banu riss kommentarlos das oberste Blatt des Flipcharts ab, auf das jemand einen Kürbis gemalt und »Happy Halloween« geschrieben hatte, und fing an zu schreiben. Da sie die Strukturierteste innerhalb der

Mordbereitschaft 5 war, war ihr Chef schon vor einiger Zeit dazu übergegangen, ihr den Part der Protokollantin in den Besprechungen zu überlassen. In Großbuchstaben schrieb sie den Namen »Fynn Benner« ganz oben auf das Blatt.

»Unsere Ahnung von gestern hat sich bestätigt. Dank der Recherchearbeit von Armin heute am frühen Morgen«, Banu nickte ihrem Kollegen zu, »ist es nun klar, dass es sich bei unserem Toten zweifelsfrei um Fynn Benner handelt. Fynn ist am 18. Oktober, also vor exakt zwei Wochen, im Stadtteil Groß Borstel verschwunden. Das letzte Mal wurde er von seinem Freund Fabian Schmidt gesehen, als er in den Bus gestiegen ist. Er sagte aus, einen anderen gemeinsamen Freund besuchen zu wollen, ist aber niemals dort angekommen. Es gab bisher keinerlei Hinweise auf eine Entführung. Fynn war siebzehn Jahre alt.« Banu listete die Fakten mit Spiegelstrichen untereinander auf.

»War er in irgendeiner Weise auffällig?« Gunnar hatte minutenlang schweigend durchs Fenster in den herabfallenden Regen gestarrt und drehte sich nun zu seinen Kollegen um.

Thorsten Fock wedelte mit einem Computerausdruck, schob seine Lesebrille nach oben und schüttelte den Kopf. »Ein ganz normaler Junge. Eher zu normal. Keine schlechten Noten, so gut wie nie in Streitereien verwickelt. Zumindest nach Aussage seiner Eltern.«

Stella hielt sich die Hand vor den Mund und unterdrückte ein Gähnen. Sie war um 4 Uhr morgens in ihr Bett zurückgekehrt und hatte zunächst die tote Maus entsorgt, die ihr jüngerer Kater Shir Khan ihr aufs Kopfkissen gelegt hatte. Sie hatte gehofft, dass sie müde genug sein würde, um noch einmal einzuschlafen. Aber Fynns letzte Worte hatten ihr im Kopf herumgespukt und den Schlaf vertrieben. »›Da sind noch andere. Vielleicht sind es Schwäne im Haus vom Nikolaus‹«, wiederholte sie.

»Ich würde das nicht zu ernst nehmen«, sagte Armin. »Seligmann hat gesagt, dass die Temperatur des Jungen noch sehr hoch war. Er hatte Fieber und hat halluziniert.«

Aber Banu schüttelte langsam den Kopf. »Das glaube ich nicht. Vielleicht ist Fynn extra einen langen Weg gegangen, bis er auf einen Menschen traf, dem er diese wichtige Nachricht überbringen konnte.«

Gunnar zog sein Smartphone aus der Tasche seiner Jeans und rief Google auf. »Der Schwan steht für Reinheit und Anmut«, sagte er. »Und in der Oper ›Lohengrin‹ spielt ein Schwan eine wichtige Rolle.«

Banu zeichnete den groben Umriss eines Schwans auf das Papier und fügte ein großes Fragezeichen hinzu. »Hamburg ist voller Schwäne. Die Schwäne auf der Alster sind so etwas wie Hamburgs gefiederte Wahrzeichen.«

Stella hatte ihre ganz eigenen Erinnerungen an Schwäne. Als sie ungefähr zehn Jahre alt gewesen war, war auch sie für ganz kurze Zeit vom Pferdevirus infiziert gewesen. Mit ihrer damals besten Freundin Ella hatte sie Reitstunden im Alten Land genommen, einem der weitläufigsten Obstanbaugebiete Europas. An den Wochenenden und in den Ferien hatten die Mädchen mit den Ponys kleine Ausritte über die Deiche und auf dem ausgedehnten Gelände der großen Aluminiumhütte in Moorburg unternehmen dürfen. Natürlich waren sie auch das eine oder andere Mal am Rand des Spülfelds entlanggaloppiert, obwohl es verboten gewesen war. Aber das hatte einfach zum »Bibi-und-Tina«-Feeling dazugehört. Das Alte Land war voller Gräben, die die Landschaft wie schnurgerade Kerben durchzogen. Und eines Tages hatte ein junger Schwan in einem der Gewässer gesessen. Und zwar genau in dem Graben, den die Reiterinnen immer hatten passieren müssen, um in ihr schönes Ausreitgelände zu gelangen. Da der junge Vogel sich offensichtlich von den Mädchen und den Ponys bedroht gefühlt hatte, hatte er stets ein gefährliches Schnarren von sich gegeben, im Wasser geräuschvoll seine beachtlichen Flügel ausgebreitet und Anstalten gemacht, den Graben zu verlassen, um auf die für ihn vermeintlichen Angreifer loszugehen. Die Ponys, ihres Zeichens Fluchttiere, hatten immer wieder auf dem Absatz kehrtgemacht, gebockt oder waren gestiegen, wenn sie an dem halbstarken Schwan vorbeigehen sollten. Dieses Spiel war so lange gegangen, bis Ella von ihrem Pony gefallen war und sich dabei den Arm gebrochen hatte. Der Betreiber der Reitschule hatte den Schwanenvater, der sich um Hamburgs über hundert Alsterschwäne kümmerte, um Hilfe gebeten. Zu Stellas großer Überraschung war dieser völlig furchtlos auf das große Tier zugegangen und hatte gesagt: »Hansi, du musst doch nicht so einen Quatsch machen.« Dann hatte er ihm ein Toastbrot hingehalten, den rechten Arm unter den Körper des Schwans gesteckt, mit der anderen Hand den langen Hals genommen und ihn ohne jegliche Gegenwehr in einen Haustiertransportkasten bugsiert. Stella hatte sich gewundert, woher der Schwanenvater wusste, dass der junge Schwan Hansi hieß. Kurz darauf hatte sie erfahren, dass er alle Schwäne so nannte. Seit dieser Zeit hatte Stella den allergrößten Respekt vor Schwänen. Ihre Begeisterung für Pferde hingegen war kurze Zeit später erloschen.

Nun versuchte sie jedoch sowohl ihre Erinnerungen als auch die Stimmen ihrer Kollegen aus ihrem Kopf auszublenden. Sie hatte das Gefühl, der Fokus wurde gerade falsch gelegt. Die ganze Nacht hatte sie über Fynns letzten Worten gegrübelt, aber nun war ihr relativ klar, was zumindest der erste Teil der Nachricht bedeuten sollte. »Lasst doch erst mal den Schwan. Fynn wollte uns sagen, dass noch andere Menschen in Gefahr sind. Möglicherweise werden noch weitere irgendwo gefangen gehalten. Vielleicht auch Kinder oder Jugendliche.« Sie blickte Banu an, die ihre Gedanken sofort erfasst hatte.

»Du denkst an Fenja und Yannick!«

»Ja, sie sind beide seit einiger Zeit spurlos verschwunden und im gleichen Alter wie Fynn.«

Banu schrieb »Fenja Baldrum« und »Yannick Berg« auf das Blatt Papier und unterstrich die Namen doppelt.

Auch ihr Chef schien mittlerweile verstanden zu haben, was Stella meinte. »Armin, du kümmerst dich um die Vermisstenanzeigen. Vielleicht gibt es aktuell noch mehr vermisste Jugendliche in Hamburg und Umgebung, die zu einem ähnlichen Zeitpunkt verschwunden sind wie Fynn. Und drucke uns noch mal die Infos über Fenja und Yannick aus. Falls Stella mit ihren Vermutungen recht haben sollte, ist hier höchste Eile geboten. Die Kollegen haben zwar schon versucht, die Fälle irgendwie in Verbindung zu bringen, aber vielleicht sind Fynns letzte Worte ja der erste Hinweis. Gunnar und Stella, ihr fahrt noch mal zurück nach Hausbruch und befragt die Nachbarn der Warnckes. Jule sagte gestern, dass die meisten etwas betagter sind. Ihr macht von uns allen den seriösesten Eindruck. Und Banu und ich überbringen den Eltern von Fynn die traurige Nachricht. Wir beide sind alt und empathisch.«

Stella blickte ihre Kollegin an, die den Edding aus der Hand legte und ihrem Chef einen beleidigten Blick zuwarf. Auch Armin sah ihn fragend an.

»Dein Akzent weist dich zu deutlich als Süddeutschen aus, Armin. Viele ältere Hamburger sind den Bergvölkern gegenüber skeptisch. Deswegen bleibst du hier und erledigst den Papierkram.« Immerhin hatte jetzt jeder eine Aufgabe.

Der kleine Mops hatte nur einmal kurz den Kopf gehoben, als Angela Frieling mit der Leckerlidose geklötert hatte. Normalerweise veranstaltete er sofort einen Freudentanz um die Beine seiner Besitzerin und gab erst Ruhe, wenn mindestens eine Leckerei in seinem Maul verschwunden war. Heute jedoch hatte sie ihn sogar dazu überreden müssen, sein Körbchen zu verlassen, um draußen pinkeln zu gehen. Als die Haustür aufging, hatte er sie aus sehr angstvollen Glupschaugen angesehen und ganz schnell sein Bein im vorderen Beet gehoben. Als sie nach der Leine griff, um für sein größeres Geschäft einmal die Straße auf- und abzugehen, hatte der Mops sie angeknurrt und war sofort wieder in seinem Körbchen verschwunden.

»Es ist, als ob Werther sich die Bettdecke über den Kopf ziehen wollte«, seufzte Angela und blickte vorwurfsvoll zu ihrem Mann, der wie immer im Sessel saß und Zeitung las, als wäre alles ganz normal.

»Er hat halt einen schlechten Tag«, murmelte Siegfried, sah jedoch nicht von seiner Lektüre auf.

Angela schüttelte verärgert den Kopf. »Er benimmt sich schon seit heute Morgen so komisch. Du weißt ja, ich habe kein Auge zugetan, weil er gestern die halbe Nacht draußen war. Bestimmt hat er etwas erlebt, was ihm Angst gemacht hat.«

Siegfried erhob sich ächzend aus dem Sessel und ging zu der zierlichen Anrichte aus dunklem Mahagoni. Er öffnete eine Schublade und nahm seinen Pfeifenbeutel heraus. Es hatte einmal eine Zeit gegeben, da hatte Angela den Pfeifenrauch gemocht und vor allem den Geruch des würzigen Tabaks begeistert eingesogen. Doch in den letzten Jahren wirkte alles, was ihr Mann tat, irgendwie abgestanden. So wie er selbst. Er war kein schlechter Ehemann, aber während Angela sich die Mühe machte, doch noch ein paar Jährchen von ihrem Äußeren wegzuschummeln, nahm Siegfried sein Alter einfach hin. Inklusive der Haare, die mittlerweile aus seinen Ohren wuchsen, und der Spreckrollen, die sich auf den einst so straffen Bauchmuskeln festgesetzt hatten.

»Dann muss er eben das nächste Mal hören, wenn man ihn ruft. Ich habe mir gestern Abend die Kehle aus dem Hals geschrien, konnte aber nur noch sehen, wie sein kleiner Hintern auf dem Grundstück der Warnckes verschwand.« Siegfried stopfte seine Pfeife und sah seine Frau mit schief gelegtem Kopf an. »Vielleicht ist ihm das ja eine Lehre.«

»Als ob Hunde das reflektieren könnten«, zischte Angela. Dann ging sie zu dem Hundekörbchen und kniete vor dem kleinen Mops, der den Kopf auf die Pfoten gelegt hatte und laut seufzte. »Er wirkt verängstigt und deprimiert. Bestimmt ist ihm auf der Feier von Warnckes Tochter was passiert. Oder er hat irgendetwas Unheimliches gesehen.« Sie fuhr mit der Hand über den Kopf des Hundes. »Oder meinst du, dass er vielleicht sogar den Mord gesehen hat?«

Wie alle ihre Nachbarn waren natürlich auch Angela und Siegfried heute Morgen in heller Aufruhr gewesen, als sie von den schrecklichen Vorgängen auf Jule Warnckes Halloween-Party gehört hatten.

»Papperlapapp! Du willst doch nur wieder mit ihm Dr. Mohr besuchen. Der Mann, der mit den Hunden spricht. Ich weiß etwas Besseres. Wir nehmen Werther unter den Arm, setzen uns ins Auto und machen einen schönen Spaziergang im Rosengarten. Das bringt ihn bestimmt auf andere Gedanken.«

Angela zuckte resigniert mit den Achseln. Ein bisschen recht geben musste sie Siegfried schon. Dr. Mohr war Seelentröster für Mensch und Tier. Und ihm wuchsen noch keine Haare aus den Ohren.

•

Banu klopfte energisch an die Tür. Sie hatte schon mehrfach auf den Klingelknopf gedrückt, aber die Klingel war offensichtlich kaputt oder ausgestellt. Auf der Fahrt zu den Benners hatten weder Thorsten noch sie viel gesprochen. Angehörigen eine Todesnachricht zu überbringen gehörte genauso zu ihrem Job wie der Blick auf die Leiche selbst. Aber Eltern sollten ihre Kinder nicht überleben müssen. Aus den Aufzeichnungen wusste Banu, dass Fynn Benner Einzelkind gewesen war. Das bedeutete, dass Alexander und Diana Benner ab jetzt keine Eltern mehr waren. Und da sie beide bereits Anfang 40 waren, würde es zumindest nicht mehr ganz einfach sein, es noch mal zu werden. Sie würden die Entwicklung ihres Sohnes vom Teenager zum Mann nicht mehr erleben und niemals Enkelkinder im Arm halten können. Für sie würde Fynn immer 17 Jahre alt bleiben. Ihr Chef und sie waren auf dem Weg, gleich den letzten Faden der Hoffnung zu kappen, an den die Benners sich möglicherweise noch geklammert hatten. Banu überlegte, dass ihr diese Aufgaben immer schwerer fielen, je älter sie wurde. Es war keine Routine, die sich irgendwann einschlich wie das Beobachten der Handgriffe des Rechtsmediziners, der ein Y in einen Torso schnitt, die Schwarte von der Kopfhaut hochklappte oder Organe entnahm und wog. Am Anfang ihrer Tätigkeit als Mitarbeiterin der Mordkommission hatte sie vor Obduktionen nie etwas gegessen, da ihr dabei meist so übel wurde, dass sie Angst hatte, sich erbrechen zu müssen. Nun jedoch könnte sie sogar ein Brot essen, wenn dies im Sektionssaal erlaubt wäre.

Aber dieses Gespräch würden sie wohl verschieben müssen, denn die Benners schienen nicht da zu sein. Banu spürte eine spontane Erleichterung, war sich jedoch sicher, dass dieses Gefühl nicht lange vorhalten würde, denn unangenehme Dinge brachte sie lieber möglichst schnell hinter sich. Als sie sich gerade entfernen wollte, hörte sie das Klimpern eines Schlüssels und die Haustür der Benners öffnete sich einen Spalt. Banu straffte ihre Schultern und spürte die Hand ihres Chefs in ihrem Rücken. »Ich gehe vor«, sagte er.

Der Mann, der ihnen durch den Türspalt entgegenblinzelte, wirkte verschlafen, machte jedoch den Eindruck, als hätte er mit dem Besuch der Polizei gerechnet. Er warf auch nur einen sehr flüchtigen Blick auf die Ausweise von Banu und Thorsten Fock, bevor er sie ins Innere der Wohnung bat. Banu, der von ihrer Familie ein Reinlichkeitsfimmel nachgesagt wurde, fiel sofort auf, dass hier lange keiner mehr Staub gesaugt oder gewischt hatte. Die Luft in der Wohnung wirkte, als wäre mehrere Tage nicht gelüftet worden. Der Geruch von ungewaschenen Körpern mischte sich mit dem von Alkohol. Außerdem roch es durchdringend nach Hund. Alexander Benner strich sich mit der Hand über seinen Dreitagebart und murmelte, dass die Putzfrau krank sei. Banu wusste jedoch, dass Menschen, die lange in Ungewissheit lebten, sich meist entweder ganz gehen ließen oder sehr bewusst versuchten, den Schein der heilen Welt aufrechtzuerhalten. Als sie sah, dass die Pflanzen auf der Fensterbank verdorrt waren und auf dem Parkettboden eine gelbliche Pfütze, wahrscheinlich Urin von dem bereits hier vermuteten Hund, vor sich hin trocknete, zählte sie die Benners ganz klar zur ersten Kategorie. Im Türrahmen zur Küche erschien eine blonde Frau, die sich als Diana Benner vorstellte. Vor Fynns Verschwinden war sie wahrscheinlich attraktiv gewesen. Die blutunterlaufenen Augen hatten jedoch jeden Glanz verloren. Das kurzärmelige, geometrisch gemusterte Baumwollkleid, völlig unpassend für diese Jahreszeit, hing an ihr wie ein Sack. Sie leckte sich mit der Zunge über die aufgesprungenen Lippen.

»Sie kommen wegen Fynn, oder?«, fragte sie.

Thorsten Fock nickte und setzte sich, ohne dazu aufgefordert worden zu sein, auf einen der Esszimmerstühle. Banu tat es ihm gleich. Auch die Benners nahmen Platz. Dabei hielten sie sich an den Händen.

»Wir müssen Ihnen leider mitteilen, dass Ihr Sohn mit sehr großer Wahrscheinlichkeit nicht mehr am Leben ist.« Banu war auf alles gefasst. Nach einer solchen Nachricht agierten Menschen nicht nach einem vorgegebenen Schema F. Sie bemerkte, dass Alexander Benner unter dem Tisch die Hand seiner Frau drückte. Diese Berührung ging wie ein elektrischer Impuls durch Diana Benner, die sich plötzlich aus ihrer gekrümmten Haltung aufrichtete.

»Ich habe es dir gesagt, Alexander. Er hat uns ein Zeichen gegeben.« Dann sackte sie wieder in sich zusammen und fing an trocken zu schluchzen.

Banu stand auf und legte der weinenden Frau eine Hand auf die Schulter. »Sollen wir einen Arzt holen?«, fragte sie.

Diana Benner schüttelte den Kopf und blickte Banu aus leeren, matten Augen an. Es wirkte, als wäre mit dieser Nachricht auch ein Teil von ihr gestorben. Sicherlich würde die Zeit irgendwann die eine oder andere Wunde heilen, aber ein Loch im Herzen würde für immer bleiben.

»Wie ist er gestorben?«, flüsterte Alexander Benner.

Banu blickte zu Thorsten. Hier war viel Fingerspitzengefühl gefragt.

»Das Einzige, was wir sagen können, ist, dass er keines natürlichen Todes gestorben ist.« Thorsten räusperte sich.

»Er tauchte bei einer Feier auf und brach dort zusammen. Momentan befindet er sich in der Rechtsmedizin.«

Ein maskenhaftes Lächeln erschien auf Diana Benners Gesicht, das ihre toten Augen jedoch nicht erreichen konnte. Wie in Trance erhob sie sich und ging zur Anrichte, auf der eine Vielzahl von gerahmten Fotos stand. Dann nahm sie einen Bilderrahmen in die Hand und hauchte einen Kuss auf das Foto eines kleinen Jungen, der Kerzen auf einer Torte ausblies. »Wir haben dich lieb, Fynn. Wo immer du jetzt auch bist.«

Banu merkte, wie sie eine Träne wegblinzelte. Sie musste sich konzentrieren, damit ihre Stimme nicht brach. »Haben Sie vielleicht noch Gegenstände, an denen die DNA Ihres Sohnes sein könnte?«

Thorsten und sie waren sich einig, dass sie den Benners eine Identifizierung Fynns ersparen wollten. Nur war es nach 14 Tagen nicht unbedingt so, dass noch entsprechende Haar- oder Speichelproben oder brauchbare Fingerabdrücke vorhanden waren. Aber Alexander Benner überlegte kurz und fing dann an zu nicken.

»Fynn nimmt«, er schwieg einen Augenblick, blickte zu Boden und korrigierte sich dann, »nahm es mit seiner Frisur immer sehr genau. Er hatte schulterlange Haare und hat sie häufig gekämmt. Wir haben in seinem Zimmer nichts verändert. Seine Haarbürste müsste also noch auf seinem Nachtschrank liegen.« Als ob er es plötzlich sehr eilig hätte, sprang er auf und ging mit großen Schritten durch den Flur auf eine Tür zu, an der ein Schild mit dem Symbol für Radioaktivität und einem Schriftzug darunter hing. Can, Banus Sohn, hatte ähnliche Warnhinweise auf seiner Zimmertür angebracht. Als sie näherkam, bemerkte sie allerdings, dass nicht wie bei Can »Ich räume erst auf, wenn das WLAN-Signal nicht mehr durchkommt«, sondern »Restricted Area – Enter at Your Own Risk« auf dem Schild stand.

Wahrscheinlich war dies das Zimmer von Fynn. Natürlich würden sie in den nächsten Tagen noch mal wiederkommen, um Fynns Eltern ausführlich zu befragen und sein Zimmer nach Anhaltspunkten zu durchsuchen. Aber es konnte nicht schaden, schon heute einen kurzen Blick hineinzuwerfen. Das Erste, was Banu ins Auge sprang, war der kleine Hund, der zusammengerollt auf der blauen Bettwäsche lag.

Alexander Benner setzte sich auf die Bettkante und streichelte das lange seidige Fell des Tieres. »Dein Herrchen kommt nicht mehr wieder, Jojo«, flüsterte er. Eine Träne lief ihm über die Wange und tropfte auf den Rücken des Hundes. Dieser setzte sich auf und begann, das Gesicht des Mannes abzulecken, der seinen Tränen nun freien Lauf ließ. Dabei wedelte der Chihuahua mit dem Schwanz und winselte.

»Möchten Sie, dass wir jemanden anrufen, der sich um Ihre Frau und Sie kümmern kann?«, fragte Banu. »Sie sollten jetzt nicht alleine sein.«

Alexander Benner wehrte mit einem Arm den Hund ab und nickte. »Sie haben recht. Bitte sagen Sie unseren Nachbarn Bescheid. Familie Trollmann. Linke Tür, eine Etage über uns.« Dann wischte er sich mit dem Ärmel seines Pullovers über die Augen und griff nach einem Gegenstand auf dem Nachtschränkchen. »Hier ist Fynns Haarbürste.«

Banu zog sich Handschuhe über und steckte die Bürste, auf der tatsächlich viele lange schwarze Haare waren, in eine Plastiktüte. »Vielen Dank. Wir werden Ihnen in den nächsten Tagen noch einige Fragen zu Ihrem Sohn stellen müssen. Natürlich werden wir Ihnen auch die Todesursache mitteilen, sobald wir sie wissen.« Banu konnte selbst nicht glauben, wie nüchtern sie sich anhörte. Bei der Szene mit dem kleinen Hund hatte sie sich sehr zusammennehmen müssen, aber nun hatte sie wieder ihre Rolle eingenommen. Sie nickte Alexander Benner zu und unterzog den Raum beim Verlassen einer kurzen Musterung. An den Wänden hingen Poster einer deutschen Rockgruppe, die Banu von ihrem Neffen Umut kannte. Auf dem Schreibtisch stapelten sich Schulbücher. An den Deckenbalken war eine Klimmzugstange angebracht. Das einzig Außergewöhnliche an diesem Zimmer war, dass sein Bewohner nie zurückkommen würde, um in seinem Bett zu schlafen oder in seinen Büchern zu lesen. Banu wusste, dass dies der richtige Zeitpunkt war, um die beiden mit ihrer Trauer allein zu lassen.

»Hier nagt der Zahn der Zeit!« Auf dem Parkplatz des Hotels Bellevue Hausbruch herrschte gähnende Leere. Lediglich ein dunkelblauer Ford Transit und ein klappriger VW Golf, der wohl einmal rot gewesen war, standen in einigem Abstand zueinander auf der großen Fläche, die Platz für mindestens hundert Autos bot. Stirnrunzelnd musterte Stella das Gebäude, das seine besten Zeiten deutlich hinter sich hatte. Die beiden riesigen Adlerstatuen aus weißem Marmor, die den Treppenaufgang bewachten, blickten wahrscheinlich seit über 40 Jahren unverändert erhaben und grimmig auf diejenigen, die sich dem Gebäude näherten. Gut, dass sie sich nicht umdrehen konnten, um hinter sich den Verfall zu sehen, der sich des Hotels bemächtigt hatte.

Stella musterte die bröckeligen Treppenstufen und das wacklige Geländer und beschloss, sich nicht daran festzuhalten. In Hamburgs Randgebieten und Vororten hatte sie schon viele Gaststätten und Hotels wie dieses gesehen. In den 70er-Jahren war das Bellevue sicherlich eines der vornehmsten Hotels im Stadtteil gewesen. Bestimmt hatten betuchte Jubilare hier ihre Geburtstage und Silberhochzeiten gefeiert und waren von anderen dafür beneidet worden, sich das leisten zu können. In den 90er-Jahren änderte sich jedoch die Feierkultur. Die Hamburger veranstalteten ihre Partys lieber am Wasser oder in ehrwürdigen renovierten Jugendstilhäusern. Und Hotels wie das Bellevue, die als Hochzeitsmenu noch immer Hochzeitssuppe, zweierlei Braten mit Kroketten und Leipziger Allerlei sowie als Nachtisch Rote Grütze servierten, fielen in einen Dornröschenschlaf. Die Gäste blieben weg und irgendwann war kein Geld mehr da, um Maler- oder Gartenarbeiten durchführen zu lassen. So wurde aus einem Renovierungs- ganz schnell ein Sanierungsstau.

Aus Stellas Sicht gab es noch Hoffnung für das Bellevue, denn die Lage war absolut fantastisch. Von der Hauptstraße aus führte ein mit alten Straßenlaternen gesäumter schmaler Weg in Serpentinen einen Berg hinauf. Und genau dann, wenn man nicht mehr vermutete, dass noch etwas kommen könnte, erschien zwischen den Bäumen der klotzige 70er-Jahre-Bau. Das Quietschen der Türangel, als Gunnar die schwere Eichentür öffnete, kam Stella genauso klischeebehaftet vor wie der rote speckige

Teppich, der vom Eingang zum Empfangstresen führte. Ein kleiner Mann blickte angestrengt in ein dickes Buch, in dem jedoch nichts stand, und warf dann einen abschätzigen Blick auf Stella und Gunnar.

»Ich weiß nicht genau, ob wir noch ein Zimmer frei haben.«

»Guten Tag, Brandes und Müller von der Hamburger Mordkommission. Wir wollen Ihnen nur ein paar Fragen stellen.«

Der kleine Mann baute sich zu seiner vollen Größe von schätzungsweise 1,65 Meter auf und reichte Stella somit bis zur Nase. »Ich hoffe, Sie haben nicht am Haupteingang geparkt. Nicht, dass die Gäste sehen, dass die Polizei hier ist.«

»Keine Angst, wir sind nicht mit dem Dienstwagen hier, sondern sind sozusagen«, Gunnar suchte das richtige Wort, »inkognito.«

Erleichtert verließ der Hotelier seine Zehenspitzenstellung. »Ich bin Manfred Dörner. Mir gehört das Bellevue. Bitte folgen Sie mir ins Restaurant. Da können wir uns ungestört unterhalten.«

Zur Sicherheit blickte Stella sich noch mal um. Hoffentlich war Herr Dörner kein Geisterseher, denn außer Gunnar konnte sie keinen anderen Menschen in diesem Raum erkennen, der einem ungestörten Gespräch im Wege gestanden hätte. Dennoch nickte sie verstehend und folgte dem Hotelier. An den Wänden des Flurs, der zur Gaststube führte, hingen verblichene Ansichtskarten der Umgebung schlapp in ihren Rahmen. Stella konnte im Vorbeigehen eine Fotografie des Falkenbergs ausmachen, der in einem ihrer Morduntersuchungen vor einiger Zeit eine wichtige Rolle gespielt hatte. Herr Dörner zeigte auf einen Tisch, an dem für sechs Personen gedeckt war.

»Häufig kommen mittags viele spontane Gäste«, er lächelte Gunnar und Stella fast entschuldigend an, »da hat man dann gar nicht die Zeit fürs Eindecken.«

Stella fragte sich, wie oft es wohl tatsächlich vorkam, dass Wanderer sich beim Pilzesammeln hierher verirrten oder Jogger ihre Fitness überschätzten und sich nach dem heftigen Anstieg im Bellevue für eine Erfrischung niederließen. Ganz plötzlich hörte sie Gunnar neben sich laut nach Luft schnappen.

»Der Ausblick ist unglaublich.«

Leicht eingeschnappt lächelnd sagte Herr Dörner: »Was meinen Sie denn, warum das Hotel *Bellevue* heißt?«

Und tatsächlich hatte Stella selten so einen schönen Blick auf Hamburg gesehen. Der Regen hatte aufgehört und in dieser Sekunde brach die Sonne durch die Wolken. Zum Greifen nah schien die Skyline von Hamburg mit der Köhlbrandbrücke, dem klobigen Fernsehturm und der asymmetrischen Silhouette der unfertigen Elbphilharmonie, bei der noch ungewiss war, ob und wann sie jemals fertiggestellt werden würde.

»Ich habe schon von dem schockierenden Zwischenfall gehört«, seufzte Herr Dörner. »Der arme Junge!« Der Hotelier schwieg einen Moment und blickte von Stella zu Gunnar. »Wir hatten gestern nur sehr wenig Betrieb hier«, sagte er fast entschuldigend. »Es waren überall Halloween-Partys, aber wir machen so was nicht. Wir feiern hier ordentlich unsere deutschen Feste, Ostern und

Weihnachten. Aber so einen amerikanischen Quatsch machen wir nicht mit.«

Stella lächelte Herrn Dörner an. Der kleine Mann würde Banu gefallen. Stella konnte sich allerdings das Bellevue sehr gut als Gruselkulisse vorstellen. Das Restaurant glich einem morbiden Zoo voller ausgestopfter Tiere. Und der hölzerne Jesus am Kreuz, der hinter dem Schanktresen hing, war in Schieflage geraten. Zwar war dies wahrscheinlich kein Ausdruck satanischer Gesinnung, sondern einzig und allein ein fehlender Nagel auf der rechten Seite. Aber insgeheim hatte Stella dem Etablissement bereits den Spitznamen »Hotel Transsylvanien« gegeben.

»Meine Frau und ich haben uns einen gemütlichen Abend vor dem Fernseher machen wollen, aber es liefen nur Horrorfilme. Dann sind wir gegen 21 Uhr ins Bett gegangen.«

»Das wird Ihre Frau ja sicherlich bestätigen können. Ist sie hier?« Gunnar ließ seinen Blick Richtung Küche schweifen.

Aber Manfred Dörner schüttelte den Kopf. »Alma ist heute nach Braunschweig gefahren, um ihre Mutter zu besuchen.« Er sprach mit trauriger Miene in Richtung des leeren Suppentellers, der vor ihm stand. »Die Arme ist querschnittsgelähmt und kann nicht mehr zu uns kommen. Wie Sie wahrscheinlich bemerkt haben, sind wir nicht barrierefrei.«

Gedanklich fügte Stella einen neuen Posten auf der Liste der notwendigen Bauvorhaben hinzu. Dann stand sie auf und nahm ihre Tasche von dem leeren Stuhl neben sich. »Hier ist unsere Karte, falls Ihnen oder Ihrer Frau noch etwas einfällt.« Fast hatte sie, ob der gruseligen Kulisse, Angst, den Mann alleine zu lassen. Denn beim Verlassen des Hotels war sie sich beinahe sicher, in ihrem Rücken das Klacken von Jack Nicholsons Schreibmaschine aus dem Horrorfilm »Shining« zu hören, auf der er manisch die Worte »Was du heute kannst besorgen, das verschiebe nicht auf morgen« schrieb. Immer wieder, seitenweise. Sie erinnerte sich noch sehr genau daran, wie sie vor ungefähr 30 Jahren mit ihrer Freundin Bounty heimlich die Videokassette von »Shining« an einem nebligen Abend im Spätherbst angesehen hatte. Zuerst hatten sie beide Nägel kauend auf dem Bett gelegen und danach darunter, damit der verrückte Hausmeister sie nicht finden konnte. Bounty hatte sie jedes Mal vor Angst gekniffen, wenn die toten Zwillinge aufgetaucht waren. Fast konnte sie die vielen blauen Flecke wieder spüren.

Gedankenverloren übersah Stella die letzte Stufe und wäre beinahe über die Axt gestolpert, die am Fuße der Treppe angelehnt an ein großes leeres Blumengefäß aus Waschbeton stand.

Der Regen peitschte gegen die Scheiben des kleinen Cafés an der Rue Cambon und verzerrte die Konturen der Vorbeihastenden. Im November war Paris wie viele nordeuropäische Großstädte einfach nur grau. In drei Wochen würden allerdings die Buden für den größten Weihnachtsmarkt der Stadt am Place de la Concorde aufgebaut werden und Paris die Farbe zurückgeben. Und die Touristen. Charles genoss die relative Leere des Herbstes. Es war nicht so, dass er Menschenmassen generell mied. In seiner momentanen Verfassung bevorzugte er jedoch das Alleinsein.

Eine dunkelhaarige Kellnerin trat an seinen Tisch und stellte einen Espresso vor ihm ab. Sie war noch sehr jung, wahrscheinlich eine Studentin der Sorbonne. Viele Studentinnen verdienten auf diese Weise Geld. Charles musterte das Mädchen: lange Beine, schmale Taille, fein geschnittenes Gesicht, attraktiv, aber austauschbar. Er konnte sich nicht erinnern, ob sie es gewesen war, die ihn gestern oder vorgestern bedient hatte. Im Monte Christo arbeiteten nur schöne Menschen. Wer wollte auch schon die völlig überteuerten Preise bezahlen, die die Nähe von Hermès, Chanel und Louis Vuitton nun mal mit sich brachten, und sich von unansehnlichen Kellnerinnen den Kaffee an den Tisch bringen lassen? Charles tunkte den kleinen Keks, der in der Hausbäckerei hergestellt worden war und im Monte Christo jedes Heißgetränk flankierte, in die schwarze Flüssigkeit. Als das Gebäckstück sich fast aufgelöst hatte, legte er es auf seine Zunge und ließ es dort zergehen. Seit Michelle vor mehr als einem Jahr gestorben war, war der Besuch des Monte Christo für Charles ein Teil des täglichen Rituals, um zu überleben. Es gab nun schon so lange niemanden mehr, der seine Albträume teilte, der ihn einfach nur wissend anschaute, wenn er nachts aufwachte und unsichtbare Flammen mit den Händen ersticken wollte. Vor langer Zeit hatte er versprochen, sie vor der Welt zu beschützen. Ihm war jedoch nicht in den Sinn gekommen, dass es vor allem Schutz vor sich selbst war, den sie brauchte. Denn Michelles Seele hatte noch mehr Brandnarben als seine getragen. Sie hatte ihm zugeflüstert: »Wir werden das Feuer niemals löschen!«, und war vom Balkon ihrer Altbauwohnung im 1er Arrondissement in den Tod gesprungen. Die Kraft des Aufpralls nach sechs Stockwerken Fall war enorm gewesen. Sie hatte Michelles Gliedmaßen so verdreht, dass sie ausgesehen hatte wie eine bizarr verrenkte kleine Puppe.

Charles gab einen Löffel Zucker in seinen Espresso und nickte der austauschbaren Kellnerin zu. Heute würde er einen Calvados trinken.

Banu sah die Nummer ihres Mannes Tim auf dem Display und drückte den Anruf weg. Sie hatte, seit sie die Wohnung der Benners verlassen hatte, kein Wort gesagt. Sicherlich war Tim in der Lage, selber zu entscheiden, was er heute Abend kochen würde. Irgendwie hatte Banu sowieso keinen Appetit.

»Es liegen für drei weitere Jugendliche Vermisstenanzeigen vor«, sagte Armin und schob seine Lesebrille, die er sich vor seine Fernbrille auf die Nase gesetzt hatte, wieder zurück in die Haare. Jeden Tag aufs Neue ignorierte er stumm die Optiker-Werbung, die ihm von seinen Kollegen auf den Schreibtisch gelegt wurde. Gestern hatte Stella das Angebot des Tages – »Gleitsichtbrille zum Nulltarif« – sogar mit Leuchtmarker angestrichen. »Nicht enthalten sind natürlich die Obdachlosen, deren Verschwinden keiner bemerkt.«

»Oder das keinen interessiert«, warf Banu ein. Sie nahm Armin die Zettel aus der Hand und überflog die Anzeigen. Dann schüttelte sie resigniert den Kopf. »Es ist doch alles ziemlich vage. Selbst wenn die Bemerkung von Fynn bedeutet, dass irgendwo noch andere entführte Personen festgehalten werden, wissen wir nicht, ob es Hamburger sind. Oder überhaupt Jugendliche.« Sie drückte ihrem Chef die Anzeigen in die Hand und machte sich auf den Weg in Richtung Kaffeemaschine. Wahrscheinlich war ihr Koffeinpegel einfach zu niedrig, um auch nur nachdenken zu wollen.

Thorsten zuckte mit den Achseln. »Ja, aber irgendwo müssen wir anfangen. Deshalb schlage ich vor, dass wir uns die Anzeigen und Informationen noch mal vornehmen und einmal intuitiv drüberlesen, ob irgendetwas ins Auge springt.«

Banu stellte geräuschvoll ihre Kaffeetasse auf dem Schreibtisch ab und griff sich das oberste Blatt, die Beschreibung von Fenja Baldrum. Ein blondes Mädchen mit einer großen Lücke zwischen den Vorderzähnen lächelte ihr von der Vermisstenanzeige entgegen. Fenja war seit drei Wochen verschwunden. Sie war 17 Jahre alt und wohnte nicht allzu weit von den Benners entfernt. Und sie war Einzelkind, genau wie Fynn. Banu nahm einen großen Schluck Kaffee, griff sich einen Magneten und hängte die Vermisstenanzeige ans Whiteboard. »Zumindest weist sie drei Merkmale auf, die ähnlich sind wie bei Fynn: Alter, Wohnort und keine Geschwister.«

»Und die Initialen sind gleich«, bemerkte Stella. »Aber das ist sicher eher Zufall. Und hier Yannick Berg. Ebenfalls 17 Jahre alt, blond, keine Geschwister. Seit zwei Wochen verschwunden.«

»Aber meine Vermisste passt irgendwie gar nicht. Bernice Oppong. Kommt ursprünglich aus Ghana, 18 Jahre alt und bereits seit fünf Monaten vermisst. Ich würde sagen, die kommt auf den ersten Blick nicht in Betracht.«

Banu konzentrierte sich auf die Fotos der beiden blonden Teenager, die nebeneinander am Whiteboard hingen. Auf den ersten Blick hätten beide Geschwister sein können, was aber sicherlich an der gleichen Haar- und auch Augenfarbe lag. »Hatte Fynn blaue Augen?«, fragte sie.

Thorsten Fock kramte in einem Stapel Papiere und zog ein Foto des Toten heraus. »Nein, Fynns Augen waren braun.«

Stella stellte sich neben Banu an die Tafel. »Wie die Kinder aus Bullerbü.« Banu atmete unhörbar auf. Obwohl es zu diesem Zeitpunkt lächerlich war, sich auf Eigenschaften der möglichen Entführten festzulegen, passte Merve zunächst einmal nicht in das Opferschema. Falls es eins gab. Für einen kurzen Moment war Banu erleichtert. »Ich gebe zu bedenken, dass wir nicht die Ersten sind, die eine mögliche Verbindung zwischen den Dreien vermuten. Die Eltern sind schon mehrfach befragt worden, ebenso Freunde und andere Bekannte. Bisher ohne Ergebnis.«

»Ich würde trotzdem gern noch heute Abend die Eltern zumindest von einem der beiden besuchen und ihnen Fragen zum Verschwinden ihrer Kinder stellen. Das andere Elternpaar können wir morgen aufsuchen.«

Banu überlegte. Tim, der neuerdings mit dem Gitarrespielen angefangen und sogar auf seine alten Tage noch eine Band gegründet hatte, wollte sich abends einen Proberaum ansehen. Und Can saß mit großer Wahrscheinlichkeit am PC und legte sicherlich keinen Wert auf die Anwesenheit seiner Mutter. Merve hatte geschrieben, dass sie bei Dana, einer Nachbarin, war und sich mit ihr einen Film ansah. Danach würde sie sofort nach Hause kommen. Da konnte Banu ebenso gut auch an einem Sonntagabend arbeiten. »Ich komme mit. Aber ich denke, es reicht, wenn wir beide uns den kompletten Sonntag um die Ohren schlagen. Genießt ihr anderen den freien Abend. Wer weiß, wie viel Arbeit der Fall noch bringt.«

Ihr Chef nickte knapp. »Nun möchte ich aber noch eine kurze Zusammenfassung von eurem Arbeitstag hören, Stella und Gunnar.«

»Das passt auf jeden Fall auf ein Flipchartpapier. Einige Nachbarn haben unheimliche Gestalten gesehen, also wahrscheinlich die Gäste von Jules Party. Die alte Dame«, Gunnar zog ein kleines Notizbuch aus seiner Hosentasche, »Annecke Fiebelkorn, die direkt neben den Warnckes wohnt, hat geschworen, dass der Gehörnte in ihr Fenster geguckt und sie angelächelt hat.«

Stella und Gunnar tauschten vielsagende Blicke.

»Und dann war da noch dieser komische Kauz vom Hotel Bellevue Hausbruch.« Stella schilderte knapp, was sie dort gesehen hatten, und teilte ihre Einschätzung zum Hotelier mit. »Ich fand ihn jetzt nicht verdächtig. Aber zugegebenermaßen könnte er in dem alten Kasten 100 Jugendliche gefangen halten und foltern und keiner würde es merken. Ich glaube nicht, dass auch nur ein Zimmer vermietet ist.«

»Aber es sieht definitiv nicht aus wie das Haus vom Nikolaus.« Gunnar grinste. »Eher wie das von Niki Graus.«

Stella knuffte ihm in die Rippen. »Aber ich prüfe natürlich nach, ob er überhaupt eine Frau hat. Nicht, dass es so ähnlich ist wie bei ›Psycho‹.« Banu schüttelte irritiert den Kopf. Sie kannte diese Filme nicht. Obwohl sie sich bei Obduktionen bereits unzählige zerschnittene Leichen angesehen hatte und gern blutige Krimis las, hielt sie von Horrorfilmen oder Thrillern nichts. Sie hatte schon die Spannung in dem Zeichentrick-Film »Findet Nemo« unerträglich gefunden, da nicht klar war, ob der kleine Fisch seinen Vater wiederfinden würde. Aber dennoch hatte Gunnars Bemerkung ein Detail wieder in den Fokus ihrer Gedanken gerückt. Sie nahm den Edding und malte »Das Haus vom Nikolaus« auf das Flipchart.

MONTAG, DEN 2. NOVEMBER 2015

Merve winkte ihrer Mutter zu, die am Fenster stand, und stieg auf ihr Fahrrad. Ganz automatisch griff sie in die Innentasche ihrer Jacke und checkte, ob sie ihr Handy auch dabeihatte. Ansonsten hätte sie noch mal nach oben gehen und es einstecken müssen. Ihre Mutter erwartete eine Nachricht, wenn sie sicher bei den Fahrradständern ihrer Schule angekommen war. Sie fühlte den rechteckigen metallenen Gegenstand und gab ihr mit nach oben gestreckten Daumen das Zeichen, dass alles gut war. Ihr Unfall vor zwei Jahren war auf dem Weg zur Schule passiert. Und auch wenn Banu mittlerweile schon entspannter war, wusste Merve, dass sie erst zur Arbeit fuhr, wenn ihre Tochter die Schule erreicht hatte. Merve freute sich, dass es nur noch ein gutes halbes Jahr bis zum Abitur war, denn sie hatte die Kontrollsucht ihrer Mutter langsam satt. Ihr Vater war da viel gechillter.

An der Ecke wartete wie immer ihre beste Freundin Vicky auf sie. Da Vicky nach der elften Klasse ein Jahr in Amerika gewesen war, ging sie nun in die zwölfte und war wieder in einem Jahrgang mit Merve. Schon von Weitem sah sie ihrer Freundin an, dass irgendetwas nicht stimmte. Vicky, die sonst so viel Wert auf ihr Äußeres legte, war komplett ungeschminkt. Als sie näherkam, bemerkte sie, dass ihre beste Freundin geweint hatte.

»Fynn ist tot«, sagte sie und zog ein zerknülltes Papiertaschentuch aus ihrer Jacke.

Merve konnte den Namen nicht zuordnen. »Wer?«

Vicky warf ihr einen verständnislosen Blick zu und hielt ihr die heutige Ausgabe der Hamburger Morgenpost vor die Nase, die sie auf ihren Gepäckträger geklemmt hatte. Der blonde Junge, der Merve von der Titelseite aus anlächelte, kam ihr bekannt vor.

»Ist das der Typ, mit dem du mal zwei Monate zusammen warst? Der aus der Nachbarschule?«

Vicky nickte stumm. Eine Träne lief ihr über die Wange. Hastig wischte sie sie mit dem Taschentuch weg. Merve lehnte ihr Rad an eine Platane. Ihr Heckständer war schon lange abgebrochen und nie repariert worden. Sie legte Vicky den Arm um die Schultern.

»Wo ist denn deine Schultasche?«

»Ich gehe heute nicht zur Schule. Ich kann nicht. Mein Vater hat mich entschuldigt. Ich habe aber gesagt, dass ich an die frische Luft muss.« Vicky schluckte. »Aber ich kann auch nicht alleine sein.« Sie blickte Merve erwartungsvoll an.

Natürlich verstand Merve, dass ihre Freundin schockiert war, aber es war mindestens schon drei Jahre her, dass Fynn und sie ein Paar gewesen waren. Und seitdem hatte sie sicher kaum noch Kontakt mit dem blonden Jungen gehabt, aber Vicky war nun mal ihre beste Freundin und brauchte jetzt ihren Beistand. Merve zog ihr Handy aus der Tasche und drückte auf den Kontakt »Gymnasium am Weiher«. Glücklicherweise lief um diese Zeit immer der Anrufbeantworter. »Guten Morgen, hier ist Banu Kurtoğlu, die Mutter von Merve Bergmann aus S 3. Tutorin ist Frau Dombusch. Ich möchte Merve für heute krankmelden. Sie hat starke Kopfschmerzen. Danke!«

Vicky blickte sie durch einen Tränenschleier hindurch dankbar an. »Wollen wir ins Nellies und einen Kaffee trinken?«

Merve nickte. Sie durfte nur nicht vergessen, ihrer Mutter in zehn Minuten eine Nachricht zu schicken, dass sie wohlbehalten in der Schule angekommen war.

Banu freute sich darüber, wie verlässlich ihre Tochter war. Seit sie wieder in die Schule ging, hatte sie noch nicht einmal versäumt, sich von dort aus zu melden.

Gut gelaunt langte sie in das Regal mit den Kaffeebechern, um sich ihren ersten Koffeinschub im Präsidium zu verpassen, und griff ins Leere.

»Wenn jeder hier seinen Becher gleich nach Gebrauch abwaschen würde, wären immer genügend saubere da. Aber es gibt Kolleginnen«, sagte Gunnar und sah Stella an, die gerade zur Tür hereinkam, »die trinken fünf Kaffee am Tag und nehmen jedes Mal einen neuen Becher.«

»Irgendjemand hat am Freitag wohl das letzte Spüli verbraucht und kein neues gekauft«, entgegnete Stella, öffnete den Reißverschluss ihres Rucksacks und zog eine volle Flasche Geschirrspülmittel aus seinem Inneren. »Ich war heute Morgen die Allererste in der Drogerie. Aber wenn du deinen Becher abgewaschen hast, müsste ja eigentlich ein sauberer da sein, Gunnar.«

Ihr Kollege schnalzte mit der Zunge und zeigte auf einen nagelneuen Thermobecher, der auf seinem Schreibtisch stand. »Ich bringe mir jetzt immer von zu Hause einen eigenen mit und wasche ihn auch zu Hause wieder ab. Dieses ganze Sammelsurium von Bechern, die man nicht mal mehr mit zu einem Polterabend nehmen würde, verdirbt mir den Kaffeedurst.« Gunnar machte eine weit ausladende Geste in Richtung Spülbecken. Banu musste zugeben, dass er recht hatte. Die Becher, die hier auf eine Reinigung warteten, waren wirklich alles andere als ansehnlich. Neben der Tasse mit der Aufschrift »Schnurrbartbecher«, die eine Aussparung für einen Oberlippenbart nach innen hatte, lag ein Becher mit einem abgeplatzten »Merry Christmas«-Aufdruck. Getoppt wurde das Ganze noch von einem Trinkgefäß mit dem Konterfei einer glücklich lachenden, Strohhut tragenden Katze, das auf zierlichen porzellanenen Skiern stand. Stella hatte es vor einigen Jahren von ihrer Mutter mit den Worten »entweder Wasser- oder Langlaufski« geschenkt bekommen, als sie in ihrem Märzurlaub noch nicht wusste, ob sie in die Sonne oder in den Schnee fahren sollte. Da ihr damaliger Ehemann Mirko nur stumm auf die Flohmarktkiste gezeigt hatte, nachdem ihre Mutter gegangen war, hatte Stella dem Becher ein Plätzchen im Geschirrschrank der Mordbereitschaft 5 zur Verfügung gestellt.

Thorsten Fock erschien im Türrahmen und klatschte in die Hände. »Abgewaschen wird später. Bitte zur Aufgabenverteilung in den Besprechungsraum.«

Banu musterte die Fotos der vermissten Jugendlichen an der Wand und die sehr spärlichen Notizen auf dem Flipchart. Bisher hatten sie kaum einen Ansatzpunkt für weitere Ermittlungen gefunden. »Meiner Erfahrung nach ist es eher außergewöhnlich, dass drei gleichaltrige Jugendliche zur nahezu gleichen Zeit und schon für mehrere Wochen vermisst werden. Meist werden die Fälle nach einigen Tagen aufgeklärt. Eine Ausnahme ist da natürlich der Fall Hilal.« Banu nickte. Die zehnjährige Hilal Ercan war 1999 im Hamburger Stadtteil Lurup mitten am Tag spurlos verschwunden. Alle Suchaktionen waren erfolglos geblieben. Banu konnte sich sehr gut an den Fall erinnern, da sie ungefähr um die Jahrtausendwende bei der Mordkommission angefangen hatte.

»Hoffentlich haben wir bei der Suche nach Yannick und Fenja mehr Erfolg. Fenja ist am längsten verschwunden. Drei Wochen ohne einen einzigen Hinweis ist eine lange Zeit. Wir müssen heute unbedingt zu der Mutter von Fenja fahren. Von Yannicks Eltern haben wir gestern nicht viel Neues gehört.« Thorsten Fock griff nach einem Notizzettel, der in dem Eingangskorb seines Schreibtisches lag. »Außerdem hat eine Angela Frieling angerufen. Sie sagt, dass ihr Hund in der Mordnacht etwas gesehen hat. Vielleicht sogar den Mord. Die Frielings sind Nachbarn der Warnckes, also ziemlich dicht am Fundort der Leiche von Fynn Benner dran.«

Stella nickte. »Ja, wir haben das Türschild gesehen, aber sie waren gestern nicht da.«

»Frau Frieling möchte einen Hundepsychologen aufsuchen und denkt, dass die Polizei hören sollte, was ihr Mops zu sagen hat.« Er ging grinsend auf Stella zu, aber die schüttelte den Kopf und machte eine abwehrende Geste. »Die meisten Hunde mögen mich nicht. Wenn der mich sieht, sagt er bestimmt nicht einmal Wuff.«

Gunnar griff nach dem Stück Papier. »Vielleicht gibt es so eine Verbindung zwischen bestimmten Menschen und Tieren. Im Reitstall, in dem Tanja reitet, gibt es auch

Pferdebesitzerinnen, die ab und zu mal eine Frau holen, die mit ihren Vierbeinern spricht. Angeblich ist alles wahr und nachprüfbar, was die Pferde der Frau erzählen. Es gibt eben mehr Dinge zwischen Himmel und Erde, als unsere Schulweisheit sich träumen lässt.«

Banu hielt ihre Hand vor den Mund und simulierte ein Gähnen. Tatsächlich musste sie jedoch verbergen, dass sie gerade im Begriff war, einen Lachanfall zu bekommen. Von Tim wusste sie, dass seine Großmutter, die eigentlich Varieté-Tänzerin gewesen war, in einem Hinterzimmer einer Kneipe am Hamburger Berg nach dem Zweiten Weltkrieg als Medium Séancen abgehalten hatte. Hinterbliebene, vor allem von gefallenen Soldaten, wollten durch sie mit geliebten verstorbenen Menschen in Kontakt treten. Sie hatte damit gutes Geld verdient, ihre Schauspielkünste unter Beweis gestellt, aber selbst nie daran geglaubt. Es war laut mündlicher Überlieferung auch nie ein echter Geist bei diesen Sitzungen erschienen, aber Martha Bergmann wusste mit allerlei Hokuspokus zu beeindrucken. Ein ähnlicher Scharlatan musste dieser Dr. Mohr sein, von dem ihnen Angela Frieling berichtet hatte.

Gunnar nahm Banus Handtasche vom Stuhl und drückte sie ihr in die Hand. »Und weil du so skeptisch guckst, Kollegin, bist du die Richtige, um mitzukommen. Ein Leichtgläubiger und eine Zweiflerin werden schon erkennen, ob der Mops die Wahrheit sagt.«

Während Banu sich umdrehte, um den Raum zu verlassen, konnte sie das kaum unterdrückte Gekicher von Stella und Thorsten hören, bevor sie die Tür laut hinter sich zuzog.

Die ältere Dame schien sich große Mühe gegeben zu haben, ihr Outfit und das des kleinen fetten Hundes aufeinander abzustimmen. Angela Frieling trug einen Wollmantel mit Pepitamuster und hatte eine teuer aussehende Handtasche über den Arm gehängt. Das hechelnde Bündel, das mit triefenden Augen neben ihr saß, steckte ebenso in einem Mantel. An seinem Halsband schimmerte ein silberner Anhänger mit einem blauen Stein. Das Pendant dazu lag auf dem Dekolleté seiner Besitzerin, zwischen zwei ziemlich faltigen, aber freizügig entblößten Brustansätzen.

»Da sind Sie ja endlich. Kommen Sie rein. Ich dachte schon, dass die Polizei doch kein Interesse hat, und wollte gerade losfahren.« Sie nahm den Mops auf den Arm und stieß mit dem Fuß die angelehnte Tür zu einem riesigen Wohnzimmer auf, in dem ein Mann, der lediglich mit einer Jogginghose und einem Unterhemd bekleidet war, auf einem Ohrensessel saß und den Fernseher anstarrte. Banus Blick wanderte von Frau Frieling zu ihrem Mann und wieder zurück. Herr Frieling war bestimmt Mitte 60, und die ältesten Teile von Frau Frieling waren das wohl auch. Die vollen Lippen und der glatt gezogene Halsansatz waren aber mit Sicherheit jüngeren Datums. Für eine Runderneuerung der Brüste hatte das Geld anscheinend noch nicht gereicht.

»Werther ist am Samstagabend ausgebüxt und war die ganze Nacht nicht zu Hause. Am Sonntagmorgen kam er zurück und ist seitdem so anders. Er frisst nicht, auch keine Leckerlis, und liegt nur in seinem Korb rum. Er ist richtig depressiv.« Angela Frieling drehte sich zu ihrem Mann um. »Nun sag du auch mal was, Siegfried!« Der

Angesprochene stand sehr langsam auf und steckte sich das Unterhemd in die Hose. Dann nahm er die Fernbedienung von dem runden Biedermeiertischchen und stellte den Fernseher lauter. Offensichtlich hatte er nichts zu sagen. Banu war das nur recht, denn dies roch geradezu nach Zeitverschwendung. Aber Gunnar schien da anders zu denken.

»Herr Frieling, haben Sie das auch beobachten können?«, schrie er gegen den »Blaulicht Report« auf RTL an.

Der Angesprochene schüttelte jedoch vehement den Kopf. »Ach was. Na ja, ein bisschen merkwürdig benimmt der Hund sich schon. Aber in erster Linie möchte meine Frau Dr. Mohr besuchen. Er ist so ein Typ Frauenversteher. Das läuft dann so: Nach der Sitzung bei Dr. Mohr ist Angela glücklich, und weil sie glücklich ist, ist Werther dann auch wieder glücklich. Und zwar so lange, bis meine Frau die nächste eingebildete Psychomacke bei ihm beobachtet. Dann geht alles wieder von vorne los.«

Banu fing den Blick auf, den Angela Frieling ihrem Mann zuwarf, und fühlte sich wie flambiert.

»Und was das Ganze kostet«, fuhr Siegfried Frieling fort. »Eine Sitzung: 150 Euro. Davon solltest du dir lieber eine neue Handtasche kaufen, Schatz.«

»Als ob man für 150 Euro eine annehmbare Handtasche bekommen würde«, flüsterte seine Frau kalt.

Automatisch griff Banu an den Kunstledergriff ihrer Schultertasche, die sie gerade für zehn Euro auf einem Flohmarkt im Schanzenviertel gekauft hatte.

»Wir fahren jetzt jedenfalls los, damit Werther seine Seele erleichtern kann. Bestimmt wird er eine wertvolle Aussage machen, damit der Mörder gefasst wird.«

Banu stellte sich gerade vor, wie Thorsten Fock der Staatsanwältin erklärte, dass ihr wichtigster Zeuge im Tötungsdelikt Fynn Benner ein Mops war.

»Wie weit ist denn die Praxis von Dr. Mohr entfernt?«, fragte Gunnar und zog sein Smartphone aus der Tasche, um die Adresse des Tierpsychologen einzugeben.

»Das sind schon so um die drei Kilometer. Mit einem normal großen Hund könnte man auch zu Fuß gehen, aber Werthers Beine sind zu kurz«, rief Siegfried Frieling seiner Frau hinterher, die bereits schmollend mit dem Mops unter dem einen und der Designerhandtasche mit klotzigem goldenem Logo über dem anderen Arm aus dem Zimmer gerauscht war.

»Ich habe doch alles schon so viele Male erzählt«, sagte Greta Baldrum und zog an ihrer Zigarette. In dem Zwielicht des dunklen Novembertages von der Seite betrachtet, hätte man sie für die ältere Schwester von Fenja halten können. Dieselben dunkelblauen Augen, die hohen Wangenknochen und die leicht spitze Nase. Als die Frau sich jedoch zu Stella umdrehte, war die Ähnlichkeit nur noch bedingt vorhanden, denn Greta Baldrums Gesicht war mager. Tiefe Sorgenfalten zogen ihre Mundwinkel nach unten und einige der blonden Ponyfransen waren bereits ergraut. In der Akte hatte Stella gelesen, dass Fenjas Mutter erst Ende 30 war. Sie war also nur unwesentlich älter als sie selbst. Und hatte möglicherweise schon ein Kind verloren. Gab es im deutschen Sprachgebrauch ein Pendant zu Waise? Eine Bezeichnung für Eltern, deren Kinder verstorben waren? Stella fiel nichts Derartiges ein.

»Meines Wissens kennt Fenja weder einen Fynn Benner noch einen Yannick Berg. Aber das habe ich alles schon mal gesagt. Der eine Junge ist jetzt tot, oder?«

Stella nickte und steckte die Fotos der beiden Jugendlichen wieder in ihre Tasche.

»Was bedeutet das für meine Tochter?«

»Das kann ich Ihnen nicht sagen, denn es gibt bisher keine Verbindung zwischen den Jugendlichen.«

Eine Weile starrten alle schweigend hinaus in den Regen.

»Hat Ihre Tochter mal irgendwann etwas von Schwänen oder dem Haus vom Nikolaus erzählt?«, fragte Armin.

Greta Baldrum sah ihn mit gerunzelter Stirn an. »Ist das alles, was die Polizei mir präsentieren kann, nachdem meine Tochter seit drei Wochen verschwunden ist?« Sie drückte ihre Zigarette mit so viel Wucht im Aschenbecher aus, dass der Filter abbrach, ein Funken Asche über den Rand gewirbelt wurde und auf dem Fußabtreter verglühte.

»Das ist zumindest ein Anfang. Ich bin mir jedoch bewusst, dass Sie enttäuscht sein müssen.«

Greta Baldrum zuckte mit den Achseln und schloss die Terrassentür. »Es tut mir leid. Ich vermisse sie nur so sehr. Sie haben ja sicherlich gelesen, dass ich alleinerziehend bin?«

Stella erinnerte sich daran, dass in der Akte stand, Fenjas Vater habe die Familie kurz nach ihrer Geburt verlassen. Greta Baldrum wartete die Antwort auf ihre Frage nicht ab. »Meine Mutter starb sehr früh. Sie war mir am Anfang mit Fenja noch eine große Hilfe, aber dann wurde sie krank. Immerhin hat sie uns dieses Haus hinterlassen.«

»Und ihr Vater?«

Fenjas Mutter schüttelte eine Zigarette aus der Schachtel und öffnete die Terrassentür wieder. Stella fragte sich, wie oft die Tür am Tag wohl geöffnet und geschlossen wurde. Da Greta Baldrum seit dem Verschwinden von Fenja arbeitsunfähig war, hatte sie eine Menge Zeit, um Zigaretten zu rauchen und in den großen, ungepflegten Garten zu starren.

»Meinen Vater habe ich nicht kennengelernt. Es scheint in unserer Familie abgesprochen zu sein, dass die Väter unsichtbar werden, sobald die ungewollten Kinder auf die Welt kommen.«

»Fenjas Vater ist Finne. Laut der Akte ist er in sein Heimatland zurückgegangen. Und Fenja hatte noch Kontakt zu ihm?«

»Auch das habe ich schon mehrfach erzählt. Fenja kann nur ein paar Brocken Finnisch, die sie sich selber beigebracht hat, und Soini kann nur ein wenig Deutsch und kaum Englisch. Sie haben sich vielleicht mal geschrieben, aber viel mehr als rudimentär können sie sich nicht ausgetauscht haben. Und ich habe davon nie etwas mitgekriegt. Ich habe Soini seit 15 Jahren nicht gesprochen.«

Natürlich hatte die Polizei versucht, Kontakt zu Fenjas Vater aufzunehmen. Aber da er sich geschäftlich momentan wohl irgendwo aufhielt, wo es kaum mobilen Empfang gab, gestaltete es sich als schwierig. Zumindest hatte er ausgesagt, dass er nicht wusste, wo seine Tochter war.

»Um es vorwegzunehmen: Wir wissen, dass auch dies schon mehrfach passiert ist. Aber wir würden uns gern Fenjas Zimmer ansehen.«

Greta Baldrum zeigte mit der brennenden Zigarette auf eine geschlossene Tür am Ende des Flures. »Sie finden schon alleine hin. Ich muss noch aufrauchen.«

Stella nickte. Es war ihr ganz recht, wenn Armin und sie ohne die Anwesenheit von Fenjas Mutter einen Blick in das Zimmer des verschwundenen Mädchens werfen konnten. Manchmal war es gut, die Ausstrahlung eines Raumes erst mal stumm auf sich wirken zu lassen.

Fenja schien einen Blick für Farben zu haben. Das ganze Zimmer war zwar schlicht, aber in verschiedenen Blau- und Grüntönen gehalten. Sie war den Prinzessinnen- und Einhornzeiten mit 17 Jahren ja auch altersmäßig schon entwachsen. Einzig ein verschämt neben einem Stapel Bücher eingeklemmtes regenbogenfarbenes Stoffpony wies darauf hin, dass auch Fenja ein Fan von »My little Pony« gewesen sein musste. Auffällig war, dass es keinerlei Poster von Popstars, Schauspielern oder YouTubern an den Wänden gab. Der einzige Wandschmuck war ein Kunstdruck des Gemäldes »Sternennacht« von Vincent van Gogh. Stella fuhr mit dem Finger über die Oberseite des Rahmens. Kein Staub. Anscheinend hielt Greta Baldrum das Zimmer ihrer Tochter sauber, während der Rest des Hauses verwahrloste. Ihr waren der hohe Turm von dreckigem Geschirr in der Spüle und die Staubflusen auf dem Wohnzimmerteppich sofort aufgefallen. Aber auch das war nichts Ungewöhnliches: Falls Fenja ganz unverhofft durch die Haustür spazieren sollte, wäre alles wie vorher für sie.

Einzig die an der dunkelblauen Magnetwand ungeordneten Fotos und Zettel erzeugten einen Hauch von Durcheinander. Stella kam dies jedoch fast bewusst vor, denn diese kleine Insel der Individualität in dem sonst eher unpersönlichen Zimmer war ein interessanter Blickfang. Eine ganze Fotoreihe zeigte Fenja mit einem Mädchen in ihrem Alter beim Schneiden unterschiedlicher Grimassen. Stellas Kühlschranktür zierten ganz ähnliche Bilder aus einer Fotokabine, auf denen sie mit ihrer besten Freundin Bounty posiert hatte. Entstanden waren diese, als sie etwa im selben Alter wie Fenja gewesen waren. Dann noch ein Schnappschuss von Fenja als Baby mit einer Frau, die um die 50 sein musste, wahrscheinlich ihre Oma. Neben einigen Notizzetteln mit Terminen hing dort noch eine ziemlich lange Liste mit Daten und Wörtern in einer Sprache, die Stella nicht kannte. Sie vermutete, dass es Finnisch war, denn die Wörter bestanden aus vielen aneinandergereihten Vokalen ohne ein nennenswertes Vorkommen von Konsonanten. Anscheinend hatte Fenja sich immer neue Wörter in dieser Sprache angeeignet und mit dem Datum versehen, wann sie diese Vokabeln gelernt hatte. Vielleicht hatte sie vor, irgendwann Kontakt zu ihrem Vater aufzunehmen. Armin machte Fotos von Fenjas Zimmer in dem Wissen, dass bereits alles in der Akte zu finden war, was sie an Informationen aus dem Besuch dieses Raumes gezogen hatten. Stella seufzte. Wie so oft war auch hier ein Hoffnungsschimmer, dass ihre Kollegen etwas übersehen haben könnten, was Fenja vielleicht wieder zurück zu ihrer einsamen, kettenrauchenden Mutter bringen würde. Und dieser Hauch von Hoffnung war alles, was sie hatten.

Werther wusste anscheinend ganz genau, was von ihm erwartet wurde. Bereitwillig ließ er sich von dem zugegebenermaßen ziemlich attraktiven Arzt, den Banu auf ungefähr 50 schätzte, auf einen dezent gemusterten Sessel mit einer Plastikauflage heben. Banus Blick wanderte in dem großzügig geschnittenen Raum umher. Das Therapiezimmer war komplett auf vierbeinige Patienten zugeschnitten. Gegenüber von dem Sessel, auf dem nun der Mops saß, nahm Dr. Mohr Platz. Die Polstermöbel waren nur wenige Zentimeter voneinander entfernt, sodass der Hundepsychologe Werther, ohne sich strecken zu müssen, berühren konnte. In einer Ecke des Raumes war eine große Decke auf dem Boden ausgebreitet, auf der allerhand Hundespielzeug herumlag. Banu konnte einen kopflosen Bart Simpson, ein zerkautes rosafarbenes Einhorn sowie mehrere bunte Plastikringe erkennen. Auf dem kleinen Tischchen neben Dr. Mohrs Sessel lagen eine Pfeife und eine Schale mit braunen kleinen Stückchen, wahrscheinlich Hundeleckerlis. An der Garderobe neben der Tür hing Werthers Mäntelchen.

»Ich bitte Sie, von nun an ganz still zu sein. Werther und ich müssen zunächst eine Verbindung aufbauen«, sagte Dr. Mohr. Angela Frieling hing an seinen Lippen und war sehr bemüht, mit ihm Augenkontakt aufzubauen. Banu war aufgefallen, dass sie sich mehrfach nach vorn gebeugt hatte, sodass der Arzt kaum eine Chance hatte, an ihrem Dekolleté vorbeizuschauen. Dr. Mohr erwiderte ihren Blick freundlich, aber unverbindlich. Banu konnte sich vorstellen, dass Frau Frieling nicht die einzige unbefriedigte Ehefrau mit Hund war, die seine Dienste in Anspruch nahm. Dementsprechend gelassen ignorierte er ihre peinlichen Versuche, seine Aufmerksamkeit auf sich zu ziehen.

Dr. Mohr wandte sich an Banu und Gunnar. »Werther wird mir gleich erzählen, ob ihn etwas beunruhigt. Bitte fragen Sie während der Sitzung nicht nach. Das könnte ihn aus seinem Erzählfluss bringen. Wenn er mir alles berichtet hat, können Sie natürlich Fragen stellen.«

»Wie funktioniert denn so ein Interview? Bei Menschen ist es ja klar. Aber wie spricht man mit Hunden?«, fragte Gunnar.

Dr. Mohr lächelte ihn entschuldigend an. »Verzeihen Sie. Sie waren ja wahrscheinlich noch nicht bei einer hundepsychologischen Sitzung dabei. Natürlich sprechen Werther und ich in dem Sinne nicht miteinander, aber wir kommunizieren. Durch meine Hand, die ich ihm gleich auf den Kopf legen werde, sende ich neuronale Impulse an sein Hirn. Dort werden diese Impulse in seine Sprache übersetzt, und er sendet wiederum seine Antworten auf demselben Weg an mich. Eigentlich ganz simpel.«

Gunnar nickte so interessiert, dass Banu anfing, an seinem Geisteszustand zu zweifeln. »Dann haben Sie eine Gabe?«, fragte sie provozierend. »Oder könnte ich das auch?«

Angela Frieling schnalzte missbilligend mit der Zunge, aber Dr. Mohr antwortete sehr geduldig und ohne auf die Spitze einzugehen.

»So könnte man das wohl nennen. Nur wenige Menschen haben die Fähigkeit, auf diese Art mit Tieren in Kontakt zu treten. Mir gelingt das auch nur bei Hunden. Unsere Katzen lassen mich nicht in ihren Kopf.«

Banu bewunderte seine Gelassenheit. Es gab bestimmt nicht allzu viele Leute, die an diese Fähigkeit glaubten. Das hoffte Banu zumindest. Also musste Dr. Mohr sich wahrscheinlich häufig erklären. Allerdings brachten diese paar Jüngerinnen ihm eine Menge Geld ein. Die Gründerzeitvilla im Stil des Historismus mit großem hölzernem Wintergarten, in der sich die Praxis und auch die Wohnung des Arztes, seiner Frau und seines Sohnes befanden – Banu hatte sehr aufmerksam auf das Klingelschild gesehen –, machte jedenfalls einen ziemlichen teuren Eindruck.

»So, dann legen wir jetzt los!« Der Arzt stimmte ein leises Summen an und legte Werther die rechte Hand auf den Kopf. Zunächst zuckte der kleine Hund zusammen, als hätte er einen winzigen Stromstoß bekommen, fügte sich dann jedoch in sein Schicksal.

Banu konnte nicht sagen, ob sie sich mehr Action bei der Sache versprochen hatte. Aber es passierte rein gar nichts. Die Minuten verstrichen. Dr. Mohr saß kerzengerade auf seinem Stuhl und hatte die Augen auf Werther gerichtet. Verglichen mit dem sehr leisen Summen aus seinem Mund kam Banu das Ticken der großen Wanduhr geradezu ohrenbetäubend laut vor. Außerdem machte sich langsam der Schlafmangel der letzten Tage bei ihr bemerkbar. Spätestens seit der Halloween-Party und dem Tod von Fynn Benner schlief Banu schlecht. Vordergründig schob sie es auf die Wechseljahre, es könnte jedoch auch daran liegen, dass Merve in Fynns Alter war. Der Mord an dem Jungen beschäftigte sie mehr als so manch anderer Fall, an denen sie gemeinsam mit ihren Kollegen in den letzten Jahren gearbeitet hatte. Worüber sie allerdings wirklich nachdachte, wenn sie nicht einschlafen konnte, war die Frage, ob nicht alle Morde gleichwertig waren. Durfte sie das Verbrechen an Fynn schlimmer finden als den Tod der Prostituierten, deren Körperteile im letzten Jahr gleichmäßig an den Ufern von Elbe und Alster abgelegt worden waren? Banu ertappte sich dabei, dass sie die Morde bewertete. Und das war selbstverständlich nicht richtig. Vielleicht sollte sie Stella von diesen Gedanken erzählen. Banu gähnte. Sie kämpfte gegen die Versuchung an, ihren Kopf auf die Schultern ihres Kollegen zu legen, der neben ihr auf dem bequemen Sofa saß, und einfach ein paar Sekunden zu dösen. In diesem Moment ertönte ein kurzer lauter Pfiff.

Charles konnte sich noch genau daran erinnern, wie Michelle und er an einem strahlenden Sommermorgen vor dem Grab von Marcel Proust gestanden hatten. Michelles Gesicht war gebräunt von der Frühlingssonne gewesen und sie hatte das kurze gelbe Kleid angehabt. Er hatte das Kleid an ihr geliebt und sie »mon petit tournesol«, meine kleine Sonnenblume, genannt, wenn sie es trug. Michelle hatte ihre kleine Hand in seine geschoben und er hatte das kühle Silber ihres Verlobungsrings gespürt. An diesem Morgen war er glücklich gewesen.

Leider konnte Charles sich nicht so gut an Daten erinnern wie an Bilder, aber es musste Anfang Juni 1978 gewesen sein. Der Beginn ihres neuen Lebens. Der Friedhof Père Lachaise war damals wie heute eine der meistbesuchten Sehenswürdigkeiten von Paris. Mehrere Millionen Touristen pilgerten hierhin, um sich die Ruhestätten berühmter Persönlichkeiten wie Jim Morrison, Edith Piaf, Oscar Wilde oder eben Marcel Proust anzusehen.

»Versprichst du mir, dass ich hier begraben werde?«, hatte Michelle damals gefragt. Charles hatte mit dem

Kopf geschüttelt, da er so kurz vor ihrer Hochzeit nicht vom Tod hatte sprechen wollen. Aber sie hatte keine Ruhe gegeben und er hatte schließlich genickt.

Mehr als 35 Jahre später hatten sie an derselben Stelle gestanden. Charles hatte Michelles pergamentartige Hand ganz vorsichtig in seiner gehalten, da er Angst gehabt hatte, er könnte sie brechen, wenn er auch nur ein wenig den Druck erhöhte. Ehe- und Verlobungsring hatte Michelle schon lange nicht mehr getragen. Nachdem sie ihr mehrfach von den immer magerer gewordenen Fingern gerutscht waren, hatte sie sie zwar beim Juwelier enger machen lassen. Aber als der kleine silberne Ring mit dem winzigen Saphir, der ihr so viel bedeutet hatte, nicht mehr auffindbar gewesen war, hatte sie beschlossen, ihren Ehering in den letzten Monaten, die ihr noch blieben, um den Hals zu tragen. »Du hast es nicht vergessen, oder?«, hatte sie geflüstert. Sie hatten seit Jahren nicht mehr darüber gesprochen, aber es war ihm sofort klar gewesen, was sie meinte. Ohne zu merken, dass er weinte, war ihm eine Träne aus dem Augenwinkel gelaufen, und Michelle hatte sie mit ihren kalten, wunden Lippen weggeküsst. »Ich kann hier kein Feuer sehen. Schon damals nicht«, hatte sie gesagt. »Vielleicht finde ich hier Ruhe.« Kurz danach war sie in den Tod gesprungen.

Im November konnte man keine Sonnenblumen bekommen, aber er legte eine gelbe Rose auf ihr schlichtes Grab. Seine Gefährtin war nun über ein Jahr tot und der Jahrestag der roten Nacht jährte sich zum 45. Mal. Sie alle hatten sich geschworen, keinen Kontakt zueinander aufzunehmen. Nur so würden sie sicher sein. Aber je länger er allein war, desto mehr trieb Charles die Frage um, ob er wirklich der Einzige war, der noch lebte. Er überlegte. Um ganz ehrlich zu sein, hatte es ihn natürlich immer interessiert, was aus den anderen geworden war. Aber sie hatten einen Schwur abgelegt, den er niemals brechen würde. Dennoch kaufte Charles regelmäßig deutsche Zeitungen und suchte im Internet, in der Hoffnung, irgendwo einen Hinweis auf die anderen zu bekommen. Und er war fündig geworden. Zumindest fand er über die Jahre verteilt vier Todesanzeigen. Einer könnte also noch am Leben sein. Und obwohl er damals Stillschweigen geschworen hatte, musste er es wissen. Denn noch ein anderer Zeitungsbericht hatte in diesem Zusammenhang seine Aufmerksamkeit auf sich gezogen. Auch wenn das eine gar nichts mit dem anderen zu tun haben mochte.

»Welche Berufsbezeichnung hat der Mann denn eigentlich?«, fragte Thorsten Fock und schob das riesige Pfefferminzbonbon in seinem Mund hin und her. Seit er vor mehr als drei Jahren aufgehört hatte zu rauchen, war er auf den vermehrten Konsum von Süßigkeiten umgestiegen. Da er der möglichen Gewichtszunahme jedoch mit konsequentem Ausdauersport entgegenwirkte, hatte er laut eigenen Aussagen nicht ein Gramm zugenommen, seit er Kalorien gegen Nikotin getauscht hatte.

»Er ist wohl tatsächlich ein approbierter Tierarzt, der diesen ganzen Psychologiekram obendrauf gesattelt hat«, sagte Gunnar und zog eine Visitenkarte aus seinem Portemonnaie.

Praxis Dr. Henrik Mohr
Spezialist für Kleintiere und
psychologische Problemberatung bei Hunden
Sprechzeiten: montags und donnerstags von
14–18 Uhr sowie nach Vereinbarung

Armin schüttelte den Kopf. »Ich frage mich, wie man so gut leben kann, obwohl man nur so wenig arbeitet.«

»Ich finde, solche Arbeitszeiten sollten wir hier auch mal einführen. Oder, Chef?«, sagte Stella aus dem Nebenraum.

Banu, die seit mehreren Minuten mit dem Rücken zu ihren Kollegen stand, da sie die bisher auf Karten zusammengetragenen Erkenntnisse und Akteure sortierte, drehte sich um. »Liebe Stella, darf ich dich einladen, auch an unseren Gesprächen teilzunehmen?«, fragte sie grinsend. »Was machst du denn noch da drüben?«

»Ich sitze am PC und checke die finnischen Wörter, die auf der Vokabelliste von Fenja Baldrum stehen. Vielleicht versteckt sich da ein Hinweis. Ich kann aber jedes Wort von euch verstehen.«

»Also gut, dann fasse ich jetzt mal die Ergebnisse von Werthers Therapiesitzung zusammen.« Gunnar räusperte sich. »Ihm gefiel das Fernsehprogramm am letzten Samstagabend nicht, und deshalb hat er sich, nachdem er sein Geschäft gemacht hat, ein bisschen in den Nachbarsgärten umgesehen. Zunächst hat er niemanden getroffen, aber dann sah er merkwürdige Gestalten, die ihm Angst gemacht haben. Er hat sich dann auf dem Grundstück der Warnckes unter einem Busch versteckt, einem Kirschlorbeer, und die furchterregenden Personen beobachtet. Einen davon fand er besonders unheimlich, weil der ganz anders roch als die anderen. Irgendwann ist er dann eingeschlafen und erst am nächsten Tag wieder aufgewacht. Weil er großen Hunger hatte und sein Frauchen vermisste, ist er schnell nach Hause gelaufen. Er hat aber noch immer Angst vor den gruseligen Gestalten, aber vor allem vor dem, der anders roch.«

Thorsten Focks Pfefferminzbrocken gab ein laut vernehmliches Knacken von sich, als er ihn zerbiss. »Und das ist alles?«

Banu zuckte mit den Schultern. »Werther bekam dann noch ein Leckerli und ein Fläschchen mit Bachblüten. Wobei ich nicht weiß, ob die nicht für Frau Frieling waren, und dann sind wir gegangen. Er meinte zwar, dass man eventuell noch mehr in die Tiefe gehen könnte, aber der Hund momentan so aufgeregt sei, dass das zu diesem Zeitpunkt keinen Zweck hätte.« Banu nahm den dicken schwarzen Edding und strich den Namen »Werther« am Flipchart durch. »Wobei ich es interessant finde, was er über den Geruch gesagt hat. Vielleicht meint er den Blutgeruch. Insofern wäre es vielleicht weiterführend, sich noch mal genauer mit Dr. Mohr zu unterhalten. Eventuell hat Werther noch Nuancen erwähnt, die er uns gegenüber nicht geäußert hat, die aber doch wichtig sind.« Als Gunnar die skeptischen Gesichter seiner Kollegen sah, zuckte er entschuldigend mit den Achseln. »War nur so eine Idee.«

In diesem Moment schob eine strahlende Stella die Tür zum Besprechungsraum mit ihrer Fußspitze so weit auf, dass sie eintreten konnte. In der rechten Hand hatte sie einen Kaffeebecher, den mit der Ski fahrenden Katze, und in der linken Hand ihr Handy, auf dem sie anscheinend das Foto von der Liste mit Fenjas Vokabeln aufgerufen hatte. »Vergesst den Hund, ich habe was viel Interessanteres. Ein Wort, das Fenja kurz vor ihrem Verschwinden aufgeschrieben hat, ist ›joutsen‹. Das ist das finnische Wort für ›Schwan‹.«

Der olfaktorische Cocktail aus dem Schweiß der spätpubertierenden Deo-Verweigerer, Parfümvariationen von billig bis teuer und einem Hauch Marihuana erfüllte den kleinen Raum im Keller des Jugendzentrums und trieb Merve die Tränen in die Augen. Sie kramte ein zerknülltes Taschentuch aus ihrer Jeans und tupfte sich übers Lid.

Dalli Eckström, die rechts neben ihr saß, legte ihr die Hand auf den Arm. »Du musst dich nicht schämen.« Sie zeigte mit dem Finger in die Runde. »Wir trauern alle hier. Fynn war ein ganz besonderer Mensch.«

Merve nickte. Tatsächlich fing ihre Anwesenheit bei dieser spontanen Trauerfeier langsam an, ihr peinlich zu werden. Sie hatte den Toten kaum gekannt. Er war auf die Stadtteilschule gegangen, die direkt an den Pausenhof ihrer Schule angrenzte. Sie waren sich auf dem Schulhof ein paarmal begegnet, wenn Fynn seine früheren Klassenkameraden auf dem Gymnasium besucht hatte. Und auf einer Party bei Dalli hatten sie sich vor einigen Jahren über das Wetter im Hamburger Sommer unterhalten. Merve war sicher, dass Fynn nicht mal ihren Namen gewusst hatte. Aber ihre Freundin Vicky war ganze acht Wochen lang mit ihm zusammen gewesen. Als sie Merve heute Mittag eine WhatsApp geschickt hatte, dass es am späten Nachmittag eine kleine Trauerfeier für Fynn geben würde, hatte Merve nicht lange gezögert und gleich zugesagt. Ihre Eltern waren noch bei der Arbeit und so hatte sie sie auch nicht gefragt, ob sie teilnehmen durfte. Merve wusste, dass es ihre Freundin sehr hart traf, was mit ihrem Exfreund passiert war. Sie wusste zwar nur das, was ihr die Titelseite der Hamburger Morgenpost förmlich entgegengeschrien hatte. Aber es belastete sie allein die Vorstellung, dass ein Junge in ihrem Alter hier in Hamburg, der Stadt, in der sie sich sicher fühlte, einfach so ermordet worden war.

Vicky saß schluchzend gegenüber von Merve in dem Trauerkreis und hielt sich an einer Wodkaflasche fest. Fabian Schmidt, einer von Fynns besten Freunden, griff in die große blaue Ikea-Tasche, die neben ihm stand, und holte 15 Grablichter heraus. »Für jeden von euch eins. Ich möchte, dass alle ein Licht anzünden und es vor sich hinstellen. Und dabei eine positive Eigenschaft von Fynn sagen oder kurz von einem schönen Erlebnis erzählen, was sie mit ihm hatten.«

Merve nahm sich ein Grablicht und zählte ab, dass sie als zwölftes an die Reihe kommen würde. Während die anderen Trauenden dem Verstorbenen Eigenschaften wie »konnte einem mitten ins Herz sehen« oder »war der beste Zuhörer, den eine Frau sich wünschen konnte« zuerkannten und Lisa erzählte, wie er sie hatte bei der Mathearbeit abschreiben lassen, überlegte Merve fieberhaft, was sie Positives über den Toten sagen konnte. Sie wusste von Vicky, dass Fynn Klassen- und Schulsprecher sowie Streitschlichter und Ansprechpartner für die neuen Schüler der Klassenstufe 5 gewesen war. »Vielleicht war er zu sozial«, dachte sie laut.

Dalli zischte ihr zu: »Du wolltest wohl sagen, er war der sozialste Mensch, den du je kennengelernt hast.«

Aber Merve, die merkte, dass die anderen sie missbilligend ansahen, schüttelte den Kopf. »Ja, das war er tatsächlich. Aber war das nicht des Guten zu viel? Eventuell hat das jemand ausgenutzt.« Den letzten Satz hatte sie nur probeweise angefügt, um den Hauch an Kritik an einem scheinbar perfekten Menschen zu rechtfertigen.

»Du meinst, seine soziale Einstellung hat ihn zum Opfer gemacht?« Fabian drehte das bereits leuchtende Grablicht in seinen Händen hin und her. »Mit Sicherheit war Fynn eher jemand, der eingesteckt als ausgeteilt hat. Ich bin schon mit ihm zusammen in den Kindergarten gegangen und ich habe nie gesehen, dass er auch nur einer Fliege etwas zuleide getan hätte.«

»Nein, er hat alle Lebewesen geliebt, auch die Fliegen«, lallte Vicky, die die Wodkaflasche innerhalb der letzten Viertelstunde zur Hälfte ausgetrunken hatte. Merve würde sie wohl nach Hause bringen müssen. Glücklicherweise war Vicky mit dem Fahrrad gekommen und konnte sich auf dem Rückweg daran festhalten. Das würde die Sache erheblich erleichtern.

»Deine Mutter ist doch bei der Mordkommission, Merve. Hat sie etwas mit der Untersuchung des Mordes an Fynn zu tun?« Lisa hatte begonnen, sich eine Zigarette zu drehen. Nachdem sie den Tabak in dem Zigarettenblättchen verteilt hatte, krümelte sich noch eine schwarze Substanz darauf.

Merve zuckte mit den Schultern. Ihre Mutter würde lieber tot umfallen, als auch nur ein Wort über ihre aktuellen Mordermittlungen zu verlieren. Sie nickte Albana zu ihrer Linken zu und gab ihr das Feuerzeug, damit sie ihr Grablicht anzünden konnte.

DIENSTAG, DEN 3. NOVEMBER 2015

»Die Frage ist, ob es wirklich einen Sinn hat, Fynns Freunde noch mal zu befragen.« Stella rangierte den Dienstwagen in eine Lücke auf dem Parkplatz, der zur Stadtteilschule Am Tal gehörte.

Banu zuckte mit den Achseln. »Zumindest können wir fragen, ob Fynn etwas von Schwänen erzählt hat. Das scheint ja vielleicht eine Verbindung zwischen den verschwundenen Jugendlichen zu sein. Wobei wir bei Yannick ja nicht fündig geworden sind.«

Gestern Abend hatten Stella und Gunnar noch einmal die Eltern des vermissten Jungen aufgesucht. Jedoch ohne ein weiterführendes Ergebnis. Stella schirmte ihre Augen mit der Hand ab und musterte das Schulgelände. »Ich sehe weit und breit kein Tal. Verwirrender Name für eine Schule.« Sie hatte bereits den Internetauftritt der Schule aufgerufen und gelesen, dass sie einige Preise für die Gestaltung des Schulgeländes gewonnen hatte. Auf jeden Fall hatten sich hier ein oder mehrere Landschaftsarchitekten ausgetobt. Der alte Baumbestand war durch einen kleinen Hochseilgarten ebenso in das Gesamtbild integriert worden wie die künstlichen Boulderfelsen und der eingezäunte riesige See inmitten des Schulhofs. Ein Highlight war sicherlich der einem klassischen Amphitheater nachempfundene Versammlungsplatz. Hier saßen mehrere Jugendliche auf den steinernen Treppen und diskutierten.

»Wie schön, dass am Nachwuchs unserer Stadt nicht gespart wird«, seufzte Banu. »Allerdings wirkt Merves Gymnasium nebenan dagegen wie eine Bruchbude.«

»Dies hier ist aber auch eine Eliteschule des Sports. Jugend trainiert für Olympia und so. Davon ist Merve ja doch etwas weit entfernt.«

»Du hast recht. Zumindest hat sie in der letzten Zeit erwähnt, dass sie sich eventuell mal in einem Fitnesscenter anmelden will.«

Der Weidentunnel, der zum Verwaltungsgebäude führte, sah im Frühjahr und Sommer bestimmt sehr schön aus. Da die Bäume jedoch mittlerweile alle Blätter verloren hatten und die Spitzen der kahlen Äste sich über den Köpfen der Kommissarinnen berührten, hatte Stella den Eindruck, sie würden durch eine skelettierte Schlange gehen. Die Eingangstür verfügte über eine Gegensprechanlage, und nachdem Stella ihr Anliegen vorgetragen hatte, sprang sie mit einem Summen auf. Nur wenige Sekunden später öffnete sich die Tür des Schulleiterbüros und ein Mann, der dem Äußeren nach kurz vor seiner Pensionierung stand, nahm Banu und Stella in Empfang. Stella musterte ihr Gegenüber und kam zu dem Schluss, dass Conrad Willner sich wahrscheinlich heute dem Anlass entsprechend gekleidet hatte. Über dem weißen Hemd trug er einen schwarzen Anzug und eine anthrazitfarbene Krawatte. Stella hatte bereits auf dem Schulgelände gesehen, dass eine Fahne mit dem Wappen Hamburgs auf Halbmast geflaggt war.

Der Schulleiter deutete ihren Blick richtig. »Wir haben

heute eine Andacht abgehalten, um unseren Mitschüler Fynn Benner zu ehren.« Er seufzte schwer. »Fynn war einer unserer besten Handballer. Er wird uns im Kader sehr fehlen. Momentan wissen wir nicht, wie wir die Lücke in der Mannschaft schließen sollen.«

Stella war irritiert darüber, dass als Allererstes Fynns sportliche Qualitäten Erwähnung fanden. »Aber er war doch bestimmt auch ein guter Mensch, oder?«

Der Schulleiter blinzelte hinter den dicken Brillengläsern und wies auf eine Sitzgruppe im hinteren Teil des riesigen Büros. »Bitte nehmen Sie Platz. Und zu Ihrer Frage: Ja, Fynn war sogar ein sehr guter Mensch. Immer nett, immer ausgeglichen. Er war Schulsprecher und in der Schulkonferenz.«

Stella und Banu ließen sich auf den unbequemen Stühlen aus künstlichem Rattangeflecht nieder. Wahrscheinlich war nicht vorgesehen, dass man hier lange saß.

»Er war also besonders sozial?« Stella schlug ein Bein über das andere, um eine angenehmere Sitzposition einzunehmen. Sie warf einen Seitenblick auf Banu, die von einer Pobacke auf die andere rutschte.

»Wie ich schon sagte, hatte er viele Ämter inne. Er war beliebt unter seinen Mitschülern. Er war sehr hilfsbereit.«

»Also der ideale Schüler?«, hakte Banu nach.

Der Schulleiter ließ sich schwer in einen der Stühle fallen. Neidisch bemerkte Stella, dass ein dickes Kissen auf seinem Stuhl lag.

»Das ist schwer zu sagen. Auch an Fynn ist die Pubertät nicht spurlos vorbeigegangen. Gerade in den Naturwissenschaften hat er doch die eine oder andere 5 geschrieben. Aber das konnte er mündlich ausgleichen.«

Stella ging im Kopf die Fakten durch, die sie bereits über Fynn wussten. Sie deckten sich alle mit dem, was der Schulleiter über ihn sagte. »Das kommt Ihnen jetzt vielleicht komisch vor, aber hat Fynn jemals über Schwäne gesprochen?«

Conrad Willner runzelte die Stirn. »Meinen Sie die Vögel?«

Stella überlegte, ob der Begriff »Schwan« ein Teekesselchen war, fand aber kein Pendant. Sie sah, wie Banu neben ihr mit den Augen rollte.

»Also, mit mir nicht. Auf dem Logo unserer Schule ist der Gepard. Das schnellste Landtier. Durchtrainiert, leistungsstark und genügsam. Genau diese Eigenschaften erwarten wir auch von unseren Schülern.« Aus den Augenwinkeln sah Stella, dass auch Banu den Schulleiter einer erneuten Musterung unterzog. Ihr fiel es immer schwer, an ein gemeinsames Credo zu glauben, wenn selbst der Chef des Ganzen nicht als Vorbild diente. Denn über Willners Hemdkragen hing ein unübersehbares Doppelkinn und wenigstens eine Speckrolle schwappte über den Gürtel der Anzughose. Zumindest mit der Genügsamkeit schien er es also nicht so genau zu nehmen.

»Wir hatten ja schon am Telefon darüber gesprochen, dass wir uns gern noch mit Fynns Lehrern und seinen Freunden unterhalten würden. Könnten Sie sie bitte ausrufen?« Stella bemerkte, dass ihre Stimme heiterer klang, als sie sich fühlte, denn bisher hatten sie absolut nichts Neues erfahren.

»Der Polizeiwagen stand schon in der Pause auf dem Parkplatz.« Vicky schob ihre Sonnenbrille hoch und nahm einen großen Schluck Wasser aus ihrer Trinkflasche. Merve bewunderte ihre Freundin dafür, dass sie heute überhaupt in die Schule gekommen war, denn gestern Abend hatte sie kaum noch geradeaus gehen können. Allerdings schien Vickys Trauerphase langsam vorbei zu sein und in die Phase zu münden, bloß nichts verpassen zu wollen. Sie saß im Schneidersitz auf der dicken Mauer, die die Stadtteilschule vom Gymnasium trennte, und spähte durch das immer kahler werdende Gebüsch. Da ihre Biologielehrerin heute krank war, sollten sie eigentlich in der selbst organisierten Lernzeit ein Referat über die Natrium-Kalium-Pumpe im Themenbereich Neurobiologie vorbereiten, aber Vicky hatte gemeint, dass sie dies ja auch nach der Schule zu Hause erledigen könnten. Merve sah zwar eigentlich keinen Sinn darin, die Zeit in der Schule zu vertrödeln, um dann ihre freie Zeit am Nachmittag mit Schulaufgaben auszufüllen. Vicky war jedoch in Biologie deutlich leistungsstärker als sie, und Merve würde ohne sie die Aufgabe sowieso nicht annähernd so gut lösen können. Deshalb war es letztlich effizienter, das Referat mit ihrer Freundin gemeinsam heute Nachmittag in einer halben Stunde auszuarbeiten, anstatt jetzt eineinhalb Stunden allein darüber zu brüten.

»Du musst mir bei einer wichtigen Sache helfen«, sagte Vicky.

Merve wurde hellhörig. Da ihre Freundin momentan an kaum etwas anderes dachte als den Tod von Fynn, hatte es sicherlich etwas damit zu tun. Hoffentlich wollte sie nicht, dass sie ihre Mutter über die Ermittlungen aushorchte. Sie hatte zwar überhaupt keine Ahnung, ob Banu mit dem Fall befasst war, war aber auch nicht scharf darauf, sie daraufhin anzusprechen. Denn ihre Mutter hielt Arbeit und Privatleben völlig voneinander getrennt. Ihre Freundin hatte jedoch etwas ganz anderes im Sinn.

»Als ich mit Fynn zusammen war, habe ich ihm mehrere Briefe mit ziemlich privatem Inhalt geschrieben. Dass ich ihn liebe, und auch ein paar ganz schön versaute Sachen. Ich will nicht, dass irgendjemand Fremdes sie liest.« Vicky stand auf und streckte sich. »Wie ich Fynn kenne, hat er die Briefe aufbewahrt. Und ich weiß auch ganz genau, wo.«

Merve schaltete sofort. »Und jetzt sollen wir bei Fynns Eltern reinspazieren und sein Zimmer durchsuchen?«

»So wie du das sagst, klingt es so nach blindem Aktionismus. Aber ich habe mir natürlich schon Gedanken darüber gemacht, wie es im Detail ablaufen soll.«

»Natürlich«, seufzte Merve. Sie kannte ihre Freundin gut genug, um zu wissen, dass sie zwar erst mal eingeschnappt wäre, wenn Merve nicht mitmachen würde, aber sich nach kurzer Zeit wieder einkriegen würde. Sie stand also unter keinem zu großen Druck. Aber irgendwie reizte das ganze Unterfangen sie auch ein bisschen. Sie war so oft die brave Tochter, die sich von ihrer Mutter kontrollieren ließ und eigentlich nichts Unvorhergesehenes tat, dass es vielleicht auch nicht schadete, wenn sie sich mal auf ein kleines Abenteuer einließ. Und etwas Verbotenes würden sie ja eigentlich nicht tun. Wahrscheinlich hatte die Polizei Fynns Zimmer sowieso schon durchsucht und die Briefe gefunden. Aber hätten sie dann nicht bereits mit Vicky reden wollen?

Merve hielt ihrer Freundin die Handfläche hin, damit

sie sie abklatschen konnte. »Okay. Ich bin dabei. Aber danach machen wir gleich das Referat.«

Stella trommelte mit den Fingern auf ihren Schreibtisch. Sie war reichlich genervt und schlecht gelaunt von ihrer Mittagspause bei Fatihs Dönerimbiss zurückgekommen. Zwar hatte sie Fatih mittlerweile verziehen, dass er auf die Bitte von Banu hin mehrere Monate lang Joghurt- statt Knobisoße auf ihren Döner geschummelt hatte. Denn Banu war wohl der Ansicht gewesen, dass man auf die Geruchsnerven der Kollegen Rücksicht nehmen musste. Sie hatte anscheinend die »Herkunftskarte« ausgespielt und Fatih mit ihrem gemeinsamen Migrationshintergrund geködert, damit er ihr diese Bitte erfüllte. Aber aktuell hatte sie mit einem anderen Mittagspausentief zu kämpfen. Als Stella heute erst gegen 14 Uhr an der Dönerbude war, musste sie 15 Minuten warten, da offensichtlich die komplette Belegschaft des Friseursalons »Haireinspaziert« von gegenüber Fatihs einzigartigen Adena Kebap, Stellas rituelles Dienstagsessen, bestellt hatte. Als sie endlich an die Reihe kam, waren die roten Zwiebeln und die Peperoni alle. Zähneknirschend war sie auf einen ganz ordinären Döner ausgewichen.

Die Befragung von Fynns Freunden und Lehrern hatte sich hingezogen wie Kaugummi. Seine Klassenlehrerin konnte nicht aufhören zu weinen und verbrauchte während ihrer Unterhaltung mehrere Packungen Papiertaschentücher. Zudem sprach sie zwischen den Schluchzern so undeutlich, dass sie die Antworten mehrfach wiederholen musste. Das Highlight war aber, dass Fynns Geschichtslehrer sich erinnern konnte, dass Fynn ungefähr vor einem Jahr häufig Schwäne in seinen Collegeblock gezeichnet hatte. Die hätten ausgesehen wie aus einem Comic. Ja, er sei sich ziemlich sicher, dass die Zeichnungen Schwäne gewesen waren. Es dauerte allerdings nur fünf Sekunden, die nicht mal dazu ausgereicht hatten, dass Stella unter dem Tisch begeistert die Faust ballen konnte, bis Fabian, Fynns bester Freund, korrigierend eingriff. Fynn hätte keinen Schwan gemalt, sondern Perry, das Schnabeltier aus der Zeichentrickserie »Phineas und Ferb«. Diese Serie hatten sie als Kinder immer zusammen geguckt und vor einem Jahr Lust gehabt, mit einigen Klassenkameraden ein Revival mit massenhaft Popcorn und einem zwölfstündigen »Phineas und Ferb«-Marathon zu feiern. Fynn hatte sich, sozial wie er war, bereit erklärt, die Einladungen zu entwerfen. Da er gern zeichnete, hatte er dabei auf Computervorlagen komplett verzichtet.

Beim Verlassen des Büros konnte Banu sich nicht verkneifen, den Schulleiter anzusprechen. »Zum Glück war es der Geschichtslehrer. Wenn es nun der Biologielehrer gewesen wäre, hätte ich meinen Glauben an die Qualität der Schulbildung in Hamburg komplett verloren.«

Zusammenfassend konnte man also sagen, dass die Unterhaltung am Vormittag sie nicht ein bisschen weitergebracht hatte. Dabei war Stella so sicher gewesen, dass die Verbindung zwischen den vermissten Jugendlichen der Schwan war. Immerhin hatte Fynn etwas über Schwäne gesagt, bevor er starb. Im Gegensatz zu einigen ihrer Kollegen war Stella eine Anhängerin der These, dass es Fynn wichtig gewesen war, genau dies noch einem Menschen mitzuteilen. Um möglicherweise andere zu retten?

Und Fenja hatte das Wort als eines der letzten auf ihren Vokabelzettel geschrieben. Stella glaubte an Zufälle genauso wenig wie an wahre Liebe auf den ersten Blick. Sie guckte zum wiederholten Mal auf ihr Smartphone. Apropos Liebe, Jupiter hatte sich seit zwei Tagen nicht mehr bei ihr gemeldet. Beim letzten Telefongespräch am Wochenende hatte er sehr geheimnisvoll getan. Es könnte gut sein, dass er die Hauptrolle in einer Mystery-Serie bekäme, von der mehrere Staffeln in Planung waren. Möglicherweise hatte Stella daraufhin nicht ganz so reagiert wie erwünscht. Für sie übersetzt bedeutete diese Nachricht, dass Jupiter wahrscheinlich nonstop sonst wo drehen würde und sie sich noch seltener sahen als jetzt schon. Zugegebenermaßen könnte ihre abwehrende Haltung ein Grund dafür sein, dass er sich nicht wieder gemeldet hatte. Denn er hatte sicherlich mit einer anderen Reaktion gerechnet. Irgendwann würde in naher Zukunft ein Gespräch über ihre Fernbeziehung Thema sein müssen. Vielleicht hatte sie neulich auch deshalb so einen wirren Traum gehabt. Aber nicht heute! Zögernd tippte Stella auf den Herz-Emoji, schrieb ein kurzes »Sorry« dazu und schickte die Nachricht ab. Nach verschwendeter Arbeitszeit am Vormittag, unbefriedigendem Mittagessen und drohendem Beziehungsknick konnte der Tag eigentlich nur noch besser werden.

Stella blickte sich um. Gunnar und Armin saßen am PC und Thorsten pulte an einer der Pflanzen rum, die auf der Fensterbank standen. »Kann es sein, dass der Gummibaum Blattläuse hat?«

Da die Frage anscheinend an sie gerichtet war, zuckte Stella die Achseln und erwiderte: »Woher soll ich das wissen? Ich bin doch keine Botanikerin.«

Als hätte sie auf das Stichwort gewartet, rauschte eine strahlende Banu durch die Tür, die ihre Mittagspause bei der Obduktion von Fynn Benner verbracht hatte. Thies Seligmann hatte heute offensichtlich bessere Laune verbreitet als Fatih. »Tatsächlich habe ich euch etwas aus dem Bereich der Pflanzen zu berichten«, sagte sie. »Aber ich beginne erst mal mit dem Offensichtlichen.« Schwungvoll griff sie sich den Edding und schrieb das Wort »Leberriss« auf das Flipchart. Banu genoss ihre Auftritte nach dem Beiwohnen von Obduktionen. Bei den Ermittlungen war sie häufig die im Hintergrund intelligent Agierende, die nicht immer so wie Stella gleich alles aussprach, was sie dachte. Aber ihr von Jahr zu Jahr wachsendes Interesse an Forensik und der Wissensvorsprung, den sie in diesem Moment ihren Kollegen voraushatte, machten sie auch mal zur Rampensau. »Das ist die Todesursache.« Sie zog einen Schreibblock aus ihrer Handtasche und überflog kurz ihre Notizen. Erst als sie sah, dass ihre Kollegen an ihren Lippen hingen, sprach sie weiter, klang jedoch nun wieder weniger euphorisch. Zwar war es immer erhellend, wenn ein Obduktionsbefund vorlag. Dies änderte jedoch nichts an der Tragik des Verbrechens. »Fynn ist innerlich verblutet.«

»Und wie passiert so was?«, fragte Gunnar. »War die Leber geschädigt durch Alkohol oder so? Angeblich war Fynn ja mustergültig, aber manchmal trügt die Fassade.«

Banu schüttelte energisch den Kopf. »Er muss heftig in den Bauch getreten oder geschlagen worden sein. Thies Seligmann meint, dass die Schläge mit enormer Krafteinwirkung erfolgt sein müssen. Mit Fäusten oder einem stumpfen Gegenstand. Oder vielleicht waren es auch

Tritte.« Sie drehte sich um und ergänzte die Anschrift auf dem Flipchart um mehrere Spiegelstriche.

Thorsten räusperte sich. »Und wie lange kann Fynn mit so einer Verletzung noch durch die Gegend gelaufen sein?«

»Ja, das ist interessant!« Banu machte eine Kunstpause. »Thies meint, dass es bei so einer schweren inneren Verletzung nicht sehr lange dauert, bis der Tod eintritt. Irgendwas zwischen einer halben und einer Stunde.« Stella ging zu der riesigen Hamburgkarte, die neben der Tür des Besprechungsraums hing. »In diesem Zeitraum, so langsam wie er sich bewegen konnte, kann er höchstens einen bis maximal eineinhalb Kilometer zurückgelegt haben. Er hatte ja noch die Stichverletzung am Bauch und Fieber. Er konnte sich also nur gekrümmt fortbewegen. Das schränkt den Radius für den Ort erheblich ein, an dem ihm die Verletzungen zugefügt wurden.« Sie zog mit dem Finger einen imaginären Kreis um den Abschnitt der Karte, auf dem sich das Grundstück der Warnckes befand.

»Es sein denn, jemand hat ihn mit dem Auto transportiert und irgendwo abgeladen«, warf Armin ein.

Thorsten machte ein skeptisches Gesicht. »Das halte ich für unwahrscheinlich. Derjenige hätte doch wohl vorher dafür gesorgt, dass Fynn tatsächlich tot ist. Und wäre nicht noch das Risiko eingegangen, dass Fynn etwas preisgibt.«

Stella nickte zustimmend. »Es besteht zwar die Möglichkeit, dass Fynn sich im Wagen totgestellt hat und den Fahrer getäuscht hat, aber die erste Variante ist doch wahrscheinlicher.«

»Aber du wolltest uns doch noch etwas über Pflanzen erzählen, Banu«, sagte Thorsten.

Banu fuhr mit dem Finger über die handgeschriebenen Zeilen auf ihrem Block. »Ja, genau. Sagt euch der Begriff ›Lampenflora‹ etwas?« Sie blickte in die ratlosen Gesichter ihrer Kollegen. »Also, Thies Seligmann hat unter Fynns Fingernägeln Spuren von bestimmten Pflanzen gefunden, die sich wohl nur in Höhlen jeglicher Art im Bereich der Beleuchtungskörper ansiedeln. Er hat die Proben zur näheren Bestimmung ins Botanische Institut geschickt.« Sie klappte ihren Notizblock zu. »So, damit ist der Bericht der Geschichtentante für heute beendet.«

Aber Stella dachte schon wieder einen Schritt weiter. »In Hausbruch und Umgebung gibt es keine Höhlen.«

»Vielleicht keine natürlichen. Aber ich könnte mir vorstellen, dass solche Pflanzen auch in alten, feuchten Kellern gedeihen.« Thorsten setzte sich an seinen Rechner. »Mal gucken, ob wir einen Hinweis im Internet finden. Vielleicht gibt es in Hausbruch ja ein altes, leer stehendes Gebäude mit so einem Keller.«

Stellas Smartphone vibrierte in ihrem Blazer. »Ist schon okay«, schrieb Jupiter. »Ich könnte Mitte nächster Woche nach Hamburg kommen. Soll ich?« Stella schickte schnell einen Daumen-Hoch-Emoji zurück. Sie hatte Jupiter schon vier Wochen nicht gesehen. Deshalb schlich sich auch Unzufriedenheit bei ihr ein. Sie hoffte, dass er dieses Mal vielleicht ein paar Tage länger bleiben könnte. Jedenfalls nahm sie sich vor, Jupiters Aufenthalt einmal nur zu genießen, jede Menge Sex zu haben und nicht ständig ihre Beziehung zu hinterfragen. Zusammen mit den

Ergebnissen der Obduktion und den daraus resultierenden Anhaltspunkten für die nächsten Ermittlungsschritte waren dies nach dem katastrophalen Vormittag ja doch einige Lichtblicke für den weiteren Verlauf des Tages.

In den letzten Tagen schien die Türklingel nicht mehr stillzustehen. Nachdem die Polizei ihnen am Samstag die Todesnachricht überbracht hatte und in verschiedenen Zeitungen Berichte über Fynn zu lesen waren, kamen Freunde und auch entfernte Bekannte aus allen Ecken Hamburgs, um ihr Beileid zu bekunden. In der ersten Zeit empfanden Alexander und Diana die Besuche als aufdringlich und wenig hilfreich für die Bewältigung ihrer Trauer. Aber mittlerweile waren sie gerührt darüber, wie viele Menschen an ihrem Schicksal Anteil nahmen. Natürlich war es für sie noch immer unfassbar, dass Fynn nie wieder durch ihre Haustür kommen würde. Diana nahm täglich Beruhigungstabletten, um zumindest einen kleinen Teil des Tages bewältigen zu können. Ihr Lächeln war maskenhaft, wenn sie die zahlreichen Kondolierenden begrüßte, aber sie versuchte sich in Small Talk und hielt sich besser als Alexander selbst. Denn während Diana mit Tränen in den Augen abends auf die vielen Blumensträuße, selbst gebackenen Kuchen und anderen kleinen Geschenke zeigte, hatte Alexander meist schon das erste Glas Whisky in der Hand. Und bei einem Glas blieb es nie. Er hoffte, dass sie Fynn bald beerdigen konnten. Eine Beisetzung konnte ein Abschluss sein. Diana und er hatten bereits darüber gesprochen, umzuziehen, Hamburg zu verlassen. Dies würde zwar eine Flucht sein, dessen waren sie sich bewusst, aber vielleicht würde ihnen das einen Neuanfang ermöglichen. Diana hatte zwar zunächst mit heftiger Ablehnung reagiert, da Fynn ja in Hamburg beigesetzt werden würde. Niemals würde sie die Stadt verlassen, in der ihr Sohn begraben war. Doch Alexander hatte dagegengesetzt, dass ihr Sohn auch in dieser Stadt gestorben war. Außerdem hatten sie bisher zu Friedhöfen keine Beziehung gehabt. Sie pflegten weder das Grab seines verstorbenen Vaters noch die Grabstätte von Dianas Eltern, die vor 25 Jahren bei einem Verkehrsunfall ums Leben gekommen waren.

Alexander hatte gerade einen Kaffee getrunken und Diana war vor circa einer halben Stunde ins Schlafzimmer gegangen, um sich einen Moment auszuruhen, als es erneut an der Tür klingelte. Das blonde Mädchen, das ihm entgegenlächelte, kam ihm vage bekannt vor. Ihre Begleiterin sah fremdländisch aus, vermutlich türkisch, und schien sich nicht recht wohl in ihrer Haut zu fühlen. Im Gegensatz zu Viktoria, jetzt fiel ihm der Name von Fynns Exfreundin wieder ein, gab sie ihm zwar die Hand, sah ihm jedoch nicht direkt ins Gesicht.

»Herr Benner, wir sind gekommen, um Ihnen und Ihrer Frau unser Beileid auszusprechen.« Viktoria schlug die Augen nieder. »Ich hoffe, Sie finden es nicht unverschämt, dass wir so hereinplatzen, aber wir sind selber völlig schockiert. Wie Sie wissen, standen Fynn und ich uns einmal sehr nahe.« Viktoria schluckte und eine Träne erschien in ihrem Augenwinkel, die sie hastig mit dem Ärmel ihrer Jacke wegwischte.

»Nein, ganz und gar nicht. Ich freue mich über euren Besuch, Viktoria. Und wie war noch dein Name?« Alexander war sicher, dieses Mädchen nicht zu kennen.

»Ich bin Merve«, sagte sie und hielt ihm einen kleinen Blumenstrauß hin, den sie bisher hinter ihrem Rücken verborgen hatte.

Alexander musste schlucken. Und da sollte noch mal jemand sagen, eine Stadt wie Hamburg wäre anonym. »Das ist aber lieb von euch. Kommt doch rein. Ich habe mir gerade einen Kaffee gemacht. Vielleicht möchtet ihr auch einen. Ich finde bestimmt auch noch ein Stück Kuchen und ein paar Kekse.«

Viktoria schenkte ihm wieder ein strahlendes Lächeln und er ging voraus in die Küche. Er bemerkte, wie das türkische Mädchen sich verstohlen umsah und die vielen benutzten Kaffeebecher, Frühstücksteller und Kuchengabeln musterte, die in der Spüle lagen und auch bereits Teile vom Küchentisch einnahmen. Alexander nahm sich fest vor, heute Abend die Spülmaschine einzuräumen. Das wollte er allerdings gestern auch schon tun, aber da kam ihm das erste Glas Whisky dazwischen. Er musste ein wenig im Schrank herumkramen, fand dann aber noch zwei Kaffeetassen. »Den Kuchen müsst ihr leider auf die Hand nehmen.« Er schnitt zwei Stücke des Gugelhupfes ab, den Elvira, Fynns frühere Tagesmutter, ihnen gestern gebracht hatte.

Aber Viktoria schüttelte den Kopf. »Für mich nicht, bitte. Ich verzichte gerade auf Zucker.« Sie zeigte auf ihren nicht vorhandenen Bauch.

»Na gut«, sagte Alexander, »dann esse ich selber noch ein Stück.« Als er in den Kuchen biss, fiel ihm ein, dass er heute noch gar nichts anderes gegessen hatte.

»Entschuldigen Sie, Herr Benner, ich müsste mal ganz dringend auf die Toilette.«

Alexander wollte aufstehen, um Viktoria das Badezimmer zu zeigen. Aber sie winkte ab. »Bleiben Sie ruhig sitzen. Ich kann mich noch erinnern, wo es ist.«

Allein mit Merve, die er gar nicht kannte, wusste er nicht, was er sagen sollte. Nachdem sie ungefähr zwei Minuten lang Floskeln darüber ausgetauscht hatten, dass es für November ungewöhnlich warm war, schwiegen sie sich an. Dann stand das Mädchen wortlos auf und begann die Geschirrspülmaschine einzuräumen. Eigentlich hätte er protestieren müssen, denn die Mädchen waren doch seine Gäste, aber er ließ es zu und schwieg. Wahrscheinlich würde er heute Abend nicht die Kraft dazu haben. Kurze Zeit später hörte er das erlösende Geräusch der Wasserspülung und eine erleichtert wirkende Viktoria gesellte sich wieder zu ihnen.

»Wir wollten Sie auch gar nicht länger stören«, sagte sie, nahm die restlichen zwei Kuchenteller vom Tisch und stellte sie in die Spülmaschine. »Komm, Merve, wir müssen los. Das Referat wartet. Grüßen Sie Ihre Frau von uns.«

Alexander lächelte den beiden Mädchen zum Abschied zu. So war es bei fast allen Menschen, die sie in den letzten Tagen besuchten. Sie kamen kurz herein, gaben ein kleines Geschenk ab und waren dann doch froh, schnell wieder gehen zu können. Es war nicht der geeignete Zeitpunkt, um Banalitäten auszutauschen. Und momentan erschien alles banal. Alexander Benner gab einen Löffel Zucker in den Becher und wollte gerade die Milch aus dem Kühlschrank holen, als das Telefon klingelte. Wahrscheinlich wieder jemand, der ihm sagen wollte, wie leid ihm der Verlust seines Sohnes tat. Aber als er den Hörer abnehmen wollte und die Nummer auf dem Display sah, wunderte er sich. Geschäftlich hatte er mit Kunden aus aller Welt zu tun. Deshalb erkannte er an der Vorwahl auch sofort, dass der Anruf aus Frankreich kam.

»Peinlicher ging es ja wohl nicht«, schimpfte Merve, nachdem sie einige Minuten stumm neben ihrer Freundin hergelaufen war. »Der arme Mann.«

»Ach komm, er hat sich doch gefreut, uns zu sehen. Außerdem haben wir ihm nichts Böses getan. Du hast ihm sogar noch bei der Hausarbeit geholfen.« Viktoria und sie schoben ihre Fahrräder durch das weitläufige Gebiet des Kleingartenvereins Groß Borstel. »Willst du gar nicht wissen, ob ich die Briefe gefunden habe?«

»Du wirst es mir ja sowieso erzählen.«

Viktoria stellte ihr Fahrrad ab und setzte sich auf eine Parkbank. Seufzend tat Merve es ihr gleich. »Es war alles noch in dem Teddy drin, der ganz hinten auf dem Regal mit den Stofftieren stand. Meine Briefe, ein paar uninteressante Sachen und das hier.« Sie zog einen zusammengefalteten Zettel aus ihrer rechten Hosentasche und strich ihn auf ihrer Jeans glatt. Nun war Merve entgegen ihrem Willen doch neugierig. Das karierte Papier war aus einem gewöhnlichen Collegeblock herausgerissen. Mittig war eine Art Logo eingezeichnet. Im Zentrum eines Ovals schwammen ein kleines gedrungenes Küken und ein großer Vogel mit langem Hals auf einer gewellten Linie, die wahrscheinlich Wasser darstellen sollte. Der große Vogel hob die Flügel und sah aus, als würde er gleich abheben. Unter das Oval hatte jemand, wahrscheinlich Fynn, mit großen Buchstaben das Wort »Alsterschwan« geschrieben.

»Und in dem Teddy war auch die Vorlage für die Zeichnung.« Viktoria griff in ihre linke Hosentasche und zog eine goldene Anstecknadel heraus. Auf der kleinen Plakette, die auf der Nadel saß, war exakt dasselbe Schwanmotiv mit dem Schriftzug zu sehen.

»Denkst du, er meint das große Fitnesscenter?«, fragte Merve. Wenn sie sich mit Freundinnen zum Shoppen in der Innenstadt traf, fuhr sie mit der S-Bahn an einem riesigen Fitnessstudio an der Binnenalster vorbei, das fast ausschließlich aus Glas zu bestehen schien. Über dem Eingang hing ein auffälliges Schild mit einer Abbildung, die der Zeichnung von Fynn nicht unähnlich war. Das Studio hieß ebenfalls Alsterschwan.

»Da habe ich auch sofort dran gedacht.« Viktoria zog nachdenklich eine Augenbraue hoch. »Fynn war total sportlich. Ich kann ja mal Fabi fragen, ob er in einem Fitnesscenter trainiert hat.« Sie holte ihr iPhone aus der Schultertasche und tippte eine Nachricht. »Falls ja, könnte das etwas mit seinem Verschwinden zu tun haben.«

Merve blickte ihre Freundin an. »Wir müssen es der Polizei sagen.«

Viktoria rollte mit den Augen. »Also, ich wollte sowieso mal ein bisschen mehr für meinen Body tun. Ich überlege tatsächlich, mich in einem Fitnesscenter anzumelden. Guck mich nicht so an, Merve. Die Schule ist momentan so öde. Ich habe annährend den ganzen Stoff schon in Amerika gemacht und du bist fast in allen Fächern die Beste. Ein wenig Abwechslung schadet doch nicht.«

»Also ehrlich, Vicky. Das ist Zurückhalten von Beweismitteln.« Merve war drauf und dran, aufzustehen und ihre Freundin einfach sitzen zu lassen. Sie liebte Viktoria. Sie war unbestritten seit der Grundschule ihre beste Freundin. Seit sie aus Amerika zurück war, verhielt sie sich jedoch reichlich kapriziös. Sie hatte schon recht damit, dass es in der Schule momentan ziemlich öde war. Trotzdem hielt sie nichts von ihrer Idee.

»Du weißt doch gar nicht, ob es überhaupt Beweismittel sind, Merve. Vielleicht gab es irgendwo einen Wettbewerb für ein Logo und Fynn wollte sich einfach nur beteiligen.«

»Und wo hat er dann die Nadel her? Und warum hat er es bei seinen allerwichtigsten Dingen versteckt?«

Viktoria stand auf und steckte Papier und Anstecker wieder in ihre Hosentasche. »Ich meine, du hast deiner Mutter doch erzählt, dass du heute das Referat mit mir machst. Wenn du das Logo zur Polizei bringst, erfährt sie logischerweise, dass du gelogen hast. Ich meine, dann tust du mir leid. Und ich mir auch. Denn deine Mutter wird dann bestimmt erst mal verbieten, dass wir uns verabreden. Das fände ich total doof.«

Merve kaute auf ihrer Unterlippe. Natürlich stimmte es schon, was Viktoria sagte. Dennoch hatte sie ein schlechtes Gewissen. Denn es war etwas Verbotenes, was sie tun würden. Und war es nicht auch gefährlich, falls das Fitnesscenter Alsterschwan tatsächlich etwas mit Fynns Verschwinden zu tun hatte? »Sorry, Vicky, ich glaube, eher nicht.«

Ihre Freundin warf ihr einen zutiefst enttäuschten Blick zu. Dann blickte sie auf ihr iPhone, das gerade das

Quaken eines Frosches von sich gegeben hatte. »Dabei hat Fabian mir gerade geschrieben, dass Fynn tatsächlich mit dem Fitnesstraining anfangen wollte. Er hatte wohl auch schon ein Probetraining. Er hat nur nicht gesagt, wo.« Energisch griff sie nach dem Lenker ihres Fahrrads. »Du kannst es dir ja noch zwei Tage überlegen. Allein habe ich auch keine Lust. Wenn du am Donnerstag sagst, dass dir die Sache zu heiß ist, geben wir den Zettel und die Anstecknadel der Polizei. Auf die zwei Tage kommt es doch wohl nicht an, oder?«

Merves Entschluss stand zwar fest, sie fand jedoch auch, dass es wohl nichts ausmachte, noch zwei Tage zu warten. Und sie war froh, dass Vicky keinen Alleingang plante. Langsam nickte sie.

UNSERE GESCHICHTE / MAI BIS NOVEMBER 1970

04.11.2015
Einleitende Worte

Meine Recherchen haben ergeben, dass ich der Einzige von uns bin, der noch lebt. Die anderen sind an Krebs gestorben. Und meine geliebte Michelle hat sich umgebracht.

Insofern fühle ich mich nun nicht mehr an meinen Schwur gebunden und schreibe hier auf, was wir in dem halben Jahr erlebt haben, das unser Leben verändert hat. Dieser Bericht geht an die Polizei in Hamburg, denn das Projekt, an dem wir teilnahmen, hat dort seinen Ursprung. Und die meisten von uns waren Hamburger. Auch wenn ich mich nicht mehr an meine Heimatstadt erinnern kann, denn ich bin seit der »Roten Nacht« nicht mehr in Norddeutschland gewesen.

Ich habe versucht, meine Erinnerungen zu sortieren und so zu rekonstruieren, dass sie den Tatsachen entsprechen. Es kann aber an der einen oder anderen Stelle sein, dass ich etwas abschweife. Vor allem wenn ich wiedergebe, was gesagt wurde. Zum Teil kann ich mich an ganz genaue Aussagen erinnern, zum Teil lege ich den handelnden Personen Worte in den Mund, die zumindest vom Sinn her stimmen.

Meine Frau hat mir immer eine lebhafte Fantasie und ein gewisses schriftstellerisches Talent attestiert. Das sollte man als Journalist auch haben.

Dennoch ist all das, was ich schreibe, wahr. Vielleicht ist das eine oder andere Detail, was ich hier erwähne, nicht wichtig für das große Ganze. Aber um das Wichtige erfassen zu können, muss ich mich in meinen Gedanken wieder in die 70er-Jahre begeben und auch kleinste Elemente der Stimmung von damals beschreiben. Stichworte aus dem Besinnungstagebuch, das wir damals führen mussten und das ich über die Jahre aufbewahrt habe, haben mir geholfen, die Tage zum Teil sehr genau zu rekonstruieren.

Ich habe ein schlechtes Gedächtnis für Daten. Auch in meinem Tagebuch stehen nur ungefähre Angaben oder einzelne Wochentage. Denn Daten waren für uns im Projekt nicht wichtig.

Um aber den Text so zu strukturieren, dass er zur besseren Lesbarkeit in Abschnitte untergliedert werden kann, habe ich Kapitelüberschriften gewählt, die das Wesentliche der Erinnerung wiedergeben. Sie können sich die Mühe sparen, nach mir zu suchen, um mir weitere Fragen zu stellen. Ich will nicht gefunden werden. Nun stellt sich noch die Frage, warum ich jetzt mit meinem Bericht an die Öffentlichkeit gehe. Wir haben damals schlimme Dinge getan, für die wir niemals angeklagt wurden. Aber uns wurde auch niemals vergeben. Ich habe jetzt 45 Jahre lang die Bürde des Schweigens getragen. Nun habe ich das Bedürfnis, mich für unsere Taten zu rechtfertigen und die wahren Schuldigen anzuklagen. Denn das Wichtigste ist, klarzumachen, dass wir nicht von Anfang an so waren. Zu Monstern wurden wir erst gemacht.

MEINE KINDHEIT

Mich haben andere Menschen schon immer gestört. Bereits als Kind war mir unangenehm, wenn ein anderes Kind versuchte, meine Hand zu nehmen. Allein die Nähe eines Menschen, der dicht neben mir stand, ekelte mich an. Einzig meine Mutter war von meiner Abscheu ausgenommen. Ich liebte es, wenn sie mir über das Haar strich und mir abends einen Gute-Nacht-Kuss gab, nachdem sie mir etwas vorgesungen hatte. Mama hatte es nie leicht mit mir gehabt, denn ich war äußerlich wie innerlich nicht wie andere Kinder. Als ich klein war, hat sie uns mehr schlecht als recht durchs Leben gebracht. Sie verdiente unseren Lebensunterhalt dadurch, dass sie bei reichen Leuten putzte. Während sie die Böden bohnerte oder die Toiletten sauber machte, saß ich irgendwo in einer Ecke der riesigen Paläste und kaute auf einem Würstchen oder einem Kanten Brot herum. Manche der reichen Damen versuchten, mir über den Kopf zu streichen, wenn sie mich sahen, und warfen meiner Mutter mitleidige Blicke zu, wenn ich versuchte, mich ihnen zu entwinden. »Sie haben es sicher nicht leicht mit ihm«, war einer der Sätze, der immer wieder fiel, wenn sie über mich sprachen. Aber Mama hat mich immer verteidigt. Als ich dann zur Schule musste, geriet meine sowieso schon reichlich instabile Welt gefährlich ins Wanken. Denn einge-

sperrt zu sein mit 35 Kindern und einem Lehrer in einem winzigen Raum, nahm mir die Luft zum Atmen. Und wie bei früheren Gelegenheiten auch fingen andere Kinder sehr bald an, mich zu ärgern. Denn meine Antipathie ihnen gegenüber und meine Andersartigkeit stachelten sie zu immer neuen Gemeinheiten an.

Als ich morgens nicht mehr aufstehen wollte und dachte, es könnte nicht mehr schlimmer werden, trat Anton in unser Leben. Er nahm mir den einzigen Menschen weg, der mir etwas bedeutete. Zunächst tat er so, als würde er sich darüber freuen, dass Mama einen kleinen Jungen hatte. Wenn er zu uns nach Hause kam, brachte er mir Süßigkeiten und manchmal auch Blechautos mit. Und ich beschloss zunächst, ihn nicht ganz so widerlich zu finden wie andere Menschen. Denn er machte Mama Freude. Jedes Mal, wenn er zu uns kam, schaffte er es, dass sie lächelte. Am Anfang sah das komisch aus, denn Mama lächelte sonst nie. Aber nach und nach wurde sie immer fröhlicher, richtig übermütig. Immer wenn Anton mir ein neues Auto in die Hand gedrückt hatte, schickten sie mich in mein Zimmer und verschwanden im Schlafzimmer. Und da hörte ich Mama juchzen. Zunächst dachte ich, dass Anton sie wohl kitzeln würde. Als eines der Autos jedoch schnell ein Rad verlor, ging ich ins Schlafzimmer, um Anton das kaputte Spielzeug zu zeigen. Da lag Anton auf Mama drauf und schnaufte. Und Mama juchzte. Beide waren nackt. Ich hatte schon in der Schule gehört, dass Mann und Frau so Babys machen. Das entsetzte mich. Denn Mama hatte doch mich. Warum sollte sie ein Baby haben wollen? Langsam, ohne dass Mama und Anton mich bemerkt hätten, verließ ich das Schlafzimmer ganz leise wieder. Von dem Tag an war meine Sympathie für Anton vorbei. Niemals wollte ich Mama mit jemandem teilen, und schon gar nicht mit einem schreienden und stinkenden Baby. Aber so unfreundlich ich auch zu Anton war, er blieb. Nach einigen Jahren bekam Mama einen dicken Bauch und heiratete Anton. Natürlich mochte ich meine kleine Schwester nicht, denn wie befürchtet stank und schrie sie den ganzen Tag. Aber ich habe niemals versucht, sie umzubringen, wie Anton später behauptet hat. Im Spätherbst 1969 kam dann eins zum anderen. Die Streitereien mit Anton wurden immer schlimmer und Mama immer hilfloser. Ich hatte mittlerweile beschlossen, in der Schule nichts mehr lernen zu wollen, und war auf die Hilfsschule abgeschult worden. Es war also nur eine Frage der Zeit, bis die Situation eskalieren würde.

Ich kann mich noch genau an einen Tag im Oktober erinnern, es war ein Sonntag. Mama hatte sich hingelegt, weil sie erschöpft war, und das Baby stand im Stubenwagen im Wohnzimmer. Anton war im Badezimmer. Nachdem meine Schwester, ich hasste es, sie so zu nennen, mal für fünf Minuten still gewesen war, fing sie natürlich wieder an zu brüllen. Nur aus Neugierde wollte ich sehen, warum sie wieder schrie. Ich bin also ins Wohnzimmer gegangen und fand ihr Deckchen bis zu den Füßen heruntergezogen. Eigentlich wollte ich sie nicht anfassen, und sie tat mir auch nicht leid, aber ich wollte, dass sie Ruhe gab. Ich griff also die Decke und zog sie ihr bis zum Kinn. Als ich das Wort »Mörder« hinter meinem Rücken hörte, drehte ich mich um und ein vor Wut geifernder Anton stand im Türrahmen. Nur zwei Wochen später brachten sie mich weg.

DIE VILLA WALDLUST

Ich weiß nicht genau, warum die Wahl von Dr. Wedemann auf mich fiel. Natürlich ist ein potenzieller Kindermörder für jemanden, der über das menschliche Verhalten forscht, interessant. Aber in dem halben Jahr, das ich in der Erziehungsanstalt verbracht hatte, war ich nicht sonderlich auffällig. Es gab natürlich die üblichen Schlägereien unter verhaltensgestörten Jugendlichen, aber nichts Gefährliches. Gefährlich waren die Jungs, die vor und hinter mir im Bus saßen, alle auch nicht wirklich. Verhaltensgestört ja, und gewaltbereit auch, aber keine Verbrecher. Ich machte die Augen zu und rief ein Bild von Antons Gesicht auf. Auch wenn ich vielleicht nie die Gelegenheit dazu haben würde, stellte ich mir vor, dass ich mitten in dieses hässliche Gesicht schlagen würde. Bis die Nase brach. In Gedanken daran muss ich wohl gelächelt haben, denn der Junge neben mir fragte mich: »Hast du gerade Gefühle?« Ich trat ihn gegen das Schienenbein und er zog mir an den Haaren. Da der Ekel an dieser Berührung größer war als der Schmerz, musste ich würgen. Hans-Nathan zog entsetzt seine Hand zurück, in der ein Büschel meiner Haare steckte, und sprang auf, um sich in Sicherheit zu bringen. »Ist ja widerlich. Der kotzt gleich.« In der Zwischenzeit hatte der Bus auf einem Parkplatz angehalten und wir mussten unsere Taschen nehmen und aussteigen. Da keiner neben mir gehen wollte, schlich ich am Ende der Truppe hinter den anderen her. Ich zählte acht Mädchen und 17 Jungen in der Gruppe. Voran schritt derjenige, der uns für diese Kur ausgesucht hatte, Dr. Wedemann. Ich schätzte ihn auf Mitte 30. Er war gemeinsam mit ein paar anderen Männern vor circa zwei Wochen ins Heim gekommen und hatte sich die Akten von einigen Kindern geben lassen. Dann war er eine Woche später wiederaufgetaucht und bestimmte drei von uns, denen die große Gnade wiederfahren würde, einige Zeit in der Ruhe der Natur zu verbringen, um sich von der Verderbtheit zu reinigen. Das klang in meinen Ohren ganz gut. Und ich hatte das Heim schon lange satt. Wir dürften zwar unsere Eltern nicht sehen, sagte Dr. Wedemann, da dies zur Heilung beitragen würde, aber es war uns erlaubt, Postkarten zu schreiben. Das war mir nur recht. Anton und Mama hatten mich genau zweimal besucht, seit sie mich in der Erziehungsanstalt abgegeben hatten. Diese Besuche waren mehr als unerfreulich gewesen, denn Mama hatte immer nur auf ihre Schuhe gestarrt. Und ich wusste, dass sie mir nie wieder vorsingen oder mir einen Gute-Nacht-Kuss geben würde. Dann konnte sie auch gleich ganz aus meinem Leben verschwinden.

Neben Dr. Wedemann ging Dr. Borndieck. Er war uns erst im Bus vorgestellt worden. Es wurde uns gesagt, dass er gemeinsam mit Dr. Wedemann an unserer Verhaltensproblematik arbeiten würde. Es war sehr warm an diesem Tag im Mai und ich hatte mich viel zu dick angezogen. Nach kurzer Zeit lief mir der Schweiß von der Stirn, denn der Pfad war uneben und stieg leicht an. Es war sehr idyllisch im Wald. Ein Kuckuck rief und mehrere Eichhörnchen huschten über den Pfad, wahrscheinlich auf der Suche nach paarungsbereiten Artgenossen. Ich weiß genau, dass ich in diesem Moment gedacht habe, was es doch für ein Glück ist, dass Dr. Wedemann mich ausgesucht hat. Das Heim, in dem ich seit einem halben Jahr wohnte, war umgeben von Hochhäusern. Ab und zu konnte man kleine Vögel in den Straßenbäumen beobachten. Das war es dann aber auch schon. Ich warf einen Seitenblick auf Hans-Nathan und sah, dass es ihm genauso erging. Sehr gut erinnere ich an mein Erstaunen, als in einem Tal vor uns die Villa Waldlust zwischen den Bäumen erschien. Ich hatte im Leben noch nie so ein großes und schönes Haus gesehen. Den Zaun, der das Anwesen umgab, muss ich wohl erst mal ausgeblendet haben. Erst als Dr. Wedemann das riesige Holztor aufschloss, das ein bisschen so aussah wie das Tor einer mittelalterlichen Burg, hatte ich das Gefühl, wir würden eine Festung betreten. Das Grundstück, auf dem die Villa Waldlust lag, war sehr gepflegt. Es gab Obstbäume und Beete mit Gemüse, aber auch bunte Blumen und eine große Terrasse mit Gartenmöbeln. Wir wurden von einer Frau begrüßt, die eine schwarze Bluse, einen schwarzen Rock und darüber eine weiße Spitzenschürze trug. Sie sah aus wie eine der Hausangestellten in den Filmen, die Mama sich gern angesehen hatte. »Das ist Fräulein Rose. Sie hält das Haus sauber und kocht auch«, sagte Dr. Wedemann. Beim Hereingehen gaben wir ihr alle die Hand und zwei Mädchen machten sogar einen Knicks. Am ersten Tag waren wir alle noch sehr ehrfürchtig und hielten die Villa Waldlust für das Paradies. Am Abend, als wir in unseren Betten im großen Schlafraum der Jungen im Erdgeschoss lagen, sagte Hans-Nathan mir, ich solle ihn kneifen, damit er aufwacht. Denn wenn er weiter in diesem schönen Traum bleiben würde, wäre die Realität nachher umso grausamer. Wir kicherten und stellten uns die armen Kinder vor, die in ihren Betten in der Erziehungsanstalt lagen, aus der wir kamen. Sie taten uns leid. Gut, dass wir damals noch nicht gewusst haben, was auf uns zukommen würde, denn so konnten wir zumindest die erste Zeit in der Villa Waldlust genießen.

Am nächsten Morgen sollten wir uns in einer Reihe im Hof versammeln. Dr. Wedemann und Dr. Borndieck stellten das übrige Personal vor, den Hausmeister und drei Erzieher, Herr Meyer, Herr Hoffner und Herr Wenger. Außerdem bekamen wir einige Verhaltensregeln mit auf den Weg. Wir durften niemals das Gelände verlassen. Dies sei auch gar nicht möglich, denn Dr. Wedemann hatte den Schlüssel für das Tor, und den Zaun könne man nicht überwinden. Wir durften unseren Eltern schreiben. Die Briefe oder Postkarten wurden von den Erziehern eingesammelt und zur Post gebracht. Besuche dürfe es keine geben. Dies sei alles zu unserem Besten. »Ihr seid sehr aggressive Jugendliche an der Grenze zu strafmündigen Verbrechern«, sagte Dr. Borndieck. »Und wenn ihr euch von dem Verlangen nach Gewalt freimachen wollt, hilft nur absolute Abgeschiedenheit, die Besinnung auf Gott und die innere Einkehr.« Diese Worte waren sehr beeindruckend. »Ihr seid im Projekt Alsterschwan und eure Seelen sollen sich von hässlichen Entlein zu schönen Schwänen entwickeln.« Dr. Wedemann erklärte uns, dass wir hier zwar nicht zur Schule gehen, aber verschiedenen Tätigkeiten nachkommen müssten. So müsse der Garten gepflegt werden, das Haus gesäubert und die Hühner versorgt werden. Außerdem müsse unserer »Schwanwerdung« nachgeholfen werden, indem wir jeden Tag eine Spritze bekommen würden und uns einmal in der Woche Blut abgenommen würde. Ein kleines Opfer dafür, dass wir, wenn unser Aufenthalt zu Ende wäre, wieder nach Hause in unsere Familien kommen würden. Hier bekam ich den ersten Dämpfer, denn auf keinen Fall wollte ich zurück zu Mama, Anton und meiner schreienden Halbschwester. Aber ich stellte mir vor, dass mich eine Familie adoptieren würde. Außerdem wunderte ich mich, dass unser Verhalten als so schwierig dargestellt wurde. Aber ich kannte ja außer mir nur noch zwei andere der Jugendlichen. Vielleicht hatte der Rest sich ja schon viel mehr zuschulden kommen lassen. Dieses würde ich noch am Abend erfahren. Zunächst wurden wir gewogen und gemessen, und ich stellte mit großer Freude fest, dass ich jetzt schon 1,80 Meter groß war. Dann bekamen wir die angekündigte Spritze, die auch gar nicht wehtat. Da unser erster Tag in der Villa Waldlust ein Sonntag war, hatten wir viel Freizeit und durften uns innerhalb der Umzäunung bewegen, wohin wir wollten. Ich saß eine Zeit lang mit Hans-Nathan, Franz-Josef, einem Jungen, den ich ebenfalls aus der Erziehungsanstalt kannte, und Larissa, einem Mädchen, das unentwegt jammerte, weil es keine Zigaretten hatte, auf der Terrasse zusammen. Ich hatte das Buch »20.000 Meilen unter dem Meer« von Jules Verne eingepackt und nahm es am Nachmittag mit in den Garten, um darin zu lesen. Abends bekamen wir Besuch von Herrn Hohndorff. Die

Ärzte sagten, dass Herr Hohndorff der Besitzer der Villa Waldlust sei und unseren Aufenthalt hier bezahlen würde. Ihm würde die Firma namens »Alstermedic« gehören, die das Medikament herstellt, das uns hilft, zu friedlichen Menschen zu werden. Und hier zeigte sich dann, dass Dr. Wedemann sehr genau über uns recherchiert hatte, denn er wusste über jeden Jugendlichen zu sagen, was das Schlimmste war, was derjenige bisher getan hatte. Und ich war dann doch ziemlich beeindruckt. Larissa, zum Beispiel, hatte ihren Stiefvater verführt, und ein anderes Mädchen hatte ihrem Bruder nur aus Spaß den Arm gebrochen. Ein Junge namens Dietmar hatte den Hund seiner Lehrerin vergiftet und ein anderer einen Brand in der Wohnung gelegt. Die beiden Ärzte betonten, dass bei jedem der Jugendlichen die Liste der Straftaten noch länger sei. Als ich drankam, sagte Dr. Wedemann, dass ich versucht hätte, meine kleine Schwester zu ersticken. Als ich mich verteidigen wollte, lächelte er und legte den Finger auf die Lippen. Also schwieg ich. Die anderen Teilnehmer sahen mich mit einer Mischung aus Angst und Bewunderung an, und ich fühlte mich wichtig. Und mir kamen tatsächlich Zweifel. Vielleicht hatte ich die Decke doch auf das kleine rote Gesichtchen pressen wollen. Ich war mir nicht mehr sicher.

In diesem Moment freute ich mich auf die Welt da draußen, die ich, nachdem ich geheilt war, endlich als wertvolles Mitglied der Gemeinschaft erleben sollte.

MITTWOCH, DEN 4. NOVEMBER 2015

Es hatte mehrere Stunden gedauert und einige Telefongespräche gebraucht, um den Schlüssel für das Alte Ortsamt Süderelbe aufzutreiben. Thorsten Fock war bei seiner Suche nach »Lost Places« in der Nähe vom Grundstück der Warnckes fündig geworden. Erstaunlicherweise gab es sogar zwei große, vor langer Zeit verlassene Gebäude, die nur vier Kilometer voneinander entfernt lagen und seit Jahren verfielen. Allerdings war das alte Herrenhaus, vor dessen Pforte Banu und ihre Kollegen nun standen, deutlich näher an dem Haus der Warnckes gelegen als das ehemalige Kinderheim Birkenhöhe. Streng genommen lag das Kinderheim auch nicht mehr in dem Radius, den Fynn auf seiner Flucht hätte zurücklegen können. Es lag sehr einsam in den Harburger Bergen und besaß einen gewissen Gruselfaktor, den Banu bereits auf den Fotos im Internet bemerkt hatte. Das führte dazu, dass die Birkenhöhe ein gut genutzter Ort für nächtliche Partys war. Deshalb war es alles in allem sehr unwahrscheinlich, dass Fynn von diesem Ort entkommen war. Sie hatten sich also überlegt, zunächst den Alten Jägerhof, der etwa 500 Meter vom Grundstück der Warnckes entfernt war, unter die Lupe zu nehmen.

Banu schätzte, dass der Gebäudekomplex um die vorletzte Jahrhundertwende herum erbaut sein musste. So wie er im Nieselregen des angebrochenen Tages vor ihnen aufragte, strahlte er Kälte und Vernachlässigung aus. Vor gut 100 Jahren hatte ihn wahrscheinlich ein reicher Kaufmann für seine Familie bauen lassen, als es chic war, sich im Süden Hamburgs anzusiedeln. Denn durch den Bau des Bahnhofes Hausbruch um 1900 war dieser Stadtteil verkehrstechnisch bestens angeschlossen, und viele Hamburger, die die Natur liebten, hatten beschlossen, sich dort Häuser zu bauen.

In den Blütezeiten der Villa waren sicherlich überall Bedienstete herumgehastet, und Kinderlachen hatte das weitläufige Grundstück erfüllt. Jetzt war das Gebäude tot und leer.

Banus zugegebenermaßen eher geringe Vorstellungskraft reichte nicht aus, sich auszumalen, dass dieses kalte und zugige Haus mal ein Heim für eine Familie gewesen war. Aber irgendwie genügte ihre Fantasie, sich beim Anblick der mit braunem Holz zugenagelten Fenster ein marodes Gebiss vorzustellen. Die dreckigen Fensterscheiben im zweiten Stock, eingefasst in vermoderte Rahmen, hingegen schienen sie anzustarren wie halb blinde Augen. War dies der Ort, an dem Fynn zu Tode gequält worden war? Banu fröstelte und schloss den Reißverschluss ihres leichten Regenmantels bis ganz oben. Leider hatte sie heute Morgen bei der Wahl ihrer Jacke kein glückliches Händchen bewiesen. Sie war spät dran gewesen, da sie gestern vergessen hatte zu tanken, und war sehr glücklich darüber, dass der tapfere kleine Citroën es mit dem letzten Tropfen überhaupt noch zur nächsten Tankstelle geschafft hatte. Auch war ihr Wochenrhythmus irgendwie durcheinander, denn mittwochs traf sie sich normalerweise mit Stella zum Frühstück, bevor sie gemeinsam ins Präsidium fuhren. Da heute jedoch kein Nine-to-five-Bürotag mit langweiligem, aber notwendigem Papierkram vor ihnen lag, sondern es um die dringende Suche nach verschwundenen Jugendlichen ging, hatten sie sich bereits im Morgengrauen in Hausbruch verabredet. Und wenn Banu ganz ehrlich war, gruselte sie sich vor allem davor, was sie in der alten Villa möglicherweise vorfinden würden.

Zwar wurde ihnen von Mitarbeitern des Bezirksamtes Harburg versichert, dass das Gebäude so weit gesichert sei, dass kein Fremdeindringen möglich war. Aber Banu hatte in ihren mehr als 15 Jahren bei der Mordkommission so einiges erlebt, was eigentlich nicht möglich war. Also war die Mordbereitschaft 5 gleich mit vier Personen ausgerückt, um das Alte Ortsamt nach Spuren entführter Jugendlicher zu durchsuchen.

Das leer stehende Häuserensemble bestand aus einer imposanten dreigeschossigen Villa und einem Nebengebäude, das deutlich kleiner und schlichter war. Es war umgeben von hohen Bäumen auf einem parkähnlichen Grundstück. Das große Haus hatte viele Namen. In den Zeitungen wurde es sowohl »Villa Jägerhof« als auch »Alter Jägerhof« genannt, da in direkter Nachbarschaft ein Traditionsrestaurant desselben Namens stand. Genutzt wurde es bis 1980 als Ortsamt und danach als Kulturhaus. Seit drei Jahren stand es komplett leer und war dem Verfall preisgegeben. Im Sommer dieses Jahres, als Hamburg Zufluchtsort für viele Flüchtlinge wurde, war in der Diskussion gewesen, Geflüchtete vorübergehend dort einzuquartieren. Doch das Herrichten des mittlerweile baufälligen Gebäudes hätte zu viel gekostet. Stattdessen waren gerade in den Sommerferien viele Schulturnhallen als kurzzeitige Auffanglager eingerichtet worden. Auch die Schule von Banus Sohn Can hatte ihre Halle umfunktioniert.

Anscheinend nicht abgeschreckt vom Zustand der Gebäude interessierte sich auch eine reformpädagogische Schule dafür, in der alten Villa einen Kindergarten einzurichten.

»Allein vom Platz her wäre es durchaus möglich, hier mehrere Jugendliche gefangen zu halten.« Gunnar blickte sich in dem weiten Areal um. »Und es grenzt auch nicht unmittelbar an ein anderes Grundstück.«

Banu nickte und zeigte auf den schiefen und wenig beeindruckenden Bauzaun. »Und ich kann mir auch nicht vorstellen, dass dieses Ding hier irgendjemanden daran hindern würde, auf das Grundstück zu kommen.«

Stella ging links an der großen Haustür vorbei, um sich zunächst einen Überblick über den äußeren Zustand zu verschaffen. Banu folgte ihr, während Gunnar und Armin das Nebengebäude in Augenschein nahmen.

»Aber es wäre auch andererseits ein echt großes Risiko, denn es gibt viele Leute, deren Hobby es ist, in leer stehende alte Villen einzubrechen und Fotos davon bei Facebook zu posten.«

Banu schüttelte den Kopf. »Normalerweise würden mich keine zehn Pferde in dieses Haus bringen. Ich kann nicht verstehen, dass jemand das freiwillig tut.«

Statt zu antworten, zeigte Stella auf ein Fenster im zweiten Stock. »Die Scheibe ist kaputt!« Sie kniete sich hin und untersuchte den Boden. »Keine Spuren einer Leiter. Aber vielleicht ist die Scheibe auch schon vor langer Zeit eingeschlagen worden.«

»Könnte nicht ein Vogel dagegen geflogen sein?«, fragte Banu zaghaft.

»Guck dir doch mal das riesige Loch an, Banu. Es hat die Größe eines Flugsauriers.« Stella ließ ihren Blick über die restlichen Fenster schweifen. »Hier gibt es nichts mehr zu sehen. Lass uns reingehen.«

Banu musste sich anstrengen, um ihre Kollegin zu verstehen, denn beide hatten abgesprochen, sich in der Nähe des Hauses nur im Flüsterton zu unterhalten. Sie vergewisserte sich noch einmal, ob ihre Dienstwaffe auch griffbereit an der richtigen Stelle saß, und holte den Schlüssel für die Vordertür aus ihrer Tasche. Im Verhältnis zur Größe der Villa war der Eingangsbereich enttäuschend schlicht und klein. Es gab weder eine Freitreppe noch einen Windfang oder eine Veranda. Erstaunlich war auch, dass sich die alte Tür ohne Knarren öffnete. Mit einer Kopfbewegung bedeutete sie Stella, voranzugehen. Das Innere des Hauses roch muffig. Auf der vergessenen Türmatte wuchs Moos. Irgendwann in einem vergangenen Herbst musste die Tür offen gestanden haben, denn ehemals bunte Blätter lagen nun vertrocknet und skelettiert auf dem Holzboden. Einige Spinnen hatten die Sprossen des Treppengeländers dafür genutzt, ihre Netze zu bauen. Die Wände des Eingangsbereichs waren noch immer gepflastert mit vergilbten Ankündigungen von Veranstaltungen, die im Kulturhaus stattgefunden hatten. Eine massive Holztür führte in den Keller.

»Erst nach oben oder nach unten?«, flüsterte Stella.

Mit einer Kopfbewegung zeigte Banu auf die massive Kellertür. Sie hatten keinen Schlüssel dafür, aber glücklicherweise war nicht abgeschlossen. »Wollen wir nicht auf Gunnar und Armin warten?«

Stella schnalzte missbilligend mit der Zunge. »Die wissen doch, dass wir hier sind. Das Nebengebäude ist klein und hat wahrscheinlich gar keinen Keller. Sie sind also sowieso bald hier. Aber ich schreibe Gunnar eine Nachricht, dass wir im Keller sind.« Stella drückte Banu ihre Waffe in die Hand. Dann tippte sie die SMS und wartete auf das Okay von Gunnar, was auch sofort kam. »In dem Nebengebäude gibt es anscheinend nur kaputte Möbel und jede Menge Mäusekacke. Sie kommen in fünf Minuten rüber und nehmen sich die oberen Etagen vor.«

Banu nickte und öffnete mit der linken Hand die angelehnte Kellertür. Der Kegel der Taschenlampe erleuchtete eine steinerne Treppe, die in einen Flur mündete. Banu hielt sich am Handlauf fest und ging langsam die Stufen runter. Sie war nicht scharf darauf, mit dem Fuß umzuknicken oder zu stolpern. Während sie im Erdgeschoss noch einzelne Vogelrufe gehört hatten, war es hier still. Totenstill.

»Da sind nur zwei große Räume. Ich rechts, du links?«

Bevor Banu antworten konnte, war Stella schon verschwunden. Banu hielt den Strahl der Taschenlampe auf das Innere des Raumes gerichtet. Ihr Herzschlag verlangsamte sich, als sie sah, dass hier, bis auf eine Glühbirne, die von der Decke hing, rein gar nichts war. Kein Mensch, kein Tier und auch keine Lampenflora.

»Hast du so laut aufgeatmet?« Stella lehnte an der Türöffnung. »Bei mir war auch Fehlanzeige! Komm, lass uns wieder raufgehen. Bin gespannt, ob die Jungs noch was gefunden haben. Aber ich denke nicht. Hier war bestimmt seit Jahren keiner mehr drinnen.«

Banu konnte nicht abstreiten, erst einmal unsagbar erleichtert zu sein. Da sie nichts gefunden hatten, bedeutete dies allerdings auch, dass sie wieder fast am Anfang ihrer Ermittlungen standen. Nachdem ihr Chef gestern herausgefunden hatte, dass es tatsächlich ein verlassenes Anwesen in Hausbruch gab, war sie fast euphorisch gewesen. Obwohl natürlich von vornherein klar war, dass die Chance bestand, die möglicherweise gefangenen Jugendlichen hier zu finden, diese jedoch gering war. Nun sank ihr Adrenalinspiegel wieder und reichte gerade noch für den Elan, kräftig gegen die Haustür zu drücken, um sie wieder abzuschließen, nachdem sie im Erdgeschoss auf Armin und Gunnar gestoßen waren. »Lagebesprechung vor dem Haus«, sagte sie, erleichtert, dem großen, toten Haus entkommen zu sein.

Seit mehr als 20 Minuten starrte Merve auf denselben Absatz in dem Roman »Brave New World« von Aldous Huxley. Am Ende der Woche musste sie eine schriftliche Analyse abgeben. Englisch war eines ihrer Lieblingsfächer. Aber seit sie Fynns Vater »überfallen« hatten – ein anderes Wort kam ihr für den unangekündigten Besuch nicht in den Sinn –, konnte sie sich auf nichts anderes als das Schwanenbild auf dem karierten Zettel und das Abzeichen konzentrieren. Sie hatte gestern Abend noch mal den Internetauftritt des Fitnesscenters Alsterschwan aufgerufen, aber sowohl der Jungschwan als auch das erwachsene Tier auf dem Logo sahen den

Vögeln auf Fynns Zeichnung nicht ähnlich. Am Schriftzug an sich ließen sich zwar Parallelen erkennen, aber die Schwäne des Fitnesscenters schwammen auf einer glatten Wasseroberfläche, während auf der Zeichnung Wellen waren. Merve seufzte, öffnete ihr Fenster und starrte in den Regen. In Wirklichkeit hatte sie keine große Angst vor der Reaktion ihrer Mutter. Betrachtete man die Situation ganzheitlich, war es zwar für das Zusammenleben der Familie Bergmann/Kurtoğlu unbestreitbar von Vorteil, wenn Banu gute Laune hatte. Aber Merve wusste bereits aus früheren Konflikten mit ihrer Mutter, dass sie einknickte, wenn man ihr Kontra gab. Von ihrer ganzen Grundtendenz her war Merve eher konfliktscheu. Es nervte sie jedoch zusehends, dass Banu meinte, immer und überall Zugriff auf sie haben zu können. Merve hatte bereits mit ihrem Vater darüber gesprochen. Er meinte, dass das ein vorübergehender Prozess sei, da Banu sich momentan wegen des Unfalls einfach immer noch Sorgen machte. Er wollte aber mit ihr darüber reden. Seit dem Gespräch mit Tim waren jetzt allerdings auch schon einige Wochen vergangen und Merve spürte immer deutlicher, dass sie selbst um ihre Freiheit kämpfen musste. Vielleicht sollte sie es einfach mal zur Eskalation kommen lassen.

»Merve, kommst du zum Abendbrot?« Ihr Vater lehnte im Türrahmen. »Ich hatte heute keine Lust zu kochen und habe Pizza bestellt.«

»Dann bin ich sofort da.« Merve schlug das unbeachtete Buch zu und folgte Tim in die Küche. Merves zwölfjähriger Bruder Can hatte die Arme vor der Brust verschränkt und guckte beleidigt auf die Pizza vor ihm.

»Ich soll doch noch wachsen, oder? Dann frage ich mich, Papa, warum du für mich immer nur die Größe Medium bestellst. Ich hatte doch vorhin ganz deutlich gesagt, ich möchte die ›Miss Desert‹ in Large.«

Tim stach seinem Sohn mit dem Finger in den Bauch. »Aber du sollst in die Höhe wachsen und nicht in die Breite.«

Can rollte mit den Augen. »Du treibst uns in den Ruin.« Banu warf Tim einen vorwurfsvollen Blick zu und öffnete einen riesigen Pizzakarton, der die Aufschrift »Athen's Delight« trug. »Dabei habe ich eigentlich gar keinen Hunger.«

Merve musterte ihre Mutter und stellte fest, dass das Seelenbarometer heute wohl nicht auf bester Laune stand. Die Zornesfalte zwischen ihren Augen war noch tiefer als sonst und sie hatte dunkle Ringe unter den Augen. Alles in allem wirkte sie deutlich abgekämpft und müde.

Zwei Sekunden später bestätigte ihre Mutter ihre Beobachtungen, indem sie Can sein Smartphone aus der Hand riss und es in der Tasche ihrer Sweatshirtjacke verschwinden ließ. »Die Regel lautet: keine Handys bei Tisch.«

»Du hast doch auch andauernd dein Telefon auf dem Tisch«, maulte Can.

Betont geduldig wandte sich Banu an Can. »Ja, aber das ist mein Diensthandy, und ich habe es nur auf dem Tisch liegen, wenn ich Bereitschaftsdienst habe.«

Cans Wahrnehmung schien heute nicht die schärfste zu sein, denn Merve sah ihrer Mutter an, dass auch nur eine weitere Bemerkung das Fass zum Überlaufen bringen könnte.

»Und ich bin immer in Bereitschaft!«, grinste ihr Bruder.

Banu schlug mit der flachen Hand auf den Tisch. »Wo denn? In den Minen von Minecraft? In der Schule jedenfalls nicht. Dein Vater hat erzählt, dass dein Klassenlehrer heute wieder angerufen hat, weil du die Hausaufgaben nicht hattest.«

»Ich habe keinen Hunger mehr.« Can stand auf und ging betont langsam auf die Küchentür zu. Im Türrahmen drehte er sich noch einmal um. »Und nur damit du es weißt: Wir haben jetzt eine WhatsApp-Gruppe, in der sich die Klasse über die Hausaufgaben austauscht. Und da ich ja grade nicht auf mein Handy gucken kann, verpasse ich vielleicht etwas Wichtiges. Und dann ist es deine Schuld, wenn ich Morgen wieder keine Hausaufgaben habe.«

Merve sah ihrem Bruder bewundernd hinterher. Er war zwar in manchem ziemlich merkbefreit, wusste jedoch zumindest, wie man große Auftritte inszenierte. Banu starrte einige Minuten schweigend auf ihre Pizza und klappte dann den Pappkarton zu. »Und wie lief es bei dir, Merve? Habt ihr euer Referat gestern noch geschafft?«

»Ja, aber ich habe das Thema noch nicht so hundertprozentig verstanden. Ich glaube, Vicky muss mir da noch ein bisschen was erklären.«

Banu stand auf, ging zur Magnetwand und zeigte mit dem Finger auf den Terminplan der Klausuren. »Vorabi Bio am 11. November. Bis dahin muss es sitzen.«

Merve warf einen Seitenblick auf ihren Vater, der still auf seinem Pizzarand herumkaute, nach kurzer Zeit aber doch das Wort ergriff.

»Banu, Merve ist sonst doch nun in jedem Fach gut und besser. Dann ist es nicht so schlimm, wenn sie in Bio mal nur eine Drei schreibt.«

Banu zuckte mit den Achseln und versuchte zu lächeln. »Tut mir leid. Ich hatte heute einen ziemlich schlechten Tag.«

Nun hatte Merve schon fast wieder Mitleid mit ihrer Mutter. Sie sprach zwar fast nie über ihre Arbeit, aber es musste alles in allem doch ein ziemlich stressiger Job sein.

»Ich möchte ja nur, dass Merve alle Chancen bekommt. Ich denke, du solltest Medizin studieren. Da muss man in Bio gut sein. Einen Arzt hatten wir noch nie in der Familie.«

Merve starrte ihre Mutter an. Langsam ging sie doch ein wenig zu weit. Das Mitleid war wie weggeblasen und sie merkte, wie ihr innerer Lavapegel immer höher stieg. »Und werde ich da vielleicht auch mal gefragt? Vielleicht will ich ja Polizistin werden wie du!«

Ihre Mutter lächelte sie herablassend an und hatte sogar die Frechheit, eine Augenbraue hochzuziehen. »Du und Polizistin. Das kann ich mir nicht vorstellen, Merve. Ganz wichtig dabei ist nämlich, dass man auch mal Geheimnisse für sich behalten kann. Und du hast kein Pokerface. Hattest du nie.«

»Ich räume dann mal ab«, sagte ihr Vater und warf seine halb gegessene Pizza demonstrativ in den Mülleimer. »Ich habe jetzt auch keinen Appetit mehr.«

Merve spürte nun ganz deutlich, dass der Punkt erreicht war, ihrer Mutter zu zeigen, dass sie zu weit ging. Sie musste nicht lange überlegen, was sie nun sagen würde. »Wir können alle nichts dafür, dass du heute so schlecht drauf bist, anne. Und du hast recht. Ich kann Geheimnisse nicht gut für mich behalten. Und vielleicht ist es genau diese Eigenschaft, die helfen wird, den Mörder von Fynn Benner zu überführen.« Merve gab sich Mühe, sich nicht die Genugtuung über das verwirrte Gesicht ihrer Mutter anmerken zu lassen. »Ich weiß zwar gar nicht, ob du mit dem Fall überhaupt etwas zu tun hast, denn du lässt uns ja an deinem Arbeitsleben nicht teilhaben. Aber selbst wenn ich kein Pokerface habe, so bin ich doch in der Lage, Wege zu finden, um Hinweise zu erkennen, wenn ich sie sehe. Und zwar besser als die Polizei.« Nun hatte sie ihre Mutter genau so, wie sie sie haben wollte: sprachlos. Und die Konsequenzen waren Merve auf einmal völlig egal. Stumm zog sie ihr Smartphone aus der Tasche und klickte auf die abfotografierte Zeichnung.

Ein bisschen gruselte sich der kleine Hund, als er durch den mittlerweile dunklen Garten lief. Dennoch ignorierte er die Rufe seines Frauchens. Gerade bei Nacht hatte Werther das Gefühl, dass sich eine gigantische Geruchswelt vor ihm auftat. Und da seine Augen sowieso ständig verklebt waren und tränten, ließ er sich am liebsten von seinem Geruchssinn leiten. Er wollte es nicht so übertreiben wie vor ein paar Tagen, als die vielen unheimlichen Gestalten durch die Gärten gewankt waren und er sich verstecken musste. Aber eine kurze Weile wollte er noch für sich nutzen, bevor er seinen Platz auf dem Sofa neben seinem Frauchen einnahm.

Werther schnupperte an einem der Zaunpfähle und erschnüffelte Urin von einem anderen Hund. Sofort hob er das Bein und pinkelte, um seinem Konkurrenten zu zeigen, dass es in diesem Garten bereits ein Alphatier gab. Dann sauste er weiter zu seinem Lieblingsplatz, der völlig mit Efeu überwucherten Terrasse des alten Gartenschuppens. Er war hier seit der Gruselnacht nicht mehr gewesen, denn sein Frauchen hatte ziemlich genau darauf geachtet, dass er nach der Abenddämmerung das Haus nicht mehr verließ. Heute war sie jedoch wieder unachtsamer geworden und er hatte die Chance genutzt, durch den Türspalt zu entwischen, als sie den Müll rausbrachte. Und nun saß er hier und hatte die herrlichsten Gerüche in der Nase. Nach kurzer Zeit schafften Werthers Synapsen es, die verschiedenen olfaktorischen Wahrnehmungen an sein Gehirn zu melden, und dieses war damit beschäftigt, alles zu ordnen. Es roch nach moderigen Blättern, dem Igel, den er immer wieder verjagte, und dem Knochen, den er vor einiger Zeit unter einer der gesprungenen Betonplatten vergraben hatte. Aber eine Sache war ihm nicht geheuer. Er nahm etwas wahr, das er auch vor einigen Tagen bereits gerochen hatte. Werther blickte sich um. In den Nadeln einer kleinen Fichte, deren Äste in Werthers Unterschlupf hineinragten, hing etwas. Der Hund entblößte seine Zähne und zog daran. Der Fetzen Stoff, den er nun im Maul hatte, war unregelmäßig zerfranst, als wäre er abgerissen worden. Der ehemals weiße Stoff war voller Erde, aber es gab noch weitere dunkelrote Flecken darauf. Werther legte den Kopf schief. Ein wenig roch der Fetzen wie der Knochen, den sein Herrchen ihm neulich heimlich zugesteckt hatte. Vielleicht sollte er ihn auch genau neben dem Knochen vergraben, dann hatte er, wenn es kalt wurde, noch einige Gerüche konserviert, die er ausgraben konnte, wann er wollte. Werther erschnüffelte die Stelle, an der der Knochen vergraben lag, und fing an zu buddeln.

DIE ZIGEUNERIN

Wir hatten schon einen Monat in der Villa Waldlust verbracht und der Alltag war langweilig, aber angenehm. Jeden Tag bekamen wir unsere Spritze, erfüllten unsere Dienste und hatten viel Freizeit. Jeden zweiten Abend hatten wir ein Gespräch mit Dr. Wedemann oder Dr. Borndieck und sollten sagen, wie es uns ging und ob wir gute oder schlechte Gedanken hätten. Wir sollten die Intensität unserer Wut auf einer Skala von 1–10 einschätzen und sagen, was wir von den anderen Jugendlichen hielten. Wir mussten zwei- bis dreimal pro Woche in ein Besinnungstagebuch schreiben, was wir in der Woche erlebt hatten. Die Tagebücher bewahrte jeder in seinem Nachtschränkchen auf, da vor dem Schlafengehen eingetragen wurde. Ich schrieb sehr gern und detailliert in mein Tagebuch. Dies hilft mir jetzt gerade sehr, unsere Geschichte zu rekonstruieren.

Ein wenig Abwechslung gab es dadurch, dass es immer wieder zu Streitigkeiten und Schlägereien kam. Die Ärzte notierten sich alles und schüttelten enttäuscht den Kopf, wenn einer der Erzieher ihnen erzählte, dass wieder mehrere Jugendliche aneinandergeraten waren. Die Mädchen beschimpften sich als »Nutten« und »Schlampen«, zumindest benutzten sie Wörter, die dem sehr nahekamen. Die Mahlzeiten wurden regelmäßig um

8 Uhr, 13 Uhr und 18 Uhr in dem großen Speisesaal im ersten Stock eingenommen. So lief eigentlich alles seinen Gang, bis Dr. Wedemann eines Tages mit einem weiteren Mädchen in der Villa Waldlust erschien. Ich war vom ersten Augenblick an in sie verliebt, denn sie war so ganz anders als alle Mädchen, die ich bisher gesehen hatte. Michaela, genannt Ela, hatte schwarze lange Locken, die ihr bis über die Schultern fielen. Ihr Gesicht war schmal und wirkte durch die hohen Wangenknochen fast dreieckig. Sie hatte hellgrüne Augen und eine honigfarbene Haut. Elas Kleidung war schäbig, der bunte Rock zerrissen und das schwarze T-Shirt so kurz, dass man den Bauchnabel sehen konnte. »Ela ist eine Zigeunerin«, sagte Dr. Wedemann, und ich sah, wie ein Raunen durch die Reihe der Teilnehmer ging, denn die meisten hatten noch nie eine leibhaftige Zigeunerin gesehen. »Ich habe sie beim Betteln erwischt und erfahren, dass sie den Leuten weismacht, sie könne in ihren Händen die Zukunft lesen. Außerdem hat sie sich fremden Männern angeboten.« Ich dachte, dass sie damit bestimmt Erfolg gehabt hatte, und wunderte mich über meine Gefühle, denn im Gegensatz zu dem Ekel, der mich sonst immer überkam, wenn ich an menschliche Berührungen dachte, konnte ich mir sehr gut vorstellen, von Ela angefasst zu werden. In den nächsten Tagen ergab es sich häufiger mal, dass wir gemeinsam Tischdienst hatten oder die Gemüsebeete vom Unkraut befreien mussten. Ela redete nicht viel, aber wenn sie sprach, klang ihre Stimme hell und ihr Akzent fremdländisch. Ich sah, dass auch die anderen Jungen sie lüstern musterten, wenn sie ihre langen Beine in den knappen Shorts präsentierte, die Dr.

Borndieck ihr besorgt hatte. Es kam mir fast so vor, als wäre Ela zu uns gebracht worden, um uns in Versuchung zu führen.

DONNERSTAG, DEN 5. NOVEMBER 2015

»Es ist nie zu spät, um mit dem Sport anzufangen.« Die gertenschlanke junge Frau hinter dem Tresen musterte Banu von oben bis unten und schenkte ihr ein strahlendes Lächeln. Sie trug ein pinkfarbenes Funktionsshirt, an dem auf Höhe der rechten Brust ein Namensschild mit der Aufschrift »Freundliche Franzi« befestigt war. »Gerade für unseren Best-Ager-Kundenkreis bieten wir eine ziemlich beeindruckende Zahl von Kursen an.« Banu betrachtete ihr Gesicht in der verspiegelten Fläche, die die ganze Wand hinter dem Tresen einnahm. Tatsächlich waren in den letzten Monaten einige Falten um ihre Augen hinzugekommen und ihre Mundwinkel hatten zunehmend mit der Schwerkraft zu kämpfen. Vor einer Woche hatte sie sich deshalb einen Beratungstermin in der Filiale eines großen Kosmetikkaufhauses gegönnt und war sich wie eine Schönheitskönigin vorgekommen, als sie nach einer gut einstündigen Sitzung mit strahlendem Teint und knapp 150 Euro weniger im Portemonnaie den Laden verlassen hatte. Leider verfehlten die Beautyprodukte jedoch ihre Wirkung, als sie versuchte, sie zu Hause selbst aufzutragen. Das sündhaft teure Make-up legte sich in statt wie versprochen auf ihre Falten, und der Concealer schien ihre Augenringe noch zu verstärken und ließ sie wie ein Brillenaffenweibchen aussehen.

Leider waren die Kosmetika nun alle angebrochen und konnten nicht mehr zurückgegeben werden.

»Und bei Ihnen sieht man sofort, dass Sie Ausdauersportlerin sind«, strahlte die freundliche Franzi in Richtung Stella. »Ihnen würde das Training mit Gewichten guttun.«

Ohne zu antworten, legte Banu ihren Ausweis auf den Tresen.

»Oh«, machte die junge Frau verunsichert. »Sie wollen also gar nicht bei uns anfangen?«

»Nein, wir ermitteln in einem Tötungsdelikt, begangen an einem Jugendlichen.« Bei jüngeren Menschen versuchte Banu meist, ihre Vorstellung etwas weniger direkt zu gestalten, da sie wusste, dass die Erwähnung des Begriffs »Tod« Menschen schnell Angst machen konnte. Sie fand jedoch, dass Franzi es mit ihrer respektlosen und eher weniger freundlichen Art verdient hatte, schonungslos behandelt zu werden. Und so empfand sie zumindest ein wenig Genugtuung, als diese für einen Sekundenbruchteil erschreckt die Augen aufriss.

»Und wie kann ich Ihnen da weiterhelfen?«

Stella stützte sich mit einer Hand auf dem Tresen ab und zeigte auf den Computer, der in der Ecke stand. »Es geht um einen 17-jährigen Jungen namens Fynn Benner. Im Zusammenhang mit seinem Tod fiel der Begriff ›Alsterschwan‹. Wir würden gern von Ihnen wissen, ob er Mitglied in diesem Fitnessstudio war.«

Franzi ließ sich auf dem Schreibtischstuhl gegenüber dem Computer nieder und tippte den Namen in die Suchfunktion. Dann schüttelte sie langsam den Kopf. »Nein, wir haben keinen Fynn Benner. Es tut mir leid, dass ich Ihnen in diesem Fall nicht weiterhelfen kann.«

»Ist ein Yannick Berg oder eine Fenja Baldrum bei Ihnen angemeldet?« Aber auch bei diesen beiden Namen signalisierte Franzi Fehlanzeige.

Banu zog ein Porträtfoto von Fynn aus der Tasche, das er anlässlich seiner Anmeldung in einer Fahrschule hatte machen lassen. »Haben Sie ihn jemals hier gesehen?«

Erneut schüttelte Franzi den Kopf, wobei sich eine Strähne ihres hellblonden Haares aus dem Pferdeschwanz löste. Sie strich sie hinter ihr linkes Ohr und lächelte Banu zaghaft an. »War das alles? Mein Hot-Iron-Kurs beginnt gleich.« Wie aufs Stichwort trat eine dunkel gelockte Frau, laut Namensschild die »Sportliche Spirou«, neben Franzi und schickte sie mit einem Kopfnicken in Richtung des Trainingsraums, auf dessen Glastür eine schwarze Drei geklebt war. »Deine Hausfrauen warten schon auf dich«, sagte sie.

Auch Banu gab Franzi durch ein Nicken zu verstehen, dass sie gehen konnte. Sie hatte noch eine Frage, die konnte sie jedoch genauso gut Franzis Ablösung am Empfang stellen. »Warum heißt dieses Fitnessstudio eigentlich ›Alsterschwan‹?«

Spirou zeigte auf das Logo hinter sich. »Weil man sich bei uns durch das Training von einem unscheinbaren Küken in einen schönen Schwan verwandelt.«

Stella lächelte die junge Frau an. »Eine simple Botschaft. Darauf hätten wir auch selber kommen können.«

Der Kaffee war nun inzwischen kalt und die Milch hatte sich als weiße Schicht von der schwarzen Flüssigkeit abgesetzt. »Es hätte ja klappen können«, sagte Stella und ging zum Waschbecken, um den unappetitlichen Inhalt ihres Bechers zu entsorgen. Thorsten Fock machte ein Gesicht, als hätte er Zahnschmerzen. Denn auch Gunnar und Armin waren eben erfolglos von der Durchsuchung des ehemaligen und leer stehenden Kinderheims Birkenhöhe zurückgekehrt.

»Habt ihr irgendeine Idee, was ich dem Pressesprecher sagen kann? Die Öffentlichkeit ist nicht gerade geduldig, wenn es um ermordete Jugendliche geht.« Er nahm den schwarzen Edding und strich die Worte »Fitnessstudio Alsterschwan« auf dem Flipchart durch, die mit einem Spiegelstrich unter den ebenfalls durchgestrichenen Begriffen »Altes Ortsamt«, »Kinderheim Birkenhöhe« und »Psychositzung Mops« standen. »Zumindest haben wir Fynns Zeichnung und ein Foto von dem Anstecker veröffentlicht. Vielleicht gibt es daraufhin Reaktionen.«

»Und ich würde den Mops noch nicht ganz aus unseren Gedanken streichen«, sagte Gunnar.

Stella knuffte ihn mit dem Ellenbogen in die Seite. Einerseits war sie verwundert darüber, dass er sich so klar als Spinner outete, andererseits fand sie dies jedoch auch höchst amüsant. Sie kannte Gunnars Ehefrau Tanja und war sich sicher, dass sie eine Frau war, die mit beiden Beinen fest auf dem Boden der Tatsachen stand. Bestimmt würde sie sich vor Lachen auf dem Fußboden wälzen, wenn sie wüsste, dass ihr Mann daran glaubte, Mops und Mensch könnten sich unterhalten wie bei »Dr. Dolittle«.

»Die Sitzung bei Henrik Mohr dauerte fast eine Stunde. Und seine Zusammenfassung war ziemlich kurz. Vielleicht gab es ja auch Dinge, die er nicht in der Anwesenheit von Angela Frieling erwähnen wollte.«

Stella hakte nach. »Was meinst du? Dass Werther ihm vielleicht erzählt hat, dass er seine Hundesitterin lieber mag als seine Mami? Oder dass er gesehen hat, dass Siegfried Frieling heimlich von ›Blaulicht‹ auf den Pornokanal zappt, sobald seine Frau das Wohnzimmer verlässt?«

»Sehr witzig, Stella. Nein, ich meinte eigentlich, dass er vielleicht noch etwas über die Nacht, in der Werther verschwunden war, ausgelassen hat. Möglicherweise war das, was der Hund gesehen hat, doch schrecklicher. Und das hat er der Besitzerin, die ja zugegebenermaßen reichlich hysterisch ist, nicht sagen wollen.«

Banu schüttelte energisch den Kopf. »Dann hätte er uns ja wohl noch mal angerufen.«

»Ich glaube, der Kollege gibt keine Ruhe, bevor nicht einer von uns ein weiteres Mal mit Dr. Mohr gesprochen hat. Außerdem muss ich ganz ehrlich sagen, dass ich mich an jedes Strohhälmchen klammere, das mir entgegenschwimmt. Wenn wir in dem Fall nicht bald weiterkommen, könnte der Polizeipräsident ziemlich ungemütlich werden.«

Bis auf Armin hatten sich alle Teammitglieder der Mordbereitschaft 5 im Besprechungsraum versammelt. Der fehlende Kollege saß an seinem Schreibtisch und verglich die Zeichnung der Schwäne mit Bildern aus dem Internet. Bisher jedoch ohne Erfolg. Stella wusste, dass Banu sich darüber ärgerte, dass ihre sonst so folgsame Tochter Merve sie angelogen und tatsächlich mal nicht das gemacht hatte, was ihre Mutter von ihr erwartete. Aber letztlich hatte sie dadurch ja keinem geschadet. Im Gegenteil hatten sie jetzt einen neuen Hinweis, dem sie nachgehen konnten. Auch wenn die nahe liegende

Lösung, dass das Fitnesscenter Alsterschwan etwas mit dem Mord an Fynn Benner zu tun haben könnte, wohl nicht griff.

»Also gut, Chef. Banu und ich fahren zu Dr. Mohr. Ich möchte ihn mir gern mal angucken. Gunnar lassen wir lieber hier. Der ist zu befangen.«

Banu grinste, während Gunnar sich beleidigt abwandte. Das Telefon klingelte und Thorsten nahm den Hörer von der Ladestation. Er nickte und seine Miene hellte sich eine Nuance auf. Nachdem er aufgelegt hatte, winkte er seine Mitarbeiter an den Tisch im Besprechungsraum. »Wir haben die ersten Hinweise zu Fynns Schwänen. Ich möchte, dass wir gleich damit beginnen, sie durchzugehen. Um den Tierarzt könnt ihr euch morgen immer noch kümmern.«

FREITAG, DEN 6. NOVEMBER 2015

Nach Banus Erzählungen hatte Stella sich den Tierarzt Henrik Mohr als eine Mischung aus George Clooney und Hannibal Lecter vorgestellt, aber der attraktive mittelgroße Mann, der auf ihr Klingeln hin öffnete, sah völlig anders aus und war Stella von Anfang an sympathisch.

»Wie schön, dass Sie sich für meine Arbeit interessieren. Frau Kurtoğlu habe ich ja bereits kennengelernt.« Der Tierarzt bedachte Banu mit einem freundlichen Lächeln. Banu nickte ihm knapp, aber nicht unfreundlich zu. »Wollen wir in mein Arbeitszimmer gehen?«

Stella bejahte und folgte Henrik Mohr durch einen Flur, an dessen Wand verschiedene gerahmte Fotografien hingen. Vor einem großen Bild mit zwei wunderschönen Katzen blieb sie stehen. »Wow, die sind aber wuschelig.«

»Das sind meine beiden Maine-Coons. Wussten Sie, dass sich um die Herkunft dieser Katzenrasse die wildesten Vermutungen ranken? Eine Legende ist, dass sie aus der Verpaarung von Waschbären und Hauskatzen entstanden ist. ›Raccoon‹ bedeutet auf Englisch nämlich Waschbär. Den Stammbaum meiner beiden kann ich bis nach Nordamerika zurückverfolgen.« In der Stimme des Tierarztes schwang so viel Stolz mit, dass Stella sich verkniff zu sagen, dass sie komplett dagegen war, sich

Rassetiere anzuschaffen, wo doch die Tierheime in aller Welt mit herrenlosen Katzen und Hunden überquollen.

»Und, haben Sie auch einen Hund?«, fragte Banu und zeigte auf ein Foto, das direkt neben den Katzenporträts hing.

»Ja, das ist Lilith, unsere Irische Wolfshündin.«

Stella wusste, dass Banu generell gegen die Haltung von Haustieren war, aber ihre Kollegin kniff sich dennoch ein »Wie hübsch!« ab.

Henrik Mohr schien jedoch die Ablehnung in Banus Augen gesehen zu haben, denn er hatte anscheinend das Gefühl, sich rechtfertigen zu müssen. »Als Tierarzt muss man Tiere haben, sonst nehmen einen die Kunden nicht ernst.«

Stella musste zugeben, dass an der Aussage wahrscheinlich etwas dran war. Die Tierärztin, zu der sie ihre Kater zum Impfen brachte, hatte zwei Pferde und eine Handvoll Meerschweinchen. Das machte sie im Umgang mit Tieren irgendwie authentisch. Das Arbeitszimmer von Henrik Mohr war klein, aber geschmackvoll und mit teuren modernen Möbeln eingerichtet. Neben einem Arbeitsplatz mit PC fand sich an der Längsseite des Zimmers eine kleine Sitzgruppe für Besprechungen. Stella nahm auf einem schwarzen Ledersessel mit Chromgestell Platz, während Banu freundlich gebeten wurde, sich auf das Sofa gegenüber zu setzen. Dem Anschein nach waren beide Sitzmöbel Produkte desselben Designers. Und deutlich bequemer als die Sessel im Büro des Schulleiters, den sie am Dienstag befragt hatten.

»Wie kann ich Ihnen helfen? Sicher geht es um die Aussagen von Werther.«

Stella unterzog den Tierarzt einer genauen Musterung und stellte fest, dass er auch für sie durchaus interessant wäre, wenn sie nicht den Status »in einer Beziehung« innegehabt hätte. Aber hatte sie den wirklich? Sie wischte die mittelgrauen Gedanken an ihren Freund auf der anderen Seite der Nordsee beiseite. Henrik Mohr hatte hellbraunes dichtes gewelltes Haar, das an den Schläfen bereits ergraut war. Seine Augen waren von einem ungewöhnlichen grün-braun, die Wimpern dicht und die Augenbrauen nicht buschig – vielleicht gezupft. Er hatte eine volle Unterlippe und eine schmalere Oberlippe, auf der einige unregelmäßige Sommersprossen verteilt waren, was ihn jugendlicher wirken ließ, als er sein musste.

Banu, die wie immer völlig unbeeindruckt von den Reizen fremder Männer war, ergriff das Wort. »Genau. Ich war ja am Montag Zeuge der psychologischen Sitzung mit dem Mops von Angela Frieling. Um ehrlich zu sein, bin ich kein Anhänger der Theorie, dass Menschen sich mit Tieren unterhalten können, aber das nur am Rande.«

Stella warf einen Blick auf den Tierarzt, aber der lächelte unverändert freundlich und nickte Banu ermunternd zu.

»Sie haben uns ja nach der Sitzung eine Zusammenfassung dessen gegeben, was Werther Ihnen«, sie suchte nach Worten, »erzählt hat. Das schien uns ein wenig kurz. Gibt es vielleicht Details, von denen Sie uns noch nichts berichtet haben?«

Henrik Mohr schüttelte entschieden den Kopf. »Dann hätte ich Sie angerufen. Natürlich ist es so, dass so eine

Sitzung sehr lange dauert, aber Sie müssen bedenken, dass es ja auch erst mal einige Zeit kostet, mit Werther Verbindung aufzunehmen. Ich habe Ihnen alles erzählt.« Er zuckte die Achseln und schien sich fast dafür entschuldigen zu wollen, dass das Gespräch mit Werther so unergiebig verlaufen war.

»Für uns sind natürlich auch die kleinsten Details wichtig, denen Sie vielleicht in Werthers Aussagen gar nicht so viel Wert beigemessen haben. Hat Werther eventuell etwas über das Haus vom Nikolaus erzählt?«

Henrik Mohr blickte nun ziemlich verwirrt von Stella zu Banu. »Meinen Sie dieses Gebäude, bei dem man nicht absetzen darf, wenn man es zeichnet?«

»Wir wissen es leider auch nicht genau. Aber der Begriff ist im Zusammenhang mit dem Toten gefallen.«

»Werther hat nichts darüber gesagt. Das hätte ich im Kopf behalten.« Er lächelte. »Normalerweise interessieren Hunde sich nicht so für Zeichnungen.«

Stella fing einen Blick von Banu auf, der zu sagen schien: »Warum haben wir nicht einfach nur angerufen?« Stella fand jedoch die Thematik und den Mann dahinter äußerst interessant, auch wenn es sie in dem konkreten Fall gerade nicht weiterzubringen schien.

»Haben Sie viele Kundinnen wie Angela Frieling?«

»Ich bemerke genau, dass Sie Kundinnen gesagt haben und nicht Kunden. Aber Sie haben recht, es sind ausschließlich Frauen, die mit ihren Hunden zu mir kommen. Zu meinem Patientenstamm gehören um die 20 Hunde.«

»Ehrlich gesagt vermutete ich so eine Praxis eher in Stadtteilen wie Eppendorf oder Harvestehude. Oder in den Elbvororten. Aber hier ist es doch relativ abgeschieden.« Banu zeigte aus dem Fenster auf den dichten Wald, der kurz hinter der Grundstücksgrenze begann.

»Wir haben einen 15-jährigen, geistig behinderten Sohn. Ursprünglich wohnten wir in Hoheluft, aber dort ging es Jonas ziemlich schlecht. Wir haben es mit inklusiver Beschulung versucht, aber er wurde von seinen Klassenkameraden nicht akzeptiert und viel geärgert. Er kann so gut wie gar nicht sprechen und sich auch kaum anders mitteilen. Als wir merkten, dass er immer unglücklicher wurde, haben wir unsere Eigentumswohnung vor fünf Jahren verkauft und sind hierhergezogen. Mittlerweile geht Jonas auf eine reformpädagogische Schule ganz in der Nähe und fühlt sich sehr wohl. Wenn Sie jetzt keine weiteren Fragen mehr haben? In einer Viertelstunde kommt eine Kundin mit einer Französischen Bulldogge, die Visionen vom Ende der Welt hat.«

Als Stella aufstand und ihren Sessel ein Stück zur Seite schob, sprang völlig unvermittelt das wohl hässlichste Tier darunter hervor, das sie je gesehen hatte. Das struppige Fell der Katze war von einem undefinierbaren schwarz-grau. Ihr fehlte ein Auge, was ihr ein verschlagenes Aussehen gab, und der Rand des linken Ohrs war ausgefranst.

Henrik Mohr seufzte tief. »Sie stand vor zwei Wochen in einem Katzenkorb einsam vor unserer Haustür. Wie Sie sich denken können, ist sie nicht vermittelbar. Ich schätze sie auf acht bis zehn Jahre. Aber das ist bei Katzen schwer zu sagen. Sie liebt unseren Kater, aber mit der Katze versteht sie sich überhaupt nicht. Da sie ganz gesund ist, bringe ich es nicht übers Herz, sie einzuschläfern. Im Tierheim würde sie sich wahrscheinlich auch nicht wohlfühlen, denn sie ist eine Freigängerin. Aber hierbleiben kann sie irgendwie auch nicht.«

Es dauerte nicht länger als eine Sekunde, da war Stella klar geworden, dass sie eigentlich immer schon eine Katzengefährtin für ihre beiden Kater wollte.

Endlich hatten sie die Freigabe bekommen, ihren Sohn zu begraben. Nachdem sie heute Morgen einen langen Termin mit dem Beerdigungsunternehmer hinter sich gebracht hatten, stand der kommende Mittwoch für Fynns Begräbnis fest. Alexander Benner hatte sich noch nicht daran gewöhnt, den letzten Akt des Todes mit dem Namen seines Sohnes in Verbindung zu bringen. Aber er wusste, dass es ihnen beiden besser gehen würde, wenn sie diesen Termin gemeinsam hinter sich gebracht hatten. Bei dem Tod seines Vaters war es jedenfalls genauso gewesen. Für Fynn hatten sie einen hellen Kiefernsarg gewählt. Auch für sein Zimmer hatte ihr Sohn sich damals Möbel aus diesem Holz ausgesucht. Nachdem sie gegen Mittag nach Hause gekommen waren, hatte Diana eine Stunde vor Fynns Kleiderschrank gestanden, um die Kleidung auszusuchen, die er bei seiner Beerdigung tragen würde. Abwechselnd hatte sie bei der Sichtung der verschiedenen T-Shirts, Pullover und Hosen geweint und gelacht. Anscheinend war sie dann zu einer Auswahl gekommen. Denn seine Frau kam weinend aus dem Zimmer ihres Sohnes, das Hemd an ihre Wange gedrückt, das Fynn an den letzten Weihnachtsfeiertagen getragen hatte. Kurz nachdem sie damit in ihrem Schlafzimmer verschwunden war, hatte er durch die angelehnte Tür gesehen. Sie schlief mit dem Kopf auf dem Hemd, über das sie sich damals beim Kauf gemeinsam amüsiert hatten, da auf beiden Kragenspitzen zwei Rentierköpfe aufgestickt waren. Alexander stellte seinen Becher unter die Kaffeemaschine. Er würde erst heute Abend Whisky trinken. Vielleicht kamen auch heute wieder Gäste, die Beileidsbekundungen loswerden wollten. Gestern waren zwei Polizistinnen bei ihnen gewesen und hatten ihn nach einer Zeichnung und einer Anstecknadel befragt, die Viktoria und ihre Begleiterin an sich genommen hatten. Natürlich hatten die beiden Mädchen ihn mit ihrem Besuch an der Nase herumgeführt, aber er war ihnen nicht böse, denn es waren doch Kinder. Und sie hatten sich bei ihm entschuldigt. Er hatte allerdings weder die Nadel noch das Logo mit den beiden Schwänen jemals bei Fynn oder irgendwo anders gesehen.

»Irgendwie bist du doch nicht ganz dicht«, sagte Banu und versuchte über das mehrstimmige Gebrüll hinwegzuhören, das die Katze auf der Rückbank machte. Ganz so einfach, wie Stella es ihr versichert hatte, nachdem sie das Arbeitszimmer von Dr. Mohr verlassen hatten, war es denn doch nicht gewesen, die Katze einzufangen. Banu war zwar ihrem Vorsatz treu geblieben, auf keinen Fall helfend einzuschreiten, aber sie hatte es interessant gefunden, was für ein Repertoire von Schimpfwörtern so ein scheinbar distinguierter Mensch wie Henrik Mohr kannte. Eine zerbrochene Vase und eine auf den Boden aufgeprallte und nun kaputte Telefonstation später hatten sie die Katze endlich im Transporter. Stella hatte sich lachend das Blut von der Nase gewischt, denn das »Aas« hatte ihr einmal ihre Krallen durchs Gesicht gezogen und sich bei Henrik Mohr für seine Hilfe bedankt. Zu guter Letzt hatte der Tierarzt ihre Kollegin noch mit einem Wattebausch, der in Desinfektionslösung getränkt war, behandelt. Banu fand, dass er ihr dabei einen Hauch zu lange in die Augen gesehen hatte. Aber vielleicht war das auch Einbildung gewesen. Denn fast alle Männer taten das bei Stella.

»Du weißt doch: Wer einen Spleen hat, lebt länger«, sagte Stella und hupte, da ein Lastwagen sich, ohne zu blinken, vor sie gesetzt hatte, um ein Auto auf der rechten Spur zu überholen. »Ich glaube, ich werde sie Mafiosa nennen. Sie sieht aus, als hätte sie eine schwarze Seele.«

»Jedenfalls glaube ich, dass sie dir gerade Vendetta schwört, so wie sich das anhört. Jupiter wird bestimmt begeistert sein.«

»Na klar. Er liebt den Film ›Der Pate‹.« Banu blickte durch die Frontscheibe und fühlte sich von den vielen Scheinwerfern der entgegenkommenden Autos geblendet. Wie immer musste sie sich erst mal an die Winterzeit und die damit verbundene frühere Dunkelheit gewöhnen. Das dauerte im Allgemeinen so lange, bis die Uhren Ende März wieder auf Sommerzeit gestellt wurden.

»Zusammenfassend könnte man sagen, dass du nun zwar um eine Art Katze reicher bist, wir aber den Besuch bei Dr. Mohr eigentlich wieder als Fehlschlag verbuchen müssen. Denn wir haben keine neuen Hinweise.«

Aber Stella schüttelte den Kopf. »Zumindest wird unser Kollege Gunnar jetzt vielleicht Ruhe geben und wir können wieder etwas ausschließen.« Sie betätigte den Blinker, um die Autobahn an der Ausfahrt Stellingen zu verlassen. Mafiosa hatte inzwischen beschlossen, beleidigt zu schweigen.

»Ich setze dich bei deinem Auto ab und fahre dann nach Hause. Bin gespannt, was die Kater zum Familienzuwachs sagen.«

Banu hatte eben noch mit Thorsten Fock telefoniert und dieser hatte ihr versichert, dass bisher keine brauchbaren Hinweise hinsichtlich der Schwäne auf der Zeichnung von Fynn Benner oder der Anstecknadel eingegangen waren. Also konnte sie heute eigentlich auch zeitig Feierabend machen und morgen mit ihrer Familie wie versprochen nach Kühlungsborn an die Ostsee fahren. Andererseits wusste sie, dass eine Aussprache mit Merve anstand. Seitdem sie ihr die Zeichnung und die Anstecknadel ausgehändigt hatte, hatten sie kaum ein Wort miteinander gewechselt. Es wäre jedoch gemein von ihr, den lange geplanten Familienausflug ausfallen zu lassen und Arbeit vorzutäuschen, nur um nicht mit ihrer Tochter sprechen zu müssen. Arbeit würde es zwar genug geben, denn am Wochenende würden sich sicherlich noch Leute melden, die meinten, das Logo irgendwo gesehen zu haben. Da aber alle Kollegen ihr diese zwei Tage an der See, ein Geburtstagsgeschenk ihrer Familie, gönnten, hatten Armin und Gunnar bereits Bereitschaft signalisiert, Samstag und Sonntag ins Präsidium zu fahren.

Banu fing den Blick ihrer Kollegin auf, die sie verstohlen von der Seite musterte.

»Du denkst doch wohl nicht daran, am Wochenende zu arbeiten, oder? Du würdest Tim das Herz brechen.«

»Kannst du deine Augen bitte auf die Straße richten? Danke«, erwiderte Banu. Zum wiederholten Mal fragte sie sich, ob Stella mit der Gabe gesegnet war, Gedanken lesen zu können. »Natürlich fahre ich an die Ostsee.«

DIE VERWANDLUNG

Die Wende begann damit, dass Hans-Nathan Blumen auf der Wiese pflückte, die zum Haus gehörte, und der Haushälterin einen Blumenstrauß schenkte. Er machte eine Verbeugung und sagte: »Blumen für die Rose.« Dr. Wedemann und Dr. Borndieck freuten sich wohl am meisten darüber und schrieben es eifrig in ihre Bücher. Dann befragte einer von beiden Hans-Nathan, warum er dies getan hatte. Hans-Nathan antwortete: »Weil ich ihr eine Freude machen wollte.« Der Arzt schien sehr zufrieden. Hinzu kam, dass es seit ungefähr drei Wochen keine nennenswerten Konflikte mehr gegeben hatte. Mit der Zeit hatten sich Gruppen herauskristallisiert, die häufig zusammen in der Sonne saßen und versuchten, in gemeinsamen Dienstzeiten eingeplant zu werden. Ich war eigentlich immer ein Einzelgänger gewesen, aber ich hatte mein Buch schnell ausgelesen und es langweilte mich, immer nur allein herumzusitzen. Deshalb schloss ich mich der Gruppe um Hans-Nathan an, der schon immer das Zeug zum Anführer gehabt hatte. Dietmar, der Giftmörder, und Franz-Josef, der mehrfach seine Eltern bestohlen hatte, gehörten auch zu unserer Gruppe. Die Mädchen waren fast alle Zicken. Nur Elli und Gudrun waren noch passabel, und eben Ela. Anfangs glaubte ich, dass beide sich nur wegen Hans-Nathan unserer Gruppe anschlos-

sen, denn der prahlte mit seinen Muskeln und hatte ständig einen Kamm dabei, um seine Tolle zurückzukämmen. Im Laufe der Wochen, die wir in der Villa Waldlust verbrachten, bemerkte ich, wie die Themen unserer Gespräche sich änderten. In der ersten Zeit ging es häufig darum, wem von den anderen wir gern auf die Fresse hauen oder welche von den Mädchen wir flachlegen würden. Letzteres war nicht so einfach, da es bis auf Ela und vielleicht noch Elli keine wirklich attraktiven Mädchen hier gab. Aber Hans-Nathan gab damit an, wie viele Frauen er schon gehabt hatte, und die meisten hörten ihm bewundernd zu. Mit der Zeit wurden die Gespräche tiefgründiger. Jeder von uns erzählte den anderen sein Schicksal und bekam dazu Feedback. Es war fast so, als hätten wir unsere eigene Therapiegruppe gegründet. Ich kann das gar nicht beschreiben, aber ich entdeckte bei meinen Kameraden zum ersten Mal so etwas wie Empathie und Interesse an dem Leben der anderen. Um ehrlich zu sein, war das überhaupt das erste Mal, dass ich etwas Derartiges bei einem anderen Menschen mir gegenüber wahrnahm. Und was mich am meisten erstaunte: Es fühlte sich gut an. Ich bemerkte auch, dass der Ton bei unseren Gesprächen immer freundlicher wurde. Hatten mich bisher immer alle »Neger« genannt, da ich eine karamellfarbene Haut habe, denn mein Vater war ein amerikanischer Soldat mit dunkler Haut gewesen, sprachen sie mich nun direkt mit dem Vornamen an. Aber alles, was ich an Veränderungen bei den anderen wahrnahm, traf auf mich nicht zu. Meine Kameraden kamen zunehmend gelöster aus den abendlichen Gesprächen mit den Ärzten, da sie sie häufig gelobt hatten, wenn sie sagten, dass sie ihre Wut auf der Skala gerade bei 2 einordneten. Meine Wut blieb konstant über Wochen auf der 7. Dennoch schien Dr. Wedemann, der mein fester Gesprächspartner bei diesen Sitzungen war, sich darüber zu freuen. Anfangs konnte ich mir darauf keinen Reim machen. Eines Tages, ich glaube, es war Anfang August, holten die beiden Ärzte uns zu sich und sagten, wir sollten uns die schönsten Sachen anziehen, die wir hätten, da Herr Hohndorff heute zu Besuch käme. Am Abend stellten wir uns vor dem Eingang der Villa Waldlust auf und Herr Hohndorff ging herum und stellte jedem einzelnen Fragen. Die ganze Zeit über standen Dr. Wedemann und Dr. Borndieck an einen Baum gelehnt und lächelten stolz. Ich musterte sie ganz genau. Als Larissa auf die Frage, ob sie eine Zigarette haben wollte, antwortete: »Nein, danke. Zigaretten sind giftig. Junge Frauen sollten nicht rauchen, denn das macht unfruchtbar«, klatschte Dr. Borndieck spontan Applaus. Nach der Fragerunde ging Herr Hohndorff zum Auto und holte ein metallenes Kästchen heraus. Er entnahm daraus für jeden eine kleine Anstecknadel mit zwei Schwänen darauf und steckte sie uns mit den Worten »Nun seid ihr Alsterschwäne« an. Wir stellten uns hintereinander auf. Die Mädchen ganz nach vorne und die Jungen in die zweite und dritte Reihe und der extra mitgebrachte Fotograf machte ein Foto von 26 strahlenden Jugendlichen, die glücklich waren, nun Schwäne zu sein.

LIEBE IM HERBST

»Sie liebt mich, sie liebt mich nicht. Sie liebt mich, sie liebt mich nicht …« Jeden Tag verloren einige Blumen ihre Blüten, damit zumindest einmal »Sie liebt mich« herauskam, wenn ich die Blütenblätter abriss. Denn inzwischen brannte mein Herz lichterloh, wenn ich Ela nur sah. Parallel dazu hatte ich jedoch leider eine Eigenart entwickelt. Sobald sie mich ansprach und ich antworten wollte, fing ich an zu stottern. Deshalb fielen meine Antworten immer deutlich einsilbiger aus als eigentlich beabsichtigt. Aber Ela schien sich nichts daraus zu machen. Wahrscheinlich wusste sie bereits, wie es um mich stand. Aber auch andere hatten Interesse an ihr. Wie zufällig schummelte Ingo sich immer in ihre Gruppe, wenn sie Küchendienst hatte, und Dietmar lachte immer viel zu laut, wenn Ela etwas Lustiges erzählte. Das gefiel mir natürlich überhaupt nicht. Ich war mir sicher, dass wir uns früher um sie geschlagen hätten. Aber fast alle anderen begegneten sich nur noch höflich und freundlich. Anscheinend wirkten nur bei mir und zwei oder drei anderen die Medikamente nicht. Oft genug dachte ich daran, Dietmar mit voller Wucht gegen das Schienbein zu treten oder Ingo in sein hübsches Gesicht zu schlagen, wenn einer meine Ela anhimmelte. Aber da auch Ela, die anfangs so sehr darauf bedacht war, ihre

Reize zu zeigen, mittlerweile züchtig und artig geworden war, hatte ich das Gefühl, dass ich auch so tun musste, als läge mir jede Form von Gewalt fern. Langsam verzweifelte ich jedoch, da ich nicht wusste, wie ich sie für mich gewinnen konnte. Seit meiner Kindheit wurde ich häufig wegen meiner Hautfarbe geärgert, »Neger« oder »Bimbo« und auch manchmal »Sklave« gerufen. Mein Selbstbewusstsein war also nie allzu groß gewesen. Doch ich hatte mich seitdem verändert. Meine dunkelbraunen Haare, die ich aus Angst vor der typischen afrikanischen Krause immer fast kahl geschoren hatte, fielen mir jetzt über die Ohren. Sie waren lockig, jedoch nicht kraus. Aus meinem Gesicht war die Pausbäckigkeit der Kinderjahre völlig verschwunden. Es wirkte geradezu markant. Und die gesunde Ernährung hier in der Villa Waldlust hatte meinem Körper gutgetan. Ich schätzte, dass ich ungefähr fünf Kilo verloren und dabei Muskeln aufgebaut hatte. Alles in allem war ich mit meinem Äußeren recht zufrieden. Leider hatten die frische Luft, das ausgewogene Essen und die ruhige Atmosphäre jedoch auch den anderen Jungen zu einem deutlich sympathischeren und besseren Aussehen verholfen. Am auffälligsten erfolgte diese positive Verwandlung bei Hans-Nathan. Und er war in meinen Augen auch mein größter Konkurrent um die Gunst von Ela. Er war bereits 18 Jahre alt und quasi ein Mann. Außerdem scharwenzelte auch er ständig um sie herum und, was mir einen Stich ins Herz versetzte, schien sich blendend mit ihr zu verstehen. Wie ich bereits am Anfang dieser Geschichte geschrieben hatte, habe ich kein Gedächtnis für Daten. Der 3. September 1970 wird mir jedoch wegen zwei Dingen immer in Erin-

nerung bleiben. Wie an fast jedem Abend gingen nach dem Abendbrot einige von uns noch in den Garten, um auf der Terrasse zu sitzen und sich zu unterhalten oder sich einfach nur entspannt an der Feuerstelle niederzulassen und in die tanzenden Flammen zu gucken, bevor es ins Bett ging. Da ich kurz vor dem Essen wieder einmal beim Versuch gescheitert war, mit Ela eine Unterhaltung zu führen, wollte ich allein sein und ging aus dem hinteren Eingang der Villa, der zu den Blumenbeeten führte. Als ich Gekicher hörte, stutzte ich und blieb stehen. Auf dem kleinen Rasenstück, das die Beete voneinander trennte, standen Hans-Nathan und Ela. Er hatte die Blüte einer roten Blume abgerissen und sie ihr ins Haar gesteckt. Diese Geste sah so vertraut aus, dass ich rot vor Scham wurde. Offensichtlich waren die beiden sehr verliebt. Ich wollte sofort gehen, aber ich verhielt mich wie ein Passant bei einem Verkehrsunfall und musste immer wieder hingucken. Also stellte ich mich in die Nische neben der Tür. Wenige Minuten später sah ich, wie Ela ins Haus ging. Meine Scham war mittlerweile in Wut umgeschlagen. Ich ging auf Hans-Nathan zu und schlug ihm ohne Vorankündigung mitten ins Gesicht. Er taumelte gegen den Stamm einer großen Kiefer und sah mich erschrocken an. »Lass deine Finger von Ela.« So etwas Ähnliches muss ich geschrien haben. Zu meinem Erstaunen fing er laut an zu lachen. »Du denkst, ich hätte etwas mit Ela? Dann bist du noch dümmer, als du aussiehst. Also, es ist nicht so, dass ich nicht versucht hätte, bei ihr zu landen, aber sie hat doch nur Augen für dich.« Nun war es an mir, erstaunt zu gucken. Was faselte er da? »Aber du hast sie eben angefasst.« »Du

Blödmann«, sagte Hans-Nathan, »sie wollte sich für dich schön machen. Heute Abend wollte sie dir sagen, was sie für dich empfindet. Sie hat es mir vor ungefähr einer Woche erzählt. Der Plan war, dass ich gleich zu dir gehen und dir erzählen sollte, dass sie sich mit dir hinter dem Gartenhaus treffen will.« Ich war erschüttert. Und in diesem Moment war ich mir sicher, dass Hans-Nathan mich veralbern wollte, denn so ein traumhaftes Geschöpf wie Ela konnte doch wohl kaum etwas für jemanden wie mich empfinden. Aber er zeigte mit den Worten »Nun geh schon!« in Richtung des Schuppens. Mein Herz klopfte bis zum Hals, als ich an der Längsseite des Schuppens entlangging. Als ich noch überlegte, was ich Hans-Nathan antun würde, wenn ich herausfand, dass er mich angelogen hatte, trat sie neben dem großen Ginsterbusch aus der Dunkelheit ins Licht der Lampe, die neben der Schuppentür angebracht war. Ela hatte nie schöner ausgesehen. Und nach all den Jahren sehe ich sie noch genauso vor mir. Die engen Jeans, die kurze orange Bluse und die rote Blume in ihrem langen Haar, das von einem blauen Band zurückgehalten wurde. Ohne etwas zu sagen, stellte sie sich auf die Zehenspitzen, nahm meinen Kopf zwischen ihre Hände und gab mir einen langen Kuss auf den Mund. Wahrscheinlich standen wir für mehrere Minuten eng umschlungen, unsere Münder aufeinandergepresst und unsere Körper eins im Schatten des Lichtkegels. Als wir auseinanderwichen, sagte ich die berühmten drei Worte zu ihr. Und dieses Mal ganz ohne zu stottern. Dass Ela und ich ein Paar wurden, war die erste unvergessliche Sache an diesem 3. September. Wahrscheinlich wird es manche ver-

wundern, warum ich dies hier so ausführlich beschreibe. Aber Elas Liebe zu mir dürfte der einzige Grund sein, warum ich die Zeit, die dann kam, überlebt habe. Denn das zweite Bemerkenswerte an diesem Tag: Er war der Anfang vom Ende.

SAMSTAG, DEN 7. NOVEMBER 2015

Über die Strandpromenade wehte ein kalter Wind, der die dunklen Wolken vom Himmel vertrieb, bevor sie sich zu einer regnenden Wand zusammenrotten konnten. Merve zog ihre Wollmütze tiefer in die Stirn und ließ sich von den Böen an den Strand pusten. Bisher herrschte ungetrübte Stimmung beim Familienausflug. Ihre Mutter hatte volle zwei Stunden auf der Autofahrt geschlafen. Und so hatte sie weder an Can rumgemeckert, der natürlich die ganze Zeit mit seinem Smartphone in der virtuellen Welt unterwegs war, noch an ihr, weil sie mal kein Schulbuch vor der Nase hatte, sondern einen Thriller.

In Hamburg hatte es natürlich den obligatorischen Stau auf der Autobahn gegeben, aber ihr Vater, der eigentlich fast immer gut gelaunt war, hatte die Musik lauter gedreht und mitgesungen. Merve war froh gewesen, dass Vicky ihr nicht die Freundschaft gekündigt hatte, nachdem sie bei ihrer Mutter eingeknickt war. Obwohl sie ihrer Freundin nichts versprochen hatte, hatte sie doch ein ziemlich schlechtes Gewissen deswegen gehabt. Aber Vicky hatte ihr gestanden, wie erleichtert sie war. Irgendwie war ihr doch auch alles zu heiß geworden. Und immerhin könnten Merve und sie sich ja auf die Schulter klopfen, da ihr Fund möglicherweise zur Überführung des Täters beitragen könnte. Sich bei Fynns Vater zu entschuldigen, war etwas peinlich gewesen. Aber Merve hatte eingesehen, dass dies das Erste war, was sie tun mussten. Alexander Benner hatte ihnen den Diebstahl nicht übel genommen, zumindest stellte er es so dar. Merve selbst wäre in dieser Situation sicher nicht so kulant gewesen. Immerhin hatte es sich um die Sachen seines verstorbenen Sohnes gehandelt. Was sie getan hatten, kam ihr im Nachhinein noch mehr wie Leichenfledderei vor. Jemanden zu bestehlen, der sich nicht mehr wehren konnte, war doch echt krass daneben.

Obwohl es ein Samstag mitten im November war, war der Strand voller Menschen, die die Mischung von blauem Wasser, weißem Sandstrand und majestätischen Villen im Stil der Bäderarchitektur hier genauso schätzten wie sie. Merve war mit ihren Eltern und ihrem Bruder schon häufig in Kühlungsborn gewesen. Allerdings war ihr letzter Aufenthalt über zwei Jahre her. Es hatte sich jedoch nicht viel verändert. Das chinesische Restaurant beim Kurhaus war einem indischen gewichen und in der Fußgängerzone hatten die Ketten der Klamottenläden gewechselt. Das Meer und der Strand waren noch genauso wie vor zehn Jahren, als sie zum ersten Mal hier gewesen waren. Und das war alles, was Merve interessierte. Shoppen konnte sie auch in Hamburg. Sie steuerte ein Café an der Strandpromenade an und stellte sich in die Schlange der Wartenden. Es war das optimale Glühweinwetter. Und Merve war durchgefroren genug, um den heißen Alkohol zu genießen. Aber sie musste heute Abend noch ein Gespräch mit ihrer Mutter führen, da sie sich in den letzten Tagen verstärkt Gedanken um die Zeit nach dem Abi gemacht hatte. Und dabei kam es nicht darauf an, ob sie mit einem Schnitt von 1,4 oder 1,8 abschließen würde. Dieses Gespräch würde nicht leicht werden und sie brauchte einen klaren Kopf. Also entschied sie sich für einen Früchtepunsch mit einem klitzekleinen Schuss Rum. Anders als viele ihrer Freundinnen nervte es sie nicht, dass sie ihren Ausweis zeigen musste, sondern sie freute sich, endlich die Freiheit zu besitzen, sich treiben zu lassen und auch mal ganz erwachsen einfach ein Glas Wein im Restaurant zu trinken, wenn ihr danach war. Nachdem Merve vor einiger Zeit eine Phase gehabt hatte, in der sie zum Islam tendiert und diesen auch selber sehr streng für sich ausgelegt hatte, hatte sie sich in den Monaten nach ihrem Unfall viel Zeit genommen, um nachzudenken. Sie hatte viel über Buddhismus gelesen, eine Religion, die ihr bis dahin nur in den Grundzügen bekannt gewesen war. Ihre Freundinnen, von denen viele zumindest laut Konfirmationsurkunde dem evangelischen Glauben angehörten, interessierten sich kaum für Religion. Sie gingen nicht in die Kirche und beteten auch nicht. Merve fand, es konnte nicht schaden, ab und zu mal Danke zu sagen, ob nun zu Gott oder zu Allah, und auch manchmal um etwas zu bitten. Aber sie hatte sich entschieden, nach keiner bestimmten Religion zu leben. Und das kam ihr irgendwie richtig vor. Natürlich hatte sie gerade aus dem Kreis der strenggläubigen muslimischen Mädchen an ihrer Schule einige Freundinnen verloren. Da Merve fand, dass es für eine Freundschaft nicht entscheidend sein konnte, ob sie Alkohol trank oder ein Kopftuch trug, hatte sie dies ohne nennenswerte Trauer hingenommen.

Nun stand das Gespräch mit ihrer Mutter an. Und Banu war eine echt harte Nuss. Merve wusste, dass ihre Mutter sie liebte. Deshalb klammerte sie sich an sie und ließ ihr kaum Luft zum Atmen. Merve nahm ihren Punsch und setzte sich in einen Strandkorb, der mit einer Fleecedecke darin und einem Heizpilz davor auch bei Temperaturen knapp über Null eine gute Alternative zu dem überfüllten Innenraum des Cafés bot. Ihre Eltern und Can waren mit der alten Dampfeisenbahn, dem Mollie, ins benachbarte Seebad Heiligendamm gefahren. Banu hatte sich zwar laut gewundert, warum Merve nicht mitfahren wollte, aber ihr Vater hatte sofort den Durchblick gehabt. Es war sehr selten, dass ihre Familie so viel Zeit miteinander verbrachte, denn Banu arbeitete häufig auch an den Wochenenden. Tim hatte wohl Angst, dass eine Überdosis Familie gewisses Konfliktpotenzial beinhalten könnte. Deshalb hatte er seiner Tochter, ohne nachzufragen, einen 20-Euro-Schein in die Hand gedrückt und ihr viel Spaß gewünscht.

Für heute Abend waren Wellness-Anwendungen und ein gemeinsames Abendessen bei einem sehr guten italienischen Restaurant in Kühlungsborn-West geplant. Eigentlich hatte ihre Aussprache ja auch noch Zeit bis morgen.

Merve entschloss sich dazu, der ganzen Familie einen Tag Harmonie zu gönnen und ihre Eltern morgen nach dem Frühstück in ihre Pläne einzuweihen. Sie trank ihren Punsch aus und stand dann auf, um sich doch noch einen Glühwein zu holen.

SONNTAG, DEN 08. NOVEMBER 2015

Kurz hinter der Hamburger Stadtgrenze betätigte Stella den Blinker und verließ die Autobahn. Es lagen noch 15 Kilometer Ödnis vor ihr, bevor sie die Wahlheimat von Bounty und ihrer Familie erreichen würde. Wenn sie Bounty an Werktagen besuchte, bestand noch ein gewisser Reiz darin, landwirtschaftliche Fahrzeuge verschiedenster Gattungen und große SUVs mit Pferdeanhängern zu überholen. Heute jedoch war weit und breit nicht mal ein Trecker zu sehen.

Eigentlich hatte Stella sich mit ihrer Schwester Susanne im Portugiesenviertel bei den Landungsbrücken zum Essen verabredet. Aber Bountys Nachricht, die sie auf der Mailbox hinterlassen hatte, hatte dermaßen kläglich geklungen! In Gedanken hatte Stella den Geschmack der Knoblauchsuppe, das Hähnchen im Tontopf und die Pastéis de Nata, diese herrlichen kleinen Sahnepuddingtörtchen, aufgerufen und dann entschieden, dass die Sorgen ihrer besten Freundin wichtiger waren als alle mediterranen Versuchungen. Stattdessen hatte sie beim Blankeneser Bäcker noch schnell ein schön fettiges Schokocroissant gekauft und war umgehend aufgebrochen.

Stella konnte nur wild spekulieren, was mit Bounty los war. Krach mit Tammo schloss sie aus. Die beiden waren ein Herz und eine Seele. Mit der Adoption der kleinen Fleur aus Haiti schien das i-Tüpfelchen auf ihrer Beziehung gesetzt zu sein. Zwar hatte Bounty vor gut zweieinhalb Jahren verkündet, dass sie gedachte, schwanger zu werden, jedoch schnell gemerkt, dass sie zwar gern eine Mutter sein, aber nicht so gern eine werden wollte. Da wäre zum einen der lange Verzicht auf Schaumwein aller Art gewesen. Zudem war Bounty eine leidenschaftliche Sushi-Esserin. Nachdem sie also ein Jahr lang halbherzig versucht hatte, schwanger zu werden, hatte sie beschlossen, unfruchtbar zu sein. Da sowohl Tammo als auch sie bereits zu alt waren, um in Deutschland auf legalem Wege ein Kind zu adoptieren, entschieden sie sich dafür, einem Kind aus dem Ausland ein Zuhause zu bieten. Und so landete die gut zweieinhalbjährige Fleur an einem kalten Februarmorgen auf dem Flughafen in Hamburg-Fuhlsbüttel. Und obwohl Bounty als nicht schwangere Frau eigentlich auch nicht den typischen Hormonschwankungen unterworfen war, war der Nestbautrieb bei ihr sehr ausgeprägt. Der Mietvertrag der Drei-Zimmer-Altbauwohnung in Altona wurde gekündigt und ein Mittelreihenhaus aus den 70er-Jahren auf dem platten Land, einige Kilometer nordwestlich von Hamburg, angemietet. Denn auf einmal musste ein Garten her, der zumindest Platz für ein Planschbecken und eine Schaukel bot. Bounty hatte bis dahin keinen grünen Daumen gehabt. Zwar bekam sie in jedem Frühjahr ihre berühmt-berüchtigten »Pflanzanfälle«, aber nach kurzer Zeit sah ihr Balkon regelmäßig so traurig aus wie ein Stück Garten bei der Addams Family. Ihre gemeinsame Freundin Olivia sagte immer, dass die Pflanzen im Gartencenter beim Anblick von Bounty freiwillig verwelkten, weil sie Angst hätten, dass sie sie kaufen könnte.

Auch der dezente Hinweis, dass das Dorf, in das sie vorhatten zu ziehen, nicht gerade als migrantenfreundlich bekannt war und Fleur wirklich nicht so aussah, als ließe sich ihre deutsche Herkunft bis zu Karl dem Großen nachverfolgen, hatte Bounty in den Wind geschlagen. Olivia und Stella hatten nicht mit Einwänden gespart und auch versucht, Tammo auf ihre Seite zu ziehen, aber vergebens. Was Bounty wollte, bekam Bounty. Tammo konnte ihr auch gegen besseres Wissen rein gar nichts abschlagen. Bountys Geheimwaffe, die bei Männern jedes Mal funktionierte, war ihr unwiderstehliches Lachen. Das war schon immer so gewesen. Und wie alle anderen vor ihm auch hatte Tammo sich in dieses Lachen schockverliebt, als er Bounty zum ersten Mal gesehen hatte. Stella und sie waren damals in ein Reisebüro gegangen, um einen dreiwöchigen Thailandurlaub zu buchen. Zwar fand Stella Reisebüros ziemlich altmodisch, aber Bounty hatte ihr versichert, dass es nur über dieses Reisebüro ein unglaublich günstiges Reise-Komplettpaket geben würde. Auf jeden Fall einen Blick wert war der gut aussehende Mann gewesen, der ihnen die Reise verkaufen wollte und dessen Namensschild ihn als »Tammo Drossler« auswies. Aber bestätigt in ihrer Meinung über Reisebüros wurde Stella, als sie hinter dem Tresen ein Poster mit den Twin Towers des World Trade Centers und der Aufschrift »Auf nach New York!« ausgemacht hatte. Sie hatte ihre Freundin angestoßen und geflüstert, dass sie eigentlich eine Fernreise buchen wollte und keine Zeitreise. Und da war es dann auf Bountys Gesicht erschienen, dieses unglaublich fröhliche und dabei sinnliche Lachen. Und um Tammo war es geschehen. Aus dem Thailand-Urlaub wurde zwar nichts, da Bounty und Tammo jeden Cent für die Einrichtung ihrer gemeinsamen Wohnung gebraucht hatten, aber Stella war stolz, quasi auf ihre Bemerkung hin der Initiator dieser wundervollen Beziehung geworden zu sein. Doch nun war ihre Freundin in Not und sie musste helfen.

Die Reihenhaussiedlung war ein Tummelplatz von Gartenzwergen- und Plastikreh-Liebhabern. Unsympathische Wesen mit Knollnase und Zipfelmütze aus wetterbeständigem Kunststoff füllten jeden Zentimeter der handtuchgroßen Vorgärten. Nur ein einziges Haus in der Stichstraße kam gänzlich ohne diese Monstrosität aus. Ein kleiner vertrockneter Buchsbaum gab einen Hinweis auf die Bewohnerin. Stella parkte ihr Auto und schaltete vorsichtshalber die Alarmanlage ein. Auf dem Hamburger Kiez und den dunkelsten Seitengassen St. Paulis tat sie das nie, aber dem Völkchen, das hier wohnte, misstraute sie. Noch bevor sie den Klingelknopf gedrückt hatte, öffnete ein besorgt dreinblickender Tammo und lotste sie ins Wohnzimmer.

»Sie ist ziemlich schlecht drauf«, murmelte er. »Sag ihr bitte nicht, dass du sie gewarnt hättest. Lass sie einfach reden. Möchtest du einen Kaffee?«

Stella nickte und musterte ihre Freundin. Was ihr als Erstes ins Auge sprang, waren die dick bandagierte rechte Hand und die aufgesprungene Lippe. Aber auch die zusammengekauerte, abwehrende Haltung entsprach so gar nicht dem Wesen der sonst so lebenslustigen und aktiven Bounty.

»Schön, dass du gekommen bist«, sagte Bounty leise und klopfte auf den Platz neben sich. »Tammo hört sich mein Geheule schon seit Freitag an.«

»Dann erlöse ich ihn jetzt. Nun schieß los. Wegen dir habe ich Tiagos Sahnepuddingtörtchen sausen lassen. Ich hoffe, es ist wichtig.«

Bounty streckte ihr die Zunge raus. »Leider muss ich gleich am Anfang zugeben, dass Olivia und du in fast allem recht hattet. Hierherzuziehen war ein Fehler. Ich war irgendwie nicht zurechnungsfähig.«

Ungläubig starrte Stella ihre Freundin an. So viel Selbsterkenntnis zu Beginn eines Gesprächs sah Bounty gar nicht ähnlich.

»Es ging gleich kurz nach unserem Einzug im Mai los. Ich hatte die Nachbarn zum Kaffee eingeladen. Und da kommt doch dieses fette blonde Gör von Nebenan, Lisa, zeigt auf Fleur und sagt zu ihrer Mutter: ›Die sieht aus wie meine Negerpuppe!‹ Und die Mutter grinst dazu nur dümmlich.«

Stella hatte verstanden, dass ihre Rolle an diesem späten Vormittag zunächst nur war, schockiert mit dem Kopf zu schütteln und missbilligende Geräusche von sich zu geben. Und deshalb unterbrach sie Bountys Redefluss auch nicht.

»Ich dachte zunächst, dass das ein einmaliger Ausrutscher wäre, aber als Tammo und ich mal ganz dringend einen Babysitter brauchten und keine von euch konnte«, vorwurfsvoller Blick in Stellas Richtung, »habe ich eins von den anderen Nachbarsmädchen gefragt, das sonst auch manchmal auf die Kinder hier in der Siedlung aufpasst. Es hat mir dann ins Gesicht gesagt, dass es nichts mit dem Baby zu tun haben will – ich zitiere –, ›das Gott im Ofen vergessen hat‹. Und es gab noch einige mehr solcher Vorfälle.«

»Aber warum hast du nie etwas gesagt?«

»Wenn ich euch davon erzählt hätte, hätte ich laut eingestanden, dass es hier alles andere als perfekt ist. Und irgendwie wollte ich vor mir nicht zugegeben, dass ich mich mit allem hier geirrt habe.«

Stella legte beschwichtigend die Hand auf Bountys unverletzten Arm. »Der Höhepunkt kam aber vorgestern, als ich Fleur von der Kita abholte. Es wird ja jetzt schon ziemlich früh dunkel. Ich war gegen 17 Uhr dort und hatte Fleur gerade in die Karre gesetzt, als mich keine 20 Meter von der Kita entfernt zwei Männer ansprachen, ob der Sex mit einem Neger nicht wäre, wie mit einem Affen zu vögeln. Ich wollte eigentlich nur nach Hause und habe erwidert, dass ich keine Vergleichsmöglichkeiten habe, denn ich hätte bisher weder das eine noch das andere gemacht. Daraufhin wurden die beiden richtig aggressiv, beschimpften mich als ›Negerschlampe‹ und begannen Fleur aus ihrer Karre zu ziehen. Da habe ich natürlich Rot gesehen und dem Wortführer mit der Faust ins Gesicht geschlagen.« Sie fing Stellas missbilligenden Blick auf. »Du musst mich gar nicht so angucken. Als ob du da nicht zugeschlagen hättest.«

Stella schüttelte den Kopf und schnalzte mit der Zunge. »Du bist ein Dummerchen. Ich gucke nicht so genervt, weil du zugeschlagen hast, sondern weil du offensichtlich nicht richtig zugeschlagen hast. Ich habe dir und Olivia doch hundertmal gezeigt, wie man jemanden mit der Faust schlägt, ohne sich selber die Hand zu verletzen.«

Etwas kleinlaut lenkte Bounty ein. »Ich konnte mich daran nicht erinnern. Ich wollte nur seine Nase zertrümmern. Aber ich glaube, das ist mir nicht gelungen. Wir müssen wohl noch mal eine Selbstverteidigungsauffrischung machen. Leider hat der Arsch auch zurückgeschlagen und mich erwischt.« Sie wischte sich über die verkrusteten offenen Stellen an ihrer Lippe. »Als dann ein Vater auftauchte, der auch sein Kind abholen wollte, sind sie natürlich weggelaufen.«

»Aber ihr habt doch Anzeige erstattet, oder?«, fragte Stella.

Bounty nickte heftig. »Aber die finden die doch sowieso nicht. Ich glaube, sie geben sich hier auch keine Mühe.« Sie zeigte auf Stella und klappte ihren Laptop auf, der neben ihr gestanden hatte. »Und das ist der Grund, bei dem du ins Spiel kommst. Du dachtest wohl, du könntest hier jetzt einfach nur rumsitzen, einen Kaffee abgreifen und Seelentröster spielen, aber weit gefehlt.«

Stella sah in Bountys Augen einen Funken Tatkraft aufblitzen.

»Tammo und ich haben gestern beschlossen, wieder nach Hamburg zurückzuziehen. Ich habe gedacht, wir beide durchstöbern jetzt das Internet nach passenden Wohnungen und sortieren sie für Tammo schon mal vor. Und nun kommt das beste: Tammo hat sich gestern mit seiner Mutter am Hamburger Hafen getroffen und hat zufällig die portugiesischen Puddingtörtchen mitgebracht, die du so liebst. Auf einen Wink von mir backt er sie auf.«

Stella quietschte vor Freude und umarmte Bounty. Ihre beste Freundin und ihre Familie bald wieder im doch vergleichbar liberalen Hamburg und gleich um die Ecke zu wissen, war eine der tollsten Nachrichten seit Langem. Aber eine Sache interessierte Stella noch. »Und warum hatten Olivia und ich nur bei *fast* allem recht?«

Stolz zeigte Bounty auf den riesigen Ficus benjamina, den Jupiter und Stella ihr zum Einzug geschenkt hatten. »Ich habe doch einen grünen Daumen. Ich gieße ihn regelmäßig und er sieht immer noch sehr lebendig aus.«

Stella verkniff sich ein Grinsen. Sie erzählte Bounty besser nicht, dass Jupiter und sie aus Gründen der hohen Pflanzensterblichkeit in Bountys Nähe lieber einen Ficus aus Plastik ausgesucht hatten.

DER SCHLEICHENDE VERFALL

Am nächsten Morgen baten die beiden Ärzte, uns nach dem Frühstück im Gruppenraum im Erdgeschoss der Villa Waldlust zu versammeln. Beide machten besorgte Gesichter, als Dr. Wedemann Franz-Josef und Ingo vortreten ließ. Dann forderte er beide auf zu erzählen, was gestern passiert war. »Wir haben uns geschlagen«, sagte Franz-Josef. »Und warum?«, fragte Dr. Wedemann ruhig, aber bestimmt. »Franz-Josef hat mich ausgelacht, weil ich einen Teller fallen gelassen habe. Dann habe ich ihn getreten. Und er hat sich mit Schlägen gewehrt.« Es ging ein erschrockenes Raunen durch unsere Gruppe. Schlägereien waren schon seit einigen Monaten nicht mehr vorgekommen. Dr. Borndieck sagte, dass die beiden Jungen sich die Hand schütteln sollten, und wiederholte das, was er am Anfang unseres Aufenthalts in der Villa Waldlust immer wieder gesagt hatte. Dass Gewalt schlecht sei und wir die Vorreiter für eine neue friedliche Welt sein könnten. Er ließ uns diese Sätze wiederholen und sagte zum Schluss, dass er hoffte, so etwas käme hier, in unserer Gruppe, nie wieder vor. Dann durften wir alle unserer Wege gehen, und der alltägliche Rhythmus von Spritzen bekommen, Arbeiten verrichten und Freizeit genießen hatte uns wieder. Natürlich war es bei mir heute anders, denn ich wusste, dass Ela mich liebte. Wir trafen uns, so oft wir konnten, hinter dem Schuppen, wo wir uns ewige Liebe schworen und über eine mögliche gemeinsame Zukunft sprachen. Wir waren sehr zärtlich zueinander, küssten und streichelten uns.

Im Laufe der nächsten Wochen nahm ich jedoch eine leichte Veränderung an Ela wahr. Sie wurde immer fordernder, beim Küssen biss sie mir in die Lippe und zerkratzte mir den Nacken, wenn sie die Arme um mich schlang. Als ich sagte, dass mir das wehtat, lachte sie nur. Sie erinnerte mich von Tag zu Tag mehr an die laszive Ela, die sie war, als sie in der Villa Waldlust angekommen war. Aber mir war das egal. Ich liebte sie, gleichgültig wie sie sich verhielt. Und obwohl Ingo und Franz-Josef sich an dem Abend ihrer Schlägerei wieder vertragen hatten, hatte sich etwas verändert. Es begann damit, dass ich ab und zu wieder Schimpfwörter hörte. Nicht unbedingt mir gegenüber, aber gegen die schwächeren Mitglieder unserer Gemeinschaft. Es kam auch wiederholt zu Handgreiflichkeiten. Nicht jeden Tag, aber so, dass man es nicht als Ausrutscher entschuldigen konnte. Die Ärzte ließen dies jedoch zunächst an sich abprallen. Nachdem Dr. Wedemann diesen ersten oben beschriebenen Streit geklärt hatte, liefen die beiden wie mit Scheuklappen durch die Gegend. Als wollten sie die schleichende Veränderung an ihren Patienten nicht wahrnehmen. Denn bisher war ja alles so gut verlaufen. Ich wunderte mich, als Dr. Wedemann eines Abends, es musste Ende September gewesen sein, sagte, dass sie sich gern mit mir treffen wollten. Sehr neugierig betrat ich um 19 Uhr das Behandlungszimmer. Da Dr. Wedemann mir gesagt hatte, dass ich keinem der anderen etwas von dem Treffen erzählen sollte, musste ich auch Ela belügen, was mir überhaupt nicht gefiel. Und es war nicht so einfach, sich eine plausible Lüge auszudenken, denn es gab hier einfach nicht viel, was man abends machen konnte. Also gab ich vor, ich würde an meine Eltern schreiben, was eigentlich recht unwahrscheinlich war. Ich hatte ihnen das letzte Mal im Juni geschrieben. Und Ela wusste, dass ich zumindest meinen Stiefvater hasste. Für meine Mutter hatte ich mittlerweile nur noch Mitleid übrig. Ela wusste auch, dass ich keinesfalls nach Hause zurückwollte, selbst wenn das mit dem gewaltfreien Leben klappen sollte. Als ich mir im Aufenthaltsraum einen Stift holte und eine Postkarte aus dem Ständer nahm, zuckte sie nur mit den Schultern und ging in den Garten. Während ich das Behandlungszimmer der beiden Ärzte betrat, war ich erstaunt, dass dort bereits fünf andere Jugendliche unserer Gruppe saßen, mit denen ich allerdings noch nicht viel zu tun gehabt hatte. Ich hatte vielleicht ein paarmal mit ihnen Tischdienst gehabt, aber meistens versuchten wir natürlich, mit unseren Freunden eingeteilt zu werden. Dr. Wedemann bot mir einen Stuhl an und stellte einen Teller mit Keksen auf den Tisch. Dann fragte er uns, was wir in der letzten Zeit beobachtet hätten. Ich sagte, dass es wieder häufiger zu Streitereien käme, und die anderen stimmten mir zu. Dr. Borndieck nickte und fragte: »Wisst ihr, was Placebo bedeutet?« Ich meinte, dieses Wort schon einmal gehört zu haben, war mir aber nicht mehr sicher. Als ich in die Gesichter der anderen blickte, sah ich nichts außer Ratlosigkeit. »Ein Placebo ist ein nicht-medizinischer Ersatz für ein Medikament, das dem Patienten gegeben wird, ohne dass er weiß, dass er nicht mit echter Medizin behandelt wird«, sagte

Dr. Borndieck. »In einer größeren Studie gibt man dieses Scheinmedikament einer Vergleichsgruppe, um die Veränderung an der tatsächlich mit Medikamenten behandelten Gruppe besser beobachten zu können. Oft ist es so, dass sich Effekte auch einstellen, wenn die Patienten nur Placebos bekommen. Dies war aber in unserer Studie nie der Fall.« Langsam dämmerte es mir, was jetzt kommen würde. Denn immerhin hatte ich Dr. Wedemann bei jedem Gespräch erzählt, dass ich keine Veränderungen in meinem Verhalten wahrgenommen hatte. Ich gehörte also wahrscheinlich zu der Vergleichsgruppe. Als ich diesen Verdacht äußerte, lächelte Dr. Wedemann. »Genau. Dies trifft auf euch alle zu, die hier sitzen.« »Aber, wir hatten doch auch gar keinen Streit mehr«, sagte Stine, ein sehr schmales und blasses Mädchen. »Das lag vor allem daran, dass die anderen sich nicht mehr von euch haben provozieren lassen. Anfangs habt ihr alle«, Dr. Borndieck nickte in die Runde, »noch versucht, hier und da Streit anzufangen, aber keiner der anderen, die ja das Medikament bekommen haben, hatte darauf reagiert.« Obwohl sich das vielleicht merkwürdig anhört, war ich sehr enttäuscht darüber, dass ich dieses Wunderheilmittel nicht bekommen hatte. All das, was die beiden Ärzte als Veränderung des Geistes angepriesen hatten, war mir nie passiert. Ich war also eigentlich gar kein richtiger Schwan. Empört nahm ich meine Ansteckadel ab und legte sie vor Dr. Wedemann auf den Tisch. Auch bei zwei anderen Jugendlichen meinte ich so etwas wie Enttäuschung in den Gesichtern lesen zu können. Bei Stine sah ich definitiv Erleichterung. Bei den anderen beiden völlige Gleichgültigkeit. »Ich verstehe, dass das für euch jetzt ein merk-

würdiges Gefühl sein muss«, sagte der Arzt, »aber nur, weil ihr das Medikament nicht bekommen habt, könnt ihr die wichtige Aufgabe erledigen, die ich für euch habe, und damit eine ganze Menge Geld verdienen.« Das war natürlich schon interessanter. Ela und ich hatten Pläne geschmiedet, gemeinsam irgendwo hinzugehen, wenn dies hier vorbei war. Geld konnte uns natürlich dabei helfen. Wir waren ja beide noch nicht volljährig und würden deshalb noch kein ordentliches Arbeitsverhältnis annehmen können. Außerdem würde man vielleicht nach uns suchen. Da würde uns ein wenig Geld erst mal über Wasser halten. »Und was sollen wir tun?«, fragte Armin, der vorhin eher ein uninteressiertes Gesicht gemacht hatte. Erst als das Geld erwähnt wurde, erwachte er urplötzlich aus seiner Lethargie. Dr. Borndieck nahm ein leeres Blatt Papier und einen Stift zur Hand. »Die meisten von euch sind ja Mitglieder von bestimmten Gruppierungen hier in der Villa Waldlust. Nur Stine hat keinen stabilen Freundeskreis. Sie setzt sich mal da und mal dort hin.« Ich blickte mich um und sah zustimmendes Nicken. »Und ihr habt gemerkt, dass eure Freunde sich nicht mehr so benehmen, wie es sein sollte.« Wieder Zustimmung. »Nun ist es aber ganz wichtig, dass ihr euren Freunden helft, wieder zu dem zu werden, weshalb sie hier sind. Zu friedlichen und freundlichen Menschen. Bei manchen reicht vielleicht die Menge des Medikaments nicht aus und es muss höher dosiert werden. Aber wir müssen herausfinden, bei welchen eurer Freunde das so ist.« Und schon wieder ahnte ich im Voraus, was jetzt kommen würde. »Wir sollen die Regelverstöße unserer Freunde melden, und wer oft gegen die Regeln verstößt, bekommt die dop-

pelte Dosis?« »Du bist ein kluges Köpfchen. Es ist nur zu ihrem besten, denn als Schwan hat man im Leben viel mehr Möglichkeiten. Und du möchtest doch nicht, dass Ela wieder in die Gosse kommt, oder? Wenn unsere Studie positive Ergebnisse vorweisen kann, werden die Schwäne bewundert werden. Sie werden im Fernsehen auftreten und für Zeitungen interviewt. Diese Chance wollt ihr ihnen doch nicht verbauen, oder? Und auch ihr geht hier nicht mit leeren Händen raus.« Wir fragten natürlich alle, was für uns dabei rausspringen würde, und Dr. Wedemann nannte eine Summe, die einem 15-jährigen Jungen aus armen Verhältnissen verdammt hoch vorkam. Am Ende unserer geheimen Unterredung waren wir einhellig der Meinung, dass es für alle gut wäre, wenn wir unsere Freunde bespitzelten. Die beiden Ärzte teilten fünf von uns Namen zu und Dr. Borndieck schrieb sie auf das Papier. Mir wurden Hans-Nathan, Franz-Josef, Elli, Gudrun, Dietmar und Ela zugeteilt. Nur Stine hatte keine Liste mit Namen. Sie sollte sich von Gruppe zu Gruppe bewegen und das melden, was sie aufschnappte. Dann nahm Dr. Wedemann die Anstecknadel vom Tisch und steckte sie mir wieder ans Revers. »In dir steckt ein echter Schwan, mein Lieber.«

MONTAG, DEN 9. NOVEMBER 2015

Was Stella bereits bei Betrachtung des Parkplatzes vermutet hatte, hatte sich beim Betreten des Restaurants bestätigt. Bis auf zwei Tische war alles besetzt. Manfred Dörner stand hinter dem Tresen und zapfte gerade ein Bier. Er nickte Stella lächelnd und, wie sie fand, auch ein wenig stolz zu. Da er gerade keine Hand frei hatte, zeigte er mit dem Kopf auf den freien Tisch unter dem riesigen Geweih eines Hirsches, der in seinem Leben wahrscheinlich auch Besseres vorgehabt hatte, als seine Schädeldecke zu Deko-Zwecken einem leicht heruntergekommenen Hotel zur Verfügung zu stellen. Stella bedauerte etwas, dass kein Tisch mit Blick auf Hamburgs Skyline frei war. Denn sie wollte Olivia gern davon überzeugen, dass glückliche Brautpaare kaum einen besseren Hintergrund für Fotoshootings finden würden als die Hansestadt, wie sie sich vom Balkon des Bellevue zeigte. Aber da es gerade dunkel wurde, hätten sie sowieso nicht viel davon gehabt. Sie schob einen Stuhl zurück, um sich hinzusetzen, und stieß dabei mit dem des Gastes hinter ihr zusammen. »Sorry«, lächelte sie.

Die ältere, stark geschminkte Dame winkte jedoch freundlich ab. »Macht nichts. Zum Glück sind Sie nicht auf meinen Hund getreten.«

Erst jetzt bemerkte Stella den schnarchenden Mops,

der zwischen dem Stuhl der Dame und dem ihres Begleiters auf einem dicken Kissen lag. Zunächst dachte Stella, dass es etwas weit hergeholt sei, ausgerechnet die Frielings mit Werther hier zu treffen. Aber andererseits wohnten sie in der Nähe und Stella konnte sich nicht vorstellen, dass man hier die Qual der Wahl hatte, wenn man mal Essen gehen wollte. Da sie bisher jedoch keinen der Frielings gesehen hatte, konnte sie nicht mit Sicherheit sagen, ob sie richtig lag. Sie nahm Platz und griff nach der Speisekarte.

Ein Blick auf ihre Freundin sagte ihr, dass wahrscheinlich sehr viel Überredungskraft erforderlich sein würde, bevor Olivia das Bellevue in ihr Portfolio aufnahm.

»Ist das dein Ernst?«, flüsterte Olivia, zog ein Taschentuch aus der Tasche ihres Blazers und wischte unauffällig den Stuhl damit ab, bevor sie sich darauf niederließ. »Für Beerdigungen vielleicht, oder um den Día de Muertos zu feiern, aber doch nicht für Hochzeiten.«

Stella gab sich nicht so leicht geschlagen, denn sie hatte den kleinen rundlichen Mann hinter der Theke aus ihr unerfindlichen Gründen ins Herz geschlossen und wollte dem maroden Etablissement wieder auf die Füße helfen. »Warte ab, bis du die Speisekarte siehst. Ich sage dir, der Laden hier hat Potenzial.«

Olivia zog belustigt eine perfekt gezupfte Augenbraue hoch und schnippte mit ihren manikürten, dunkelrot lackierten Fingernägeln einen Krümel von der Tischdecke. Sie war bis zu ihrer Heirat vor drei Jahren ein gut gebuchtes Plus-Size-Model gewesen. Zwei Schwangerschaften später hatte sie wieder angefangen zu arbeiten. Da sie in ihrem Alter den Modelzenit mittlerweile deutlich überschritten hatte, hatte sie sich etwas anderes gesucht und sich als Wedding-Planer selbstständig gemacht. Sie war immer auf der Suche nach besonderen Locations für Hochzeitsfeiern. Und Stella fand, dass sie das Bellevue zumindest mal in Erwägung ziehen sollte. Deshalb hatte sie sich heute mit ihr hier am späten Nachmittag zum Essen verabredet.

»Es ist ja überhaupt ein Wunder, dass du schon so früh Feierabend hast«, sagte Olivia und musterte die Seite mit den Fischgerichten. »Ich hatte seit einem halben Jahr einen Termin bei einem sehr renommierten Sportmediziner in Harburg, der eigentlich gar keine neuen Patienten mehr aufnimmt. Aber ganz zufällig ist er ein Bekannter von Thorsten Fock, meinem Chef. Und deshalb hat er mir dann gnädigerweise eine Audienz gewährt. Aber irgendwie ist es jetzt zu spät, sich durch den Feierabendverkehr noch ins Präsidium zu quälen.«

»Haben die Damen schon gewählt?« Eine zierliche Frau, die Stella auf Mitte 50 schätzte, war zu ihnen an den Tisch getreten. Vermutlich war sie die Ehefrau von Manfred Dörner.

»Ich nehme den auf der Haut gebratenen Zander mit Tomatenconfit und Rosmarinkartoffeln. Und ein Glas Grauburgunder.« Olivia klappte die Speisekarte zu und kramte in ihrer Handtasche nach ihrem Handy.

»Und für mich bitte das Labskaus und ein Alsterwasser.«

Die Frau nickte stumm, aber nicht unfreundlich und entfernte sich vom Tisch.

»Ich muss ab und zu mal einen Blick aufs Telefon werfen, ob die Babysitterin anruft. Levi ist momentan so gut wie gar nicht ins Bett zu kriegen.« Olivia nahm einen Teelöffel von der hellen Creme, die mittlerweile auf dem Tisch stand, und strich sie auf eine Scheibe Ciabatta. »Also, die Aioli ist schon mal erstaunlich gut. Hast du in der letzten Zeit mal was von Bounty gehört? Sie meldet sich so selten. Ich mache mir langsam ein bisschen Sorgen.«

Stella grinste und freute sich darauf, Olivia die gute Nachricht zu überbringen, dass ihre gemeinsame Freundin bald wieder nach Hamburg ziehen würde. Kauend hörte Olivia sich die ganze Geschichte an. Mittlerweile waren die Getränke gekommen.

»Eine meiner Kundinnen sucht gerade Nachmieter für ihre Wohnung in Stellingen. Drei Zimmer, Altbau, 85 Quadratmeter. Vielleicht wäre das ja was für Bounty. Ich rufe sie morgen mal an.«

Stella nahm einen Schluck Alsterwasser und wies auf das letzte Aufbäumen des Abendrots, das sich der Nacht geschlagen geben musste. »Ich schlage vor, dass wir noch mal zum Kaffeetrinken herkommen. Der Ausblick auf Hamburg ist gigantisch.«

»Ja, ja«, grinste Olivia. »Aber dieses Ambiente ist doch sehr altbacken. Vielleicht richte ich ja mal eine Hochzeit von zwei Jägersleuten aus. Das wiederum kann ich mir hier gut vorstellen.«

»Ich glaube schon, dass die Dörners für Ratschläge offen sind. Neulich war es Herrn Dörner ziemlich peinlich, dass hier so gar nichts los war.«

Olivia zuckte mit den Achseln. »Also, vielleicht muss er ja nicht alles gleich umgestalten. Fürs Erste würde ja ein Saal reichen, den man hübsch machen könnte.« Olivia erhob sich. »Ich inspiziere jetzt jedenfalls erst mal die Sanitäreinrichtungen.«

Stella nickte. Irgendwie fühlte es sich komisch an, mitten in der Woche schon um 17 Uhr in einem Restaurant zu sitzen und nicht im dritten Stock des Polizeipräsidiums. Aber sie wusste, dass Banu sie informieren würde, falls sich etwas Neues im Fall Fynn Benner tat. Leider waren die Hinweise zu Fynns Zeichnung und der Anstecknadel bisher sehr dürftig gewesen. Natürlich hatten sich Leute gemeldet, die meinten, die Schwäne schon gesehen zu haben. Aber es war alles so vage, dass sie bereits heute Vormittag alle Hinweise ad acta legen konnten. Die mutmaßliche Frau Dörner trat an den Tisch und stellte den Teller mit Labskaus vor Stella ab. Auch Olivia setzte sich wieder und nahm den Zander entgegen. Sie schien jedoch noch sehr in Anspruch genommen von ihrer Toiletteninspektion und tippte mehrere kurze Mitteilungen in ihr Handy. »Riss in der Klobrille, Sprung im Waschbecken, eine Toilette nicht abschließbar. Und alles in Orange. Aber kein richtig geiles Hippie-Orange, sondern mehr wie schimmelige Apfelsine.« Sie schob ein Stück Fisch auf ihre Gabel und kaute mit schief gelegtem Kopf. »Aber der Zander ist perfekt.«

In den Tiefen ihrer Handtasche hörte Stella ihr Handy vibrieren. Banu hatte ihr eine E-Mail mit Anhang geschickt. Zuerst öffnete Stella den Anhang und musste einmal trocken schlucken. Das Foto war zwar sehr dunkel und leicht unscharf, aber das Motiv kam den Schwänen auf Fynns Zeichnung schon sehr nahe. Schnell überflog Stella den Text dazu. »Wir haben vielleicht einen

Treffer! Eine Frau hat angerufen, dass unsere Schwäne in einen Baum eingeritzt sind. Dieser befindet sich im Wald nahe des Örtchens Göhrde, in dem gleichnamigen Waldgebiet. Bei einem vor mehr als 40 Jahren abgebrannten Ferienheim, der Villa Waldlust. Laut Google Maps nicht zu verfehlen. Ich schlage vor, dass wir da morgen früh gleich hinfahren und die Schwäne vergleichen.« Aber Stella hatte andere Vorstellungen. Sie merkte, wie ihr Adrenalinspiegel stieg. Auf keinen Fall konnte sie bis morgen warten. Denn sie hatte zwar viele Stärken, aber Geduld gehörte nicht dazu.

»Wie weit ist die Göhrde von hier entfernt?«

Olivia spießte mit verzückter Miene ein Mini-Kartöffelchen auf ihre Gabel und reagierte nicht.

Stella wiederholte ihre Frage deutlich lauter. »So ungefähr eine Stunde, wenn die Autobahn nicht dicht ist.«

»Bist du mir sehr böse, wenn ich aufbreche? Ich habe gerade eine Nachricht von Banu bekommen und muss nun doch noch beruflich dorthin.«

Olivia lehnte sich in ihrem Stuhl zurück. »Ich verzeihe dir. Aber nur, wenn ich mir auf deine Kosten noch ein Dessert bestellen kann. Ich nehme ganz langweilig heute eine Crème brûlée. Dieses Dessert hat einen hohen Vergleichswert. Und falls ich zufrieden bin, winke ich zumindest die Kochkünste schon mal durch.«

Stella gab Manfred Dörner ein Zeichen. »Den Nachtisch dieser Dame bitte auf meine Rechnung.« Und wieder stieß sie beim Aufstehen mit der Lehne des Stuhls hinter ihr zusammen. Denn offensichtlich wollte auch das Paar mit Mops gerade gehen.

Stella parkte ihr Auto auf dem Parkplatz eines Biohotels direkt am Waldrand. Natürlich war es mittlerweile stockdunkel und nur eine Handvoll Sterne erhellten den Himmel. Für den Fall, dass nächtliche Spaziergänge vonnöten waren, hatte Stella immer eine Taschenlampe dabei und checkte sogar in regelmäßigen Abständen den Akku. Sie warf einen letzten prüfenden Blick auf ihr Handy, das noch zu 80 Prozent aufgeladen war. Bevor sie heute zum Arzt gefahren war, hatte sie den Schwanenvater Alf Cornelsen besucht, da sie und ihre Kollegen sich einig waren, dass diese Koryphäe auf dem Gebiet vielleicht befragt werden sollte, wenn der Begriff »Alsterschwan« fiel. Schließlich waren genau diese Tiere der Inhalt seiner Arbeit. Aber er hatte weder die Zeichnung gesehen noch kannte er Fynn, Fenja oder Yannick. Was ihre Ermittlungen anging, war dieser Besuch nicht weiterführend, also auch wieder mal ein Flop gewesen. Aber zumindest hatte sie aufgrund des Außendiensts ihre Pistole umgeschnallt. Zwar war nicht anzunehmen gewesen, dass der 70-jährige Schwanenvater über sie herfallen würde, aber das Tragen der Waffe außerhalb des Präsidiums im Dienst war nun einmal Pflicht.

Mit Lampe, vollem Handy-Akku und Pistole gerüstet, schlug Stella die Autotür zu. Sie war eine leidenschaftliche Krimileserin und bekennender »Tatort«-Fan. Doch so manches Buch hatte sie schon halb gelesen zur Seite gelegt, da meist die weiblichen Kommissarinnen ähnlich dumme Fehler machten. Wahlweise verabredeten sie sich mit dem mutmaßlichen Täter, gingen allein dunkle Wege oder betraten in der Nacht die Häuser des Verdächtigen, ohne ihr Handy mitzunehmen, oder nahmen es mit, nur um dann festzustellen, dass der Akku leer war, oder sie verloren es mitten im Einsatz. Zusätzlich war dann auch meist die Taschenlampe kaputt und die Dienstwaffe zu Hause oder nicht geladen. Diese hanebüchenen Storys nervten Stella, und sie las dann höchstens noch das Ende, um festzustellen, dass dies genauso stereotyp war. In der Realität passierten solche Fehler nicht, denn dafür hingen ihre Kollegen und sie viel zu sehr am Leben. Stella schob sich ein Traubenzuckerbonbon in den Mund, denn sie musste konzentriert sein, und tauchte in das Dunkel des Waldes ein. Kaum hatte sie den ersten Baum passiert, war das Licht der Straßenlaternen am Hotel nur noch Erinnerung. Sie wollte die Taschenlampe nicht sofort einschalten, um die Batterie zu schonen, denn sie wusste nicht genau, wie lange sie bis zur Villa Waldlust gehen würde. Und sie brauchte die Beleuchtung ja unbedingt, um die eingeritzten Schwäne zu identifizieren. Innerhalb einer Minute hatten Stellas Augen sich an die Dunkelheit gewöhnt und sie konnte den Waldweg zumindest schemenhaft erkennen. Wenn sie auf diesem Pfad blieb, würde sie die Villa nicht verfehlen. Eventuell benötigte sie etwas Zeit, um den richtigen Baum zu finden, aber sie schätzte, dass das ganze Unterfangen höchstens eine Stunde dauern würde. Vorsichtshalber hatte sie jedoch ihre Nachbarin und mittlerweile gute Freundin Gesa Reimann angerufen und sie gebeten, die Katzen zu versorgen.

Stella, die in einer Großstadt wohnte, kam die absolute Stille hier im Wald nach kurzer Zeit sehr intensiv vor. Auch die Gummisohlen ihrer Turnschuhe machten kein Geräusch. Als sie auf einen Ast trat und er unter ihrem

Gewicht knackte, erschrak sie. Während sie im Hamburger Stadtteil Heimfeld gewohnt hatte, war sie häufig in den frühen Morgenstunden in der Haake, einem Waldgebiet im Süden Hamburgs, laufen gewesen. Sie war jedoch etwas aus der Übung, was Spaziergänge fernab der Zivilisation in der Dunkelheit anging, denn an ihrem jetzigen Wohnort, in Blankenese, war fast immer etwas los. Zumindest waren alle Wege mit Straßenlaternen ausgestattet. Stella schaltete ihr Handy ein und stellte fest, dass sie bereits 20 Minuten durch den Wald gegangen war. Eigentlich müsste die Ruine bald auftauchen. Da sie bislang auf dem Weg geblieben war, konnte sie sich auf keinen Fall verlaufen haben. Sie knipste die Taschenlampe an und der helle Strahl erleuchtete das Ende des Pfades, der in eine stark bemooste Wiese überging. Stella ging noch ein paar Schritte, und tatsächlich erfasste das Licht der Taschenlampe nun etwas, das ein Gebäude sein könnte. Stella hatte sich eine kleine Jugendherberge vorgestellt, denn solche Ferienheime kannte sie durch Klassenreisen in ihrer Schulzeit. Die Villa Waldlust sah jedoch eher aus wie ein verfallenes Herrenhaus. Beim Näherkommen fielen ihr sofort das eingestürzte Dach, der verkohlte Dachstuhl und die geschwärzten Mauern auf. Die wenigen hellen Flächen der Außenwände waren mit Graffitis bedeckt. »Das Dach, von Moose überschwellt, lässt einzle Schober niederragen, und eine Spinne hat ihr Zelt im Fensterloche aufgeschlagen«, murmelte Stella, die verwundert war, dass ihr auf einmal die Zeilen des Gedichts von Annette von Droste-Hülshoff ins Gedächtnis schossen, das sie vor ungefähr 25 Jahren hatte auswendig lernen müssen. Sie hatte sich damals ihre Eins abgeholt, denn ihre Merkfähigkeit war schon immer beachtlich gewesen. Sogar jetzt kamen ihr die Verse fehlerfrei von den Lippen. Stella ging auf das Gebäude zu, den Taschenlampenstrahl bereits suchend auf die umliegenden Bäume gerichtet. Das Grundstück war riesig und die großen Nadel- und Laubbäume, die in direkter Nachbarschaft zur Ruine standen, waren selbst nach 40 Jahren noch schwarze Stümpfe. Doch der Baumbestand schien sich langsam zu erholen.

Auf dem Foto war nicht zu erkennen, wie groß die eingeritzten Schwäne waren. Stella rief ein weiteres Mal die Nachricht von Banu auf. Vielleicht hatte sie einen Hinweis überlesen, der die genaue Stelle des Baumes beschrieb. Missbilligend schnalzte sie mit der Zunge. Es war doch alles sehr vage. Die Angabe »bei der Villa Waldlust« konnte die ungefähr 30 um das Haus herum stehenden Bäume als auch die mindestens 15 Kiefern umfassen, die sich den Waldboden innerhalb der dachlosen Ruine zurückerobert hatten und mittlerweile an die zehn Meter hoch sein mussten. Stella dachte daran, dass sie jetzt gemütlich bei ihren Katzen mit einer Tüte Kartoffelchips und einem guten Glas Rotwein auf dem Sofa hätte liegen können. Zur mentalen Vorbereitung auf ihr Treffen mit Jupiter am Mittwoch hätte sie auf ihrem Laptop die Seite eines Unterwäschekaufhauses aufgerufen und sich einen sexy Spitzenbody ausgesucht, der sicher rechtzeitig per Post geliefert worden wäre. Jupiter hatte als Schauspieler natürlich mit allerhand vollbusigen und langbeinigen Frauen zu tun. Deshalb hatte Stella immer das Gefühl, noch attraktiver aussehen zu müssen. Aber wenn sie heute Abend vermutlich erst gegen Mitternacht zu Hause sein würde, war die Bestellfrist für die garantierte Lieferung bis Mittwoch bestimmt schon vorbei. Wütend darüber, dass sie wieder mal nicht hatte abwarten können und unbedingt noch hierher hatte fahren müssen, stampfte sie halbherzig mit dem Fuß auf. Sofort durchzuckte sie ein stechender Schmerz, denn sie war in ein Geflecht aus Stacheldraht getreten, das das Anwesen offensichtlich gegen die Öffentlichkeit abgeschirmt hatte. Stella leuchtete an ihrem Hosenbein hinunter und sah einen langen Riss in dem dünnen Baumwollstoff auf Höhe des Knöchels und der darunter liegenden Hautschicht. Ein helles Rinnsal Blut lief in ihren Schuh und färbte ihre beigen Socken rot. Sie überschlug kurz im Kopf, wann sie zum letzten Mal gegen Tetanus geimpft worden war, und kam zu dem Schluss, dass noch Impfschutz bestehen müsste. Leise fluchend humpelte sie weiter. Da es eigentlich egal war, mit welchem Baum sie anfing, beschloss Stella, sich von links nach rechts durchzuarbeiten. Zumindest hatte es auf dem Foto so ausgesehen, als wäre die Baumritzung auf Augenhöhe, denn vermutlich war der Fotograf nicht mit einer Leiter in den Wald gegangen. Langsam nahm sie sich Baum um Baum vor. Durch das helle Licht der Taschenlampe schreckte sie etliche Käfer und Würmer auf, die in der Rinde wohnten. Als sie bei dem zwölften Baum angelangt war, wurde sie fündig. Sofort gerieten die Gedanken an den verpassten Auftritt in einem Hauch von Nichts vor den begeisterten Augen ihres Freundes in den Hintergrund, denn diese beiden Schwäne waren das genaue Abbild der Tiere auf Fynns Zeichnung. Der erwachsene Schwan hob die Flügel, als wäre er bereit, jeden Moment aus dem Wasser aufzusteigen, und das pummelige Jungtier schwamm an seiner Seite. Die Augen waren eingeritzte Kreuze und die Wasseroberfläche war bewegt. Als Stella ihr Handy in ihre Jackentasche zurücksteckte, nachdem sie die Schwäne fotografiert hatte, hörte sie einige Meter hinter sich ein lautes Knacken, das aus dem Unterholz neben der Lichtung kam. Sie fuhr herum und hielt mit der Taschenlampe auf das Geräusch, konnte jedoch nichts sehen, denn der Baumbestand bildete eine dunkle Wand. Dann ein weiteres Knacken, dieses Mal links von ihr, aber dichter als das letzte Mal.

»Ich habe eine Pistole und werde schießen«, rief sie ein wenig zu hysterisch und packte den Griff ihrer Waffe. Stellas Puls beschleunigte sich. Sie knipste die Taschenlampe aus, um nicht die hell erleuchtete Zielscheibe zu geben. Sehr bemüht, nicht auf einen Ast zu treten, schlich sie hinter einen knorrigen Baum, der ihr Deckung bot.

Nach einigen Sekunden absoluter Stille, die sich jedoch deutlich länger anfühlten, drangen erneut Geräusche aus dem Wald. In regelmäßigen Abständen brachen Äste am Boden und es hörte sich an, als würde irgendetwas oder irgendjemand sich von ihr entfernen, sehr langsam, aber stetig. Weg von der Lichtung, aber glücklicherweise auch weg vom Waldweg, der zum Parkplatz zurückführte. Stella zählte im Kopf bis 20 und humpelte mit gezogener Dienstwaffe, so schnell wie es ging, über den zum Teil in den Boden eingewachsenen Stacheldraht auf den Pfad zu. Eine Weile hörte sie noch die immer leiser werdenden Schritte, bis der Wald sie ganz verschluckte.

»Ein Reh«, flüsterte sie. »Es muss ein Reh gewesen sein.« Aber ein anderer Teil ihres Gehirns fragte sich, warum ein Reh, also ein wildes Tier, so gemächlich von dannen geschlichen war. Hätte es nicht panikartig die Flucht ergriffen, als Stella geschrien hatte? Als sie sicher im Auto saß, war sie bereit zu glauben, dass sie tatsächlich ein Waldtier gehört hatte, denn bis auf Olivia hatte ja niemand gewusst, dass sie einen abendlichen Ausflug zur Villa Waldlust vorgehabt hatte. Und sicherlich war niemand anders so bescheuert, im Dunkeln bei einsetzendem Regen einen Spaziergang im Wald zu machen.

DER BESUCH

Wider Erwarten fiel es mir leicht, meine Freunde zu bespitzeln. Selbst Elas Verfehlungen weiterzugeben, fand ich nicht verwerflich, denn ich wollte ja, dass ihr geholfen wurde. Für eine ganz kurze Zeit schien es auch wieder besser zu werden. Ich nahm an, dass zumindest Hans-Nathan, der sich wieder viele Regelverstöße geleistet hatte, Franz-Josef, der ständig darauf aus war, die Mädchen in der Villa Waldlust zu belästigen, und auch Ela, die Fräulein Rose den Lippenstift gestohlen hatte, nun die doppelte Ration an Medikamenten bekamen. Nachdem etwa zwei Wochen seit dem abendlichen Gespräch im Behandlungszimmer vergangen waren, sah ich, wie Hans-Nathan ein verletztes Eichhörnchen erschlug. Ich sah es am Boden liegen und ging hin, um ihm zu helfen. Hans-Nathan war jedoch schneller. Er hob einen großen Stein auf und ließ ihn mit aller Wucht auf das kleine Tier fallen. Und das Unheimliche dabei war, dass er fröhlich lächelte, als hätte es ihm großen Spaß gemacht. Er ließ den toten Körper auf dem Rasen liegen, drehte sich zu Franz-Josef um und klatschte ihn ab. »Ist das das erste Tier, das du getötet hast?«, fragte Franz-Josef. Hans-Nathan verzog sein Gesicht zu einem rohen, primitiven Grinsen, das ihn aussehen ließ wie einen Höhlenmenschen, und sagte: »Irgendwann muss man ja mal anfan-

gen.« Ich ging weg und erzählte Dr. Wedemann, was ich gesehen hatte. Er war entsetzt. Mein Freundeskreis schien sich zur schlimmsten Gruppierung zu entwickeln. Ständig meldete ich Regelverstöße. Anfangs waren es nur Kabbeleien, aber die Brutalität steigerte sich weiter. Und nicht nur das: Es gab Fälle von Diebstählen, Vandalismus und immer wieder Schlägereien. Unsere friedliche Idylle war schwer ramponiert. Und ich fürchtete langsam, dass die doppelte Dosis des Medikaments, die meinen Freunden verabreicht wurde, nicht zum gewünschten Ergebnis führen, sondern das schlechte Verhalten vielleicht sogar noch verstärken würde. Ich machte mir Sorgen um Ela, die immer wieder in Streitereien mit den anderen Mädchen verwickelt war, und beschloss, keine Regelverstöße mehr von ihr zu melden. Damit dies nicht allzu verdächtig und auffällig wurde, verpetzte ich jedoch weiterhin alle anderen aus meinem Freundeskreis. Seit der sinnlosen Tötung des Eichhörnchens war ich sowieso sauer auf Hans-Nathan und Franz-Josef. Die beiden waren mir inzwischen egal. Ich durfte mich nur nicht erwischen lassen. Sonst würde es mir wahrscheinlich schlecht ergehen. Aber auch andere wurden wieder gewalttätiger. Als ich an einem Nachmittag Anfang Oktober in das Behandlungszimmer ging, sah ich, dass Dr. Wedemann eine Liste mit Namen vor sich auf dem Tisch liegen hatte. Ganz eindeutig hatte Hans-Nathan die meisten Striche, gefolgt von Franz-Josef, Dietmar, Elli und Gudrun. Ela rangierte auf Platz zehn. Am Fenster stand Dr. Borndieck. Er hatte die Gardine einen Spaltbreit aufgeschoben und starrte kopfschüttelnd auf die sich streitenden Gruppen von Jugendlichen. Dr. Wede-

mann hatte den Kopf in den Händen vergraben und schien über etwas nachzudenken. Als er mich bemerkte, schreckte er auf. »Heute Abend kommt Friedrich Hohndorff, um zu sehen, was wir für Fortschritte machen. Immerhin soll das Medikament seine Pharmafirma, Alstermedic, bekannt machen. Aber wir können ihm ja wohl kaum Hans-Nathan präsentieren.« Ich stimmte zu, dass dies nicht gerade dazu beitragen würde, das Projekt als Erfolg zu feiern, konnte den beiden Ärzten jedoch keinen Rat geben. Also berichtete ich nur kurz, was ich heute gehört und gesehen hatte, sodass die Anzahl der Striche hinter den Namen meiner Freunde wuchs. An diesem Tag war ich sehr nachdenklich. Wir waren jetzt fast fünf Monate in der Villa Waldlust und hatten allerhand erlebt. Von ungetrübter guter Laune bis zu blutigen Auseinandersetzungen war alles dabei gewesen. Was sollte jetzt noch kommen? Was würde aus uns werden, wenn sich nicht alles zum Guten wenden würde? Ich war nachmittags so müde von diesen zermürbenden Gedanken, dass ich mich für eine Weile hinlegen musste. Als am Abend der Appell ausgegeben wurde, dass wir uns alle im Aufenthaltsraum versammeln sollten, da Herr Hohndorff mit uns sprechen wollte, fehlten meine Freunde. Aber Ela war da und lächelte mich an, als wäre alles gut. Ich hatte mich heute Morgen mit ihr getroffen. Natürlich wussten mittlerweile fast alle, dass wir ein Paar waren, aber diese geheimen Treffen hatten noch immer ihren Reiz. Ich sah mich um, konnte aber weder Hans-Nathan noch Franz-Josef oder Dietmar, Elli und Gudrun entdecken. Ich nahm mir vor, nachher Dr. Wedemann zu fragen, wo sie waren. Der Abend lief zunächst ab wie immer, wenn Herr Hohndorff uns besuchte. Wir stellten uns in einer Reihe auf und beantworteten seine Fragen. Natürlich bemerkte er bei manchen der Jugendlichen Anzeichen von Gewalt wie zum Beispiel blaue Flecke oder Kratzspuren. Auch waren die Antworten auf seine Fragen nicht mehr ganz so freundlich und enthusiastisch wie vor zwei Monaten. Als er nach den fehlenden Jugendlichen fragte, sagte Dr. Borndieck, dass gerade ein Virus umgehen würde und sie mit Fieber im Bett liegen würden. Ich wunderte mich, denn mir waren gar keine Krankheitszeichen an ihnen aufgefallen. Nach der Befragung aßen alle Abendbrot im ersten Stock. Ich flüsterte Ela zu, dass ich gleich nachkommen würde, schlich mich jedoch zum Behandlungszimmer, da Ärzte und Herr Hohndorff dort verschwunden waren. Ich dachte, dass ich so vielleicht herausfinden würde, wo meine Freunde sind. Aber ich bekam etwas sehr viel Interessanteres mit. Als ich hörte, wie sich die drei laut unterhielten, blieb ich an der Tür stehen, um zu lauschen. »Es geht hier alles den Bach runter«, sagte Friedrich Hohndorff. »Wir sollten abbrechen.« Eine Weile herrschte Stille, dann sagte Dr. Wedemann sehr bestimmt: »Es gibt etwas, was wir Ihnen noch nicht erzählt haben. Ich hatte ja im Vorfeld des Projekts von unseren Versuchen mit Farbmäusen berichtet, die wir sehr sorgfältig durchgeführt haben. Und Sie wissen auch, dass es Population A und B, aber auch Population C gab.« »Ich erinnere mich daran, dass es bei einer Langzeitstudie mit Mäusen dazu führte, dass die Böcke zunächst sehr aggressiv waren und nach der Medikamentengabe sehr viel verträglicher wurden. Allerdings starben dann auch einige von ihnen.« »Das haben wir bei der zweiten Population versucht auszumerzen, indem wir die Zusammensetzung des Medikaments verändert haben. Die Böcke blieben friedlich und am Leben. Und dann bei der dritten Population war es wie bei unseren Jugendlichen. Zuerst wurden sie ruhig und freundlich. Dann verlor das Medikament seine Wirkung. Wir haben sie jedoch nach der Medikamentengabe mit Weibchen verpaart. Die so gezeugten jungen Böcke waren zeit ihres Lebens friedlich.« Wieder herrschte Stille. »Sie meinen also, dass die Nachkommen der behandelten Mäuse nicht mehr aggressiv gegenüber Artgenossen waren, obwohl sie die Böcke in einem Käfig zusammengehalten haben?« »Genau so ist es. Selbst wenn die Wirkung bei den Probanden nachlässt, geben sie die Friedfertigkeit über ihre Gene an ihre Kinder und Kindeskinder weiter.« Wieder einige Minuten Stille. »Die Frage ist ja nur, wie wir testen sollen, ob dies bei Menschen genauso zutrifft wie bei Mäusen.« Ich hörte, wie jemand anfing, im Raum auf und ab zu gehen. »Bitte geben Sie uns noch bis Dezember Zeit mit den Jugendlichen. Eventuell muss die Dosis des Medikaments noch verändert werden. Wir haben allerdings einen Plan, falls dies nicht funktionieren sollte. Wir behalten einige von den friedlicheren hier. Die meisten sind ja schon im fortpflanzungsfähigen Alter. Wir lassen sie sich hier paaren und züchten quasi unsere friedfertigen Menschen. Wir beide sind überzeugt davon, dass es genauso gehen kann. Die Probanden haben es in ihren Genen, aber sichtbar wird es erst in der F1-Generation.« Herr Hohndorff sagte: »Gut, ich gebe Ihnen noch bis Mitte Dezember Zeit für diese Probanden, aber keinen Tag länger. Dann reden wir noch mal über die

Idee mit der Zucht. Es hört sich in meinen Ohren allerdings erst mal nach Hokuspokus an.« Als ich hörte, dass die Stimme immer lauter wurde, verließ ich mein Versteck und rannte in den Aufenthaltsraum. Ich war verwirrt von dem, was ich gehört hatte, und fing nicht zum ersten Mal, aber in diesem Moment besonders intensiv an, am Geisteszustand von Dr. Wedemann und Dr. Borndieck zu zweifeln, denn was sie eben gesagt hatten, klang verrückt.

DIENSTAG, DEN 10. NOVEMBER 2015

Banu wusste nicht, ob sie Stella Beifall klatschen oder wütend auf sie sein sollte. Vielleicht sollte sie aber eher sich selber die Schuld geben, denn sie kannte ihre Kollegin ganz genau. Sie hätte wissen müssen, dass Stella die Füße nicht stillhalten und brav warten konnte, um einen halben Tag später als Teil eines Teams den möglichen Fundort der Schwan-Abbildung zu untersuchen. Obwohl Banu ihre Kollegin über die Maßen schätzte, fragte sie sich manchmal, ob Stella tatsächlich alle Eigenschaften eines Teamplayers besaß, die bei ihrer Arbeit so wichtig waren.

Sie hatte ihr schon bei mehreren Gelegenheiten ihr Leben anvertraut und würde dies ohne nachzudenken wieder tun. Aber sie hatte manchmal das Gefühl, dass es Stella selten reichte, Hinweise zu bearbeiten, die andere herausgefunden hatten. Und wenn sie die vergangenen Fälle, an denen die Mordbereitschaft 5 in den letzten Jahren gearbeitet hatte, Revue passieren ließ, war es tatsächlich auch oft Stella, von der die entscheidenden Ideen gekommen waren, die zu einer Verhaftung geführt hatten. Sie war klug, wagte sich jedoch immer ein wenig zu sehr nach vorn und handelte häufig nach der Devise »Lieber tot als Zweite«. Ihr gestriger Alleingang im Wald hatte zwar eigentlich nichts Bedrohliches, aber es hätte den Ermittlungen auch nicht geschadet, wenn sie heute bei Tageslicht gemeinsam in die Göhrde gefahren wären. Aber nun hatte Stella es wieder erreicht, dass es ihre Fotos waren, die ausgedruckt an der Wand hingen, und ihre Beobachtungen, die mit Spiegelstrichen versehen unter der Überschrift »Villa Waldlust« aufgelistet standen.

»Okay«, fasste Thorsten Fock zusammen, »es handelt sich also um genau die Schwäne, die Fynn Benner gezeichnet hat und die auf der Plakette seiner Anstecknadel waren. Es könnte also sein, dass er eine Verbindung zu der Ruine hat. Aber welche?«

»Wie wir wissen, hat er gern gezeichnet. Vielleicht hat ja seine Klasse mal einen Wandertag oder so etwas Ähnliches in die Göhrde gemacht und er hat die Schwäne vom Baum abgezeichnet.«

»Aber warum hat er die Zeichnung dann versteckt? Und warum hatte er eine Anstecknadel mit haargenau der gleichen Abbildung?«, fragte Stella.

Banu blickte in die ratlosen Gesichter ihrer Kollegen. »Ich denke, wir sollten als Erstes versuchen, etwas über die Villa Waldlust in Erfahrung zu bringen. Und außerdem müssen wir die Benners fragen, ob Fynn mal in der Göhrde war. Die Schwäne hatten sie ja noch nie gesehen.«

Armin klappte seinen Laptop auf und klickte einige Seiten an, die er sich bereits gemerkt hatte. »Ich war, ehrlich gesagt, gestern auch nicht mehr ganz untätig. Es war zwar noch nicht klar, ob es sich bei den eingeritzten Schwänen tatsächlich um unsere handelt, aber ich habe vorsichtshalber schon mal ein paar Infos eingeholt.«

Thorsten Fock nickte ihm erfreut zu.

»Also, es sind viele Informationen auf den Seiten der

Samtgemeinde Lüchow-Dannenberg. Aber auch auf Facebook-Seiten von Gruppen wie ›Verfallene Gebäude in Norddeutschland‹ oder ›Lost Places im Norden‹ steht einiges. Die Villa Waldlust wurde Mitte des 19. Jahrhunderts von einem reichen Kaufmann erbaut, im Stil eines Herrenhauses, aber als Zugeständnis an die bäuerliche Umgebung mit einem Reetdach, was ihm, wie wir später sehen werden, auch zum Verhängnis wurde. Nachdem der Kaufmann pleite gegangen war und Selbstmord begangen hatte, fiel das Haus an die Samtgemeinde, denn er hatte keine Kinder oder Verwandte. In den zwei Weltkriegen diente es als Lager für Lebensmittel und danach wurde es in ein Ferienheim umgebaut. Laut Grundbucheintrag wurde die Villa Waldlust von einem Friedrich Hohndorff gekauft. Ich habe allerdings nichts Weiteres im Netz über ihn gefunden. Die letzte Gruppe war dort im Herbst 1970. Für einen längeren Zeitraum von circa sechs Monaten. Der Aufenthalt wurde als Kur verzeichnet. Vor fast genau 45 Jahren brannte das Haus bis auf die Grundmauern nieder. Es gab fünf überlebende Jugendliche, die ausgesagt hatten, dass das Feuer durch einen Kurzschluss im oberen Stockwerk ausgelöst worden war. Das Reetdach brannte natürlich sofort lichterloh. Und der Weg zur Villa Waldlust ist ja schwer befahrbar. Die Feuerwehr kam also sehr spät. Bei dem Brand starben circa 20 Jugendliche sowie Küchenpersonal, Hausmeister und Betreuer.«

»Wieso circa?«, fragte Stella.

»Das ist in der Tat ganz interessant. Ich habe keine Aufzeichnungen über die genaue Zahl der Brandopfer. Es sieht fast so aus, als hätte niemand gewusst, wie viele sich überhaupt in dem Haus befunden hatten.«

»Hm.« Thorsten kratzte sich am Kopf. »Schon merkwürdig. Aber erzähl erst mal weiter.«

»Es war wohl zu teuer, das Haus wiederaufzubauen, also gab man es dem Verfall Preis.« Banu musste trocken schlucken. Vor zwei Jahren hatte die ältere Dame, die zwei Stockwerke über ihnen wohnte, vergessen, abends die Kerzen auf dem Adventskranz auszumachen. Da es bereits zwei Wochen nach Weihnachten gewesen war, waren die Tannenzweige knochentrocken gewesen und hatten sofort gebrannt.

Glücklicherweise bemerkte der Mieter von gegenüber sehr schnell den Rauch, der unter der Wohnungstür hindurchzog, und die alte Dame konnte gerettet werden. Sie kam jedoch mit einer schweren Rauchvergiftung ins Krankenhaus. Banu konnte sich noch sehr genau an die Schreie erinnern, die aus der Wohnung gekommen waren, denn das Feuer hatte der Bewohnerin den Weg zur Haustür abgeschnitten. Es waren fürchterliche Laute gewesen.

»Warum haben denn die fünf überlebt? Wenn doch alles so schnell ging?«

Armin scrollte zum Ende der Seite. »Laut Aussage der Überlebenden hat sich ein Großteil der Bewohner zu einer Art Andacht im Obergeschoss aufgehalten. Der Raum, in dem sie stattfand, war jedoch weit vom Treppenhaus entfernt, und das wiederum ist so ziemlich als Erstes eingestürzt. Die fünf hatten an diesem Abend Küchendienst im unteren Geschoss und konnten so schnell ins Freie gelangen.«

Stella hatte sich auf ihrem Lieblingsplatz, der Fensterbank, niedergelassen und kaute auf ihrer Unterlippe. »Aber wo ist jetzt die Verbindung zu unseren Schwänen?«

»Es kann ja sein, dass es gar keine gibt. Dass die Geschichte der Villa nichts mit Fynns Schwänen zu tun hat.« Thorsten Fock atmete hörbar aus. »Aber wir wissen, dass der Ort möglicherweise etwas mit dem Tod von Fynn Benner zu tun hat. Deswegen müssen wir möglichst genaue Kenntnis über die Villa haben. Und uns gut überlegen, welche Informationen uns noch fehlen.«

Gunnar hatte die ganze Zeit ungewöhnlich ruhig auf seinem Stuhl gesessen. Nun ergriff er jedoch das Wort: »Wir sollten versuchen, die Namen der Überlebenden herauszufinden. Vielleicht haben sie ja in der einen oder anderen Weise etwas mit Fynn Benner zu tun.«

Stella nickte, obwohl diese Idee nicht von ihr kam. »Ganz genau. Vielleicht muss man wirklich jeden Eintrag im Internet einmal durchgehen. Am besten wir fragen bei der örtlichen Polizeidienststelle nach. Es wird ja wohl eine polizeiliche Untersuchung gegeben haben. Irgendwo im Keller ist bestimmt noch die Akte.«

Armin zuckte mit den Achseln. »Ich habe heute nichts weiter vor. Da ich bisher auch nicht herausgefunden habe, durch welchen Träger die letzte Feriengruppe in die Villa Waldlust gekommen ist, klemme ich mich hinter die Pressemitteilungen.«

Thorsten Fock nickte knapp und zeigte auf das beschriebene Flipchart. »Ich telefoniere mit der zuständigen Polizeidienststelle. Das müsste eigentlich Lüneburg sein. Und es muss jemand zu den Benners fahren und fragen, ob Fynn irgendwelche Verbindungen zur Göhrde hatte.«

In diesem Moment klingelte das Telefon. Gunnar nahm ab, sagte zweimal »Ja« und dann »Wir holen ihn ab!«.

Nachdem er das Telefon auf die Ladestation zurückgestellt hatte, wandte er sich seinen Kollegen zu. »Zu den Benners muss keiner fahren. Alexander Benner steht unten bei Tina. Er weiß nicht, ob das, was er zu sagen hat, wichtig ist, aber er möchte mit einem von uns reden.«

Eine kalte Novembersonne schien vom wolkenlosen Himmel und ließ die wenigen Blätter, die von der Stadtreinigung mit ihren Laubbläsern verschont worden waren, in der Sonne leuchten. Stella hob ein gelbes Ahornblatt auf und steckte es Fleur ins Haar, die begeistert juchzte. Eigentlich war ihr gerade nicht zum Lachen zumute, aber das fröhliche Gesicht der kleinen Fleur vertrieb ihre dunklen Gedanken, zumindest für ein paar Sekunden. Der Blankeneser Hirschpark war um die Mittagszeit sehr belebt. Stella, deren Wunde vom gestrigen Abenteuer doch mehr schmerzte, als sie zugeben wollte, humpelte zielsicher auf eine der wenigen freien Bänke zu. Bounty ließ sich schwer neben sie auf die Bank fallen und setzte sich ihre Adoptivtochter auf den Schoß, was mit der bandagierten Hand kein ganz einfaches Unterfangen war.

»Olli hat mich gestern Abend noch angerufen. Das mit der Wohnung klingt sehr interessant. Tammo und ich werden sie uns am Freitag angucken.«

Stella drückte erfreut die unverletzte Hand ihrer Freundin. Dann wendete sie sich wieder der kleinen Fleur zu. »Möchtest du ein Franzbrötchen?«, fragte Stella und zeigte auf die von Fettflecken übersäte Papiertüte, die sie aus ihrem Rucksack gekramt hatte. Fleur griff mit ihren Händchen gierig nach dem Gebäck, sagte aber nichts.

Stella runzelte die Stirn. »Ist irgendwie komisch, dass sie noch kein Wort gesagt hat. Nicht mal ›Mama‹ oder ›Papa‹. Sie ist doch jetzt schon drei Jahre alt.«

Missbilligend schnalzte ihre Freundin mit der Zunge. »Du sollst nicht über sie reden, als wäre sie nicht da. Die Kinderpsychologin hat gesagt, man soll sie direkt ansprechen. Und zwar auf der Gefühlsebene. Etwa so«, sie drehte sich frontal zu Fleur und sah ihr in die Augen. »Schatz, Tante Stella macht sich Sorgen, dass du gar nichts sagen willst.«

Fleur machte für einen kurzen Moment große Kulleraugen, fixierte dann aber weiterhin wortlos das Franzbrötchen.

»Nun gib es ihr schon«, sagte Bounty, »Irgendwann wird sie schon etwas sagen.«

»Warum sollte sie, wenn sie auch so alles bekommt?«, erwiderte Stella, brach jedoch ein großes Stück von dem Zimtgebäck ab und drückte es Fleur in die Hand, die sofort anfing, eifrig darauf herumzukauen.

»Danke für den Tipp«, knurrte Bounty.

Eine Weile saßen sie schweigend nebeneinander, Zielscheibe für die tadelnden Blicke einiger Supermütter, deren Kinder traurig an Dinkelstangen lutschend, auf dem Kiddy-Board oder in der Karre sitzend an ihnen vorbeizogen.

Dann seufzte Stella. »Ich muss dir etwas zeigen«, sagte sie und rief Facebook auf ihrem Smartphone auf. Sie tippte auf ein Foto und zog es mit zwei Fingern größer, da sie wusste, dass Bounty zwar mittlerweile ziemlich weitsichtig, aber zu eitel für eine Brille war. Auf dem Foto waren zwei Personen zu sehen, die an einem Bistrotisch saßen. Einer von den beiden war Stellas Freund Jupiter Jones. Und die andere eine vollbusige Rothaarige mit einem Ausschnitt, der fast bis zum Bauchnabel reichte. Bounty schaute sich das Foto genau an.

»Also, was soll ich sagen? Auf die Speisekarte guckt Jupiter jedenfalls nicht.«

»Ja«, sagte Stella, »das ist mir auch schon aufgefallen.« Eigentlich hatte sie sich von ihrer besten Freundin erhofft, dass sie ihr sagen würde, sie bräuchte sich keine Sorgen zu machen, denn das sähe doch alles ganz harmlos aus. Aber Bounty stieß einen bewundernden Pfiff aus.

»Wow, sie hat Beine wie ein Giraffenfohlen. Und dann diese Riesentitten.«

Stella trat ihrer Freundin mit aller Wucht auf den Fuß. »Während deiner Metamorphose zum Muttertier ist irgendwie deine Empathie auf der Strecke geblieben. Hallo, ich bin's, deine Freundin Stella. Und ich brauche ein wenig Aufmunterung, denn mein Freund kriecht gerade einem C-Promi namens«, Stella scrollte zur Bildunterschrift, »Espoir Davenport in den Ausschnitt.«

»Ich verstehe aber auch nicht, warum du diese doofe Seite abonniert hast«, schmollte Bounty beleidigt und wischte Fleur einen Zimtkrümel aus den Mundwinkeln.

Widerstrebend musste Stella zugeben, dass ihre Freundin recht hatte. Anfangs hatte sie es aufregend gefunden, dass alle zwei Monate mal etwas über ihren Freund auf der Facebook-Seite »Gerry's Gossip« gepostet wurde, aber mit der Zeit war auch das irgendwie langweilig geworden. Und dann heute Morgen dieses Foto!

»Aber Stella, du kannst Jupiter doch nicht verübeln, dass er sich solche Titten mal genau anguckt. Seit du so viel Sport machst, bist du flach wie ein Brett. Deinen BH könnte diese Frau höchstens als Schlafmaske über die Augen tragen. Gucken wird doch mal erlaubt sein. Was steht denn unter dem Bild?«

»Der britische Schauspieler Jupiter Jones und das ehemalige Unterwäsche-Model Espoir Davenport drehen Mystery-Serie«, übersetzte Stella, da Bounty so gut wie kein Englisch verstand und sich auch weigerte, es noch zu lernen.

»Also ist es nur geschäftlich. Mehr steht da ja auch gar nicht. Du warst doch neulich auch mit diesem Leichenfledderer essen.«

»Thies Seligmann«, fiel Stella ihr ins Wort.

»Und ihr habt euch auch nur über Tote unterhalten.«

Ein wenig beruhigter ob der Einschätzung ihrer Freundin lehnte Stella sich zurück. »Es ist einfach nur so schwierig, weil Jupiter und ich uns so selten sehen. Ich habe ja immer gesagt, dass ich niemanden haben will, der mich erdrückt, aber immer nur was über WhatsApp zu schicken und sich höchstens alle vier Wochen mal zu treffen, ist dann doch zu wenig. Na ja, zumindest kommt er morgen, und dann quetsche ich ihn ganz genau über diese Tussi aus.«

»Eine Mystery-Serie. Hm«, machte Bounty, die Stella gerade anscheinend nur halb zugehört hatte. »Dabei könnte ich mir vorstellen, dass solche Monstertitten doch hinderlich bei der Alienjagd sind. Jedenfalls, mit dir kann es keine Espoir der Welt aufnehmen, und das ist Jupiter doch ganz klar.« Bounty legte Stella den Arm und die Schultern, wobei es für Fleur auf Bountys Schoß etwas wackelig wurde, was sie mit einem missbilligenden Grunzen quittierte. »Heißt Espoir nicht Hoffnung?« Zumindest einen rudimentären Französisch-Wortschatz schien Bounty sich erhalten zu haben.

»Genau. Und die Hoffnung stirbt zuletzt! Aber sie stirbt«, rief Stella und reckte eine Faust gen Himmel. Eine ältere Dame mit einem Gehwagen näherte sich der Bank, auf der Stella, Bounty und Fleur saßen. »Du bist ja eine süße Deern. Wie heißt du denn?«

Fleur blickte sehr ernst von ihrer Mutter zu Stella, dann wieder zu der fremden Frau und holte tief Luft. Es war, als wolle sie sich versichern, dass ihr Publikum auch zuhörte, wenn sie nun ihr allererstes Wort sagen würde. »Titten«, juchzte sie laut und vernehmlich.

Am frühen Nachmittag hatte Thorsten Fock einen Mitarbeiter aus der Polizeidienststelle Lüneburg am Apparat, der sich mit dem Archiv auskannte.

»Oha, eine Akte von 1970. Ist ja schon ziemlich lange her. Aber andererseits passiert ja in der Göhrde auch nicht so viel. Bis auf die Doppelmorde damals in den 80ern. Die Leichen wurden übrigens gar nicht weit weg von der Ruine der Villa Waldlust gefunden.« Der Polizist versprach, gleich mit der Sichtung des Archivs anzufangen und alle für Hamburg relevanten Informationen umgehend zu faxen.

Stella, die, gestärkt durch ihr Treffen mit Bounty, zur guten Laune zurückgefunden hatte, klopfte ihrem Kollegen Armin auf die Schulter, der seit Stunden in derselben Position vor dem Rechner verharrte. »Immer noch nichts? Wenn du dich nicht bald mal streckst, bekommst du einen Buckel.«

»Ich habe einiges über das Ferienheim herausgefunden. Oft waren Schulklassen auf Klassenfahrten dort. Zum Teil steht etwas in den Jahrbüchern oder die Schüler haben etwas für die lokale Zeitung über ihren Aufenthalt geschrieben. Das Haus wurde im Jahr 1968 von einem privaten Investor gekauft. Das wird dann wohl Friedrich Hohndorff gewesen sein. Anschließend war auch nur noch die eine und letzte Jugendgruppe dort. Es ist schon ziemlich geheimnisvoll.« Stella beobachtete Banu, die seit ungefähr einer halben Stunde fast reglos mit einer Tasse, in der der Kaffee bereits kalt sein musste, auf ihrem Schreibtischstuhl saß und die Wand mit den Fotos der eingeritzten Schwäne anstarrte. Immerhin hatte sie gestern die sensationelle Entdeckung gemacht, dass Fynns Schwäne noch irgendwo anders existierten. Das war ein bedeutender Schritt in die richtige Richtung. Aber leider hatten sie noch immer keine Verbindung zu Fenja Baldrum und Yannick Berg, denn deren Eltern konnten mit Bestimmtheit sagen, dass ihre Kinder noch nie in der Göhrde gewesen waren. Stella beschloss, die Kollegin direkt anzusprechen, um sie aus ihrer Lethargie herauszuholen.

»Und was sollen wir von dem Anruf halten, den Alexander Benner bekommen hat?«

Banu schreckte aus ihrer Trance auf, nahm einen Schluck aus ihrer Tasse und verzog das Gesicht. »Es ist schon merkwürdig, dass jemand nach so langer Zeit nach seinem Vater gefragt hat. Er hat ja sogar seinen Namen genannt.« Sie zeigte auf ein weiteres vollgeschriebenes Papier an der Wand. »Zumindest seinen Vornamen: Charles.«

»Es ist ja nicht automatisch verdächtig, wenn jemand versucht, seinen alten Freund ausfindig zu machen. Ich denke mal, dass auch Alexander Benner es nicht so bemerkenswert gefunden hat. Sonst hätte er uns früher informiert. Der Anruf ist ja schon fast eine Woche her.«

Gunnar und Thorsten, die sich die Schwäne auf dem Baum noch mal bei Tag hatten angucken wollen, kamen durch die Tür in den Besprechungsraum. »Die Ruine ist ja echt abgefahren«, sagte Gunnar. »Mich wundert immer, warum solche schönen Häuser nicht wiederaufgebaut werden.«

»Na ja, ein Eimer Farbe und ein Wochenende wird da wohl nicht reichen. Bei Nacht betrachtet ist das Ding ein Totalschaden«, sagte Stella.

Ihr Chef ließ sich schwer auf die Schreibtischkante fallen. »Tagsüber ist es leider nicht anders. Ich fand's reichlich gruselig. Und meine Hochachtung vor dir, Stella, wächst quasi ins Unermessliche, dass du tatsächlich im Dunkeln dort rumgelaufen bist.«

»Da wusste ich ja auch noch nichts von den 25 Toten. Ob die Seelen dort rumspuken? Zum Glück bin ich keiner von ihnen begegnet.« Stella versuchte, selbstbewusst zu klingen, aber als sie an die Schritte im Wald dachte, bekam sie eine Gänsehaut. »Jedenfalls gab es dort nichts weiter Bemerkenswertes. Außer dass der Zaun um das Grundstück ziemlich hoch gewesen sein muss. Der Stacheldraht, der dich gekitzelt hat, war nur der Aufsatz. Wir haben noch Betonpfeiler und Stahlstücke gefunden. Alles in allem wird er wohl eine Höhe von drei Metern gehabt haben.«

»Es sollte also niemand raus«, bemerkte Banu, die aufgestanden war und im Raum umherging. »Oder nichts rein.«

In diesem Moment fing das Faxgerät an zu surren. Etwa zeitgleich sah Stella, wie ihr Kollege Armin den glasigen Blick vom Bildschirm abwandte und das Victory-Zeichen machte. »Ich habe was gefunden.«

»Dann können wir ja unsere Ergebnisse sofort vergleichen.« Thorsten hatte mehrere Seiten aus dem Faxgerät genommen und hielt sie an seine Brust gedrückt, während er durch den Raum ging, als würde er etwas sehr Wertvolles tragen. Stella hatte sich sofort, nachdem sie gesehen hatte, dass die erhofften Informationen angekommen waren, am Besprechungstisch niedergelassen. Bereits seit zehn Tagen ermittelten sie ohne wirklich weiterführende Ergebnisse, wenn man von den eingeritzten Schwänen mal absah. Thorsten hatte es jetzt in der Hand, entweder seine Mitarbeiter zum Jubeln zu bringen oder sie wie in den letzten Tagen schlecht gelaunt in den Feierabend zu entlassen. Im Gehen überflog er bereits die Papiere, wischte in Zeitlupe einen imaginären Fussel von der Sitzfläche seines Stuhls und ließ sich langsam darauf nieder. Dann legte er die Blätter mit der Rückseite nach oben auf den Tisch und kramte in der Tasche seines Sakkos nach etwas Essbarem.

»Hallo? Kannst du uns mal erzählen, was in dem Bericht steht?« Banu hasste es, hingehalten zu werden. Sie hatte sich neben Stella gesetzt und trommelte betont genervt und atonal mit ihren Fingern auf den Tisch.

Thorsten grinste sie an und blinzelte Armin verschwörerisch zu. Dann zog er einen Karamellbonbon aus der Tasche, roch daran und begann ihn auszupacken. Stella hielt die Spannung kaum noch aus.

»Du oder ich zuerst, Armin?«

»Mach du, Chef!« Theatralisch drehte Thorsten den Papierstapel um. »Die Überlebenden beim Brand der Villa Waldlust waren Dietmar Meyer, Elli Dangemann und«, er machte eine Kunstpause und sah Stella, Banu und Gunnar der Reihe nach ins Gesicht, »Gudrun Baldrum, Franz-Josef Berg und Hans-Nathan Benner.«

»Treffer«, flüsterte Stella. Sie hatte gar nicht gemerkt, dass sie die Tischkante mit ihren Fingern umklammert und ihre Muskeln angespannt hatte. Nur sehr langsam lockerte sich die Anspannung. Im Besprechungsraum war es ganz still. Nur der Sekundenzeiger der großen Wanduhr bewegte sich unbeirrt weiter, und Stella hörte das Ticken zehnmal, bis Armin etwas sagte.

»In dem Zeitungsartikel vom 17. November 1970 sind nur die Vornamen ausgeschrieben. Die Nachnamen sind mit dem ersten Buchstaben abgekürzt, aber ja, genau so steht es hier. Da die Leichen so stark verkohlt waren, konnte kaum jemand identifiziert werden.«

Thorsten nahm jetzt wieder den Gesprächsfaden auf. »Genau. Wie ihr ja wisst, gab es in den 70ern noch keine Identifizierung durch DNA. Und es existierten keine brauchbaren Listen, wer wo in dem Haus gewesen sein könnte. Dennoch …« Thorsten gab Armin ein Handzeichen. Stella kam die Darbietung ihrer Kollegen vor wie ein schlecht gesungenes Duett. »Ein Jugendlicher aus Hamburg war definitiv unter den Toten, weil er eine Zahnspange im Mund hatte, die nicht so viel abbekommen hat. Der Junge hieß Karl L.«

»Mit vollem Namen Karl Lange. Seine Mutter hat ihn denn auch später im Leichenschauhaus identifiziert.« Stella hatte nach der Nachricht, dass eine Verbindung zwischen Fenja, Yannick und Fynn hergestellt werden konnte, einen Kaffee für alle holen wollen, um in Ermangelung von Sekt damit anzustoßen. Aber der Gedanke an circa 25 bis zur Unkenntlichkeit verkohlte Leichen vertrieb den Kaffeedurst.

»Warum konnte man nicht sagen, wer sich dort alles aufhielt?«

»Die Kurgäste waren verhaltensauffällige Kinder aus verschiedenen Fürsorgeanstalten in Niedersachsen und Schleswig-Holstein, auch eine Einrichtung in Hamburg war dabei. Es haben allerdings auch Obdachlose an dieser Kur teilgenommen, deren Namen man hier nicht wirklich erfasst hatte.«

Armin ergänzte: »In der Zeitung steht, dass der Mäzen Friedrich Hohndorff erschüttert war, dass die Kinder, denen er, ich zitiere: ›sehnlichst die seelische Genesung in unserer schönen deutschen Natur‹ gewünscht hat, auf so grausame Weise ums Leben gekommen sind.«

Thorsten wedelte mit dem Papier in der Luft herum, bevor er eine Seite vor Gunnar auf den Tisch legte. »Du klapperst mal die Namen der identifizierten Jugendlichen ab. Es sind nur vier. Vielleicht wohnt ja noch ein Angehöriger in der Nähe, den wir befragen können.«

Gunnar nickte und stand sofort auf. »Und wir teilen uns in zwei Zweierteams und gucken mal, dass wir heute noch Gespräche mit Greta Baldrum, den Eltern von Yannick und Diana und Alexander Benner gedeichselt kriegen. Das Einzige, was wir von den Großeltern von Fenja, Yannick und Fynn wissen, ist, dass sie tot sind und im Jahr 1970 zusammen in der Villa Waldlust waren. Vielleicht gibt es ja noch mehr Parallelen.«

Armin erhob sich mühsam von seinem Schreibtischstuhl. »Sollen wir sie herbestellen oder lieber hinfahren?«

Stella, die bereits ihren Mantel geschnappt hatte, wunderte sich über diese Frage. »Na, hinfahren natürlich. Vielleicht gibt es noch alte Fotos oder einen Nachlass, der interessant für uns sein könnte. Das gucken wir uns doch lieber vor Ort an.«

Das Schreiben fiel ihm deutlich leichter, als er gedacht hatte. Von Kapitel zu Kapitel gelang es ihm immer besser, Details zu rekapitulieren, die er vor 45 Jahren irgendwo in seinem Gehirn abgespeichert, aber bisher nicht wieder hervorgeholt hatte. Charles hatte das ganze Wochenende durchgearbeitet und es fehlten ihm nur noch die beiden letzten Abschnitte, aber die Absolution für ihre Taten wollte sich nicht einstellen. Immerhin war ihm jetzt klar, dass er als Einziger noch etwas über die Rote Nacht wusste. Vor einer Woche hatte er erfahren, dass auch Hans-Nathan Benner seit Langem tot war. Er war es gewesen, der Charles bei seinen Nachforschungen noch gefehlt hatte. Charles hatte auf gut Glück alle Benners in Hamburg, die auf www.telefonbuch.de veröffentlicht waren, angerufen. Dabei wusste er weder ob sein früherer Weggefährte noch in Hamburg wohnte, noch ob er einen eingetragenen Telefonanschluss hatte.

Er klappte seinen Laptop zu und sah aus dem Fenster auf die sich treiben lassende Menschenmenge in ihren verschiedenfarbigen Regenmänteln herunter. Vom sechsten Stockwerk aus betrachtet sah sie aus wie wandelnde Gummibärchen. Charles wollte gern glauben, dass Michelle es gutgeheißen hätte, dass er alles aufschrieb und der Polizei schickte. Denn sie war es gewesen, die in den Jahren nach der Roten Nacht immer wieder Interesse am Schicksal der anderen gezeigt hatte. Und so hatten sie erfahren, dass alle nacheinander an derselben Krankheit ohne Aussicht auf Heilung gestorben waren. Deshalb waren sie von Michelles Diagnose auch nicht überrascht worden.

Zugegebenermaßen hatte Charles sich Zeit gelassen, um herauszufinden, was aus Hans-Nathan Benner geworden war. Aber Zeit war eine der wenigen Dinge, von denen er genug hatte.

Vielleicht hätte er auch gar nichts unternommen, wenn er nicht gelesen hätte, dass in Hamburg ein Jugendlicher mit dem Nachnamen Benner gewaltsam zu Tode gekommen war. Ob es einen Zusammenhang gab, wusste er nicht. Für seinen Bericht hatte dies jedoch keine Relevanz.

Charles schätzte, dass er seine Geschichte am Freitag abschließen würde.

Greta Baldrum kam Stella grauer vor als bei ihrem letzten Besuch. Nachdem Armin und sie mit einem müden Kopfnicken begrüßt wurden, schlurfte Fenjas Mutter vor ihnen her bis zum Wohnzimmer. Äquivalent zur verwahrlosten Erscheinung seiner Bewohnerin schien sich auch hier der Zustand noch verschlimmert zu haben. Stella konnte sich jedenfalls nicht daran erinnern, dass sie am vorletzten Montag einen Teller mit einem Spiegelei und einer Zigarettenkippe im Eigelb hatte stecken sehen. Greta Baldrum zündete sich eine Zigarette an, und Stella bemerkte mit einer gewissen Verwunderung, dass sie in so kurzer Zeit wohl dazu übergegangen war, drinnen zu rauchen, ohne die Terrassentür zu öffnen. Greta Baldrum bot Armin und ihr keinen Stuhl an, was Stella bei genauer Betrachtung der Sitzflächen nicht so schlimm fand.

»Hieß Ihre Mutter Gudrun?«

»Ja. Hat das etwas mit Fenjas Verschwinden zu tun? Wenn Sie mir nur wieder Fragen stellen wollen und keinerlei Erfolge zu vermelden haben, können Sie gleich wieder gehen.«

Stella konnte die abweisende Haltung von Greta Baldrum verstehen. Bis heute Mittag, als sich langsam herauskristallisierte, dass die Großeltern der vermissten Jugendlichen sich gekannt hatten, hatte sie es nicht für möglich gehalten, diese Ermittlungen voranzubringen. Aber nun lag ein wichtiger Hinweis auf dem Tisch. »Ich glaube, dass die Erinnerungen an Ihre Mutter uns helfen könnten, Fenja zu finden«, sagte Stella und fügte für sich in Gedanken »Hoffentlich lebend!« hinzu.

Die schmale Frau blickte nun etwas versöhnlicher und ging zu einem Holzregal mit Büchern und Fotoalben. Sie zog ein Album mit einem roten Einband heraus und reichte es an Armin weiter. »Dies sind alle Fotos, die ich von meiner Mutter habe. Sie ist ja schon vor 14 Jahren an Leberkrebs gestorben. Da war sie gerade Mitte 40. Die meisten sind von ihr und Fenja. Von ihrer Kindheit und Jugend gibt es so gut wie keine Bilder.«

Stella nickte. Armin hatte herausgefunden, dass Gudrun Baldrum als verhaltensauffällig galt und deshalb in die Villa Waldlust gekommen war. »Sind Sie gut mit Ihrer Mutter ausgekommen? Was hatte sie für einen Charakter?«

Greta starrte sie verwundert an. »Eine sehr merkwürdige Frage. Gudrun war keine einfache Frau. Sie war immer traurig und manchmal jähzornig. Sie hat mich als Kind mehrfach geschlagen. Bis ich so groß war wie sie und dann auch ab und zu mal zurückgeschlagen habe. Dann hat sich unser Verhältnis beruhigt. Ich glaube schon, dass sie mir die Schuld daran gegeben hat, dass aus ihr nichts geworden ist. Denn als sie mich bekommen hat, war sie Anfang 20 und alleinerziehend. Ich war nicht geplant gewesen, sondern eher ein Unfall.« Sie zuckte die Achseln. »Im Nachhinein habe ich es ihr nicht übel genommen, denn Fenja hat sie nie auch nur ein Haar gekrümmt. Im Gegenteil. Die beiden waren ein Herz und eine Seele. Allerdings wollte sie zunächst, dass ich Fenja abtreibe. Sie hat immer erzählt, dass unsere Familie eine Erbkrankheit hat oder so was. Aber ich bin sehr religiös. Das war meine Mutter auch. Ein Schwangerschaftsabbruch wäre also nie infrage gekommen.«

Armin stellte sich zwischen die beiden Frauen und schlug das Album auf. Bereits auf der dritten Seite zögerte er, bevor er umblätterte. »Können Sie uns sagen, wo das Foto aufgenommen wurde?«

Greta Baldrum schüttelte langsam den Kopf. »Das haben meine Oma und mein Opa damals eingeklebt. Lange vor meiner Zeit. Wahrscheinlich wurde es Anfang der 70er-Jahre aufgenommen, aber wo, weiß ich nicht.«

»Haben Sie eine Lupe?«

»Ist auf dem Foto etwas Ungewöhnliches zu sehen? Ich hole eine.«

Stella wusste bereits, was ihr Kollege vergrößern wollte. Im Gegensatz zu ihm hatte sie gute Augen und konnte das kleine Detail auf der Schwarz-Weiß-Fotografie sehr genau erkennen: Eine breit lächelnde Gudrun in einem schlichten dunklen Baumwollkleid zeigte stolz auf etwas, das ihr auf Höhe der Brust angesteckt war. Es war ein kleines Abzeichen mit zwei Schwänen und dem Schriftzug »Alsterschwan«.

MITTWOCH, DEN 11. NOVEMBER 2015

»Und schon wieder schaffen wir es nicht, gemeinsam zu frühstücken. Dabei habe ich dir eine für mich reichlich verstörende Neuigkeit zu erzählen.« Banu hatte bisher niemandem vom Merves Ankündigung berichtet.

Stella wandte für einen Moment den Blick von der Straße ab und sah ihrer Kollegin in die Augen. »Na, dann raus damit.«

»Als wir am Wochenende in Kühlungsborn waren, hat Merve gesagt, dass sie nach dem Abi für ein Jahr nach Australien gehen will. Work and travel. Sie hat sich bereits über alle Formalitäten informiert.« Banu fand, dass sie cooler klang, als sie war. Sie hatte mittlerweile drei Tage gehabt, um darüber nachzudenken und sich zu beruhigen. Ihre Tochter war am letzten Wochenende so bestimmt aufgetreten, dass Banu nicht glaubte, sie würde ihr Vorhaben noch aufgeben. Vielleicht war es möglich, noch über die Länge ihres Aufenthalts auf diesem fernen Kontinent zu sprechen, aber mehr war wohl nicht verhandelbar. Aber das Merkwürdige daran war eigentlich, dass Merves Wunsch, ein ganzes Jahr möglichst weit weg von ihrer Mutter zu verbringen, Banu nicht so aus der Fassung brachte, wie wohl auch Merve erwartet hatte. So gesehen, erschien dieser Umstand erst mal schizophren. Wenn man jedoch in die Detailanalyse ging, und das war ja nun mal eine Sache, die Banu berufsbedingt jeden Tag tat, lag ein anderer Schluss nahe. Banu wusste ganz genau, dass ihre Tochter irgendwann ausbrechen würde, denn nicht nur Stella hatte ihr schon häufig zu verstehen gegeben, dass sie zu sehr klammerte. Auch Merves Reaktion neulich Abend hatte Banu klargemacht, dass sie zu weit gegangen war. Sie hatte also geradezu auf irgendeine Form von Befreiungsschlag gewartet. Und es ging Banu wie vielen anderen Menschen auch: Der Zeitabschnitt, in dem man in Ungewissheit ist, was für ein Strafmaß gefällt wird, kann schlimmer sein als die Strafe selbst.

»Ich kann mir vorstellen, dass das hart für dich sein muss. Aber Australien ist doch toll. Vielleicht könnt ihr sie ja auch mal besuchen. Es schadet ja nichts, wenn man mal vier Wochen am Stück nicht zur Arbeit kommt.«

Banu wusste, dass ihre Kollegin sie beruhigen wollte. Momentan gab es über Merves Entscheidung jedoch nicht viel zu sagen. Deshalb wandte sie sich einem anderen Thema zu. »Kommt es mir nur so vor oder machen wir in der letzten Zeit fast nur noch Hausbesuche?« Banu kniff die Augen zusammen, da die Sonne frontal auf die Windschutzscheibe schien, und warf einen Blick auf ihr Handydisplay, um nachzuvollziehen, ob sie sich noch auf der richtigen Straße befanden. Im Osten Hamburgs und geschweige denn darüber hinaus kannte sie sich gar nicht aus.

»Bei dieser Ermittlung kommt es mir auch so vor«, sagte Stella und drückte ausdauernd auf die Hupe, da ein Radfahrer vor ihnen im Schritttempo mitten auf der Straße fuhr. »Aber das hat ja auch seinen Grund: Bei dem Mops musstest du mit zum Psychologen. Und zumindest haben wir gestern das Foto von Gudrun mit der Anstecknadel entdeckt. Das hätten wir nicht, wenn wir Greta Baldrum ins Präsidium eingeladen hätten. Und die Mutter von Karl Lange ist so gebrechlich, dass wir sie schlecht ins Präsidium vorladen können. Und was den morgendlichen Termin angeht: Da die Tochter uns gesagt hat, dass ihre Mutter morgens noch klarer ist, sollten wir uns danach richten. Was immer das auch heißen mag.«

»Ja, kann sein, dass du recht hast.« Banu war noch nicht vollkommen überzeugt. »Vielleicht ist das auch die neue Dienstleistungsorientierung. Hier musst du rechts abbiegen.«

Die schlecht geteerte Asphaltstraße verjüngte sich nach wenigen hundert Metern in einen Schotterweg, an dessen Ende ein kleines windschiefes Haus stand, das von einem verwilderten Garten umgeben war. Ein schwarzer Mercedes SUV parkte davor. Banu fand, dass der riesige Wagen so gar nicht zu dem Hexenhäuschen passte, denn der glänzende Lack und die polierten Chromteile standen im krassen Gegensatz zum verwahrlosten Grundstück. Stella kniete nieder, als eine dünne getigerte Katze auf sie zugetrabt kam, und gab gurrende Laute von sich.

»Hände weg, Haustier-Messie«, sagte Banu und ging schnurstracks auf das verrostete Gartentor zu. Nicht dass ihre Kollegin auf die Idee kam, diese Katze auch noch einzusammeln.

Stella winkte jedoch lachend ab und erhob sich. »Ist ja gut. Ich glaube, mehr Katzen passen tatsächlich nicht mehr ins Haus.«

An der Haustür fanden sie keine Klingel. Deshalb benutzte Banu den altmodischen Türklopfer in Form eines Wassermanns. Er erzeugte ein eigenwilliges hohles Geräusch auf dem morschen Holz der Haustür.

»Mama, lass mich aufmachen«, hörte Banu eine Frauenstimme aus dem Inneren des Hauses rufen, doch Emma Lange musste schneller gewesen sein, denn eine etwa 80-jährige Frau mit einer roten Nase, blutunterlaufenen Augen und unzähligen geplatzten Adern im Gesicht stand in der Türöffnung. Sofort schoss Banu das Wort »Alkoholikerin« durch den Kopf. Dieser Eindruck bestätigte sich, als sie durch den Flur in die Küche geführt wurden, wo auf dem Boden zwei Körbe mit leeren Schnapsflaschen standen. Ansonsten war der Raum jedoch sauber und aufgeräumt. Banu vermutete, dass die jüngere Frau, die am Tisch saß, wahrscheinlich gerade geputzt hatte, denn ein Lappen und ein Geschirrhandtuch lagen vor ihr auf der Wachsdecke.

»Sie sind wahrscheinlich Annelie Peters, die Schwester von Karl?«

Die Frau nickte müde und strich sich eine Strähne des vollen grauen Haares aus der Stirn. Die beiden Polizistinnen nahmen Platz und Banu stellte das Diktiergerät vor sich auf den Tisch.

»Wir ermitteln in einem Tötungsdelikt, das eventuell etwas mit dem Brand vor 45 Jahren zu tun hat, bei dem Ihr Sohn Karl«, sie blickte Emma Lange an, »ums Leben gekommen ist.«

»Sie müssen ein wenig lauter sprechen. Meine Mutter ist auf einem Ohr taub.« Banu wiederholte die einleitenden Worte noch einmal mit deutlich mehr Dezibel.

Die alte Frau sah von Stella zu Banu und starrte dann auf ihre Hände, die sie auf die Knie gelegt hatte. Sie ließ sich lange Zeit, bevor sie etwas erwiderte.

»Sie haben Karl anhand der Zahnspange erkannt. Seine Leiche war bis zur Unkenntlichkeit verbrannt, aber an der Zahnspange war nichts kaputt.«

»Haben Sie ihn identifiziert?«

»Ja, ich war im Leichenschauhaus, damals mit Anton. Annelie war ja gerade mal ein gutes Jahr alt.« Sie warf ihrer Tochter einen Blick zu und diese nickte.

»Papa hat erzählt, dass kaum etwas zu erkennen gewesen war, was noch an Karl erinnerte, aber es gab ja wegen der Zahnspange keinen Zweifel.«

»Können Sie uns denn erzählen, warum Karl an dieser Freizeit teilgenommen hat? Das scheint ein wenig geheimnisvoll gewesen zu sein.«

Emma Lange stand auf, ging zum Fenster und wandte den Kommissarinnen den Rücken zu. Als sie dann auf die Frage antwortete, sah es aus, als würde sie zu ihrem Spiegelbild sprechen.

»Karl war extrem schwierig, das, was man heute emotional-sozial behindert nennt. Als Annelie ein Baby war, haben mein Mann Anton, der nicht Karls leiblicher Vater war, und ich beschlossen, ihn in ein Heim zu geben. Natürlich nur zu seinem Besten. Ich hatte Anton kennengelernt, als Karl acht Jahre alt war. Sie kamen nicht miteinander klar.«

Banu sah aus den Augenwinkeln, dass Stella sich auf die Zunge biss, um nichts Unüberlegtes zu sagen. Sie selber hatte Respekt vor einer Frau, die in der damaligen schwierigen Zeit ein kleines Kind allein großgezogen hatte, und konnte sich vorstellen, dass die Abschiebung ihres Sohnes ein Zeichen der Überforderung und der wenigen Unterstützung durch ihren Ehemann gewesen war. »Wussten Sie davon, dass Karl auf einer Ferienfreizeit mitten im Wald gewesen war? Für mehrere Monate?«

»Uns wurde damals gesagt, dass die Kinder ganz in Ruhe eine Weile in der Natur verbringen sollten, ohne Kontakt zur Außenwelt zu haben, damit sie wieder zu sich selber finden. Das schien mir vernünftig. Die Gruppe wurde von zwei Psychologen und mehreren Erziehern begleitet.«

»Sie haben also seit Mai 1970 bis zu seinem Tod im November nichts von Karl gehört?«

Emma Lange warf ihrer Tochter einen Hilfe suchenden Blick zu und fuhr sich mit der Hand über den Mund. Banu fiel auf, dass sie zitterte. Vielleicht brauchte sie einen Drink.

»Darf meine Mutter vielleicht einen kleinen Schluck Alkohol trinken? Dass sie nach so langer Zeit Auskunft über Karl geben soll, nimmt sie sehr mit.«

Banu sah Annelie Peters an, dass ihr diese Frage überaus peinlich war. Zunächst wollte Banu verneinen, fand dann aber doch, dass sicher heute nicht der richtige Tag für Emma Lange war, mit dem Trinken aufzuhören. Wahrscheinlich würden sie klarere Antworten bekommen, wenn der Alkoholpegel im Blut wieder einen bestimmten Level erreicht hatte. Also nickte sie knapp. Die alte Frau lächelte dankbar, öffnete den Kühlschrank und nahm eine Flasche Weizenkorn heraus. Dann goss sie ein Wasserglas zur Hälfte voll und setzte sich wieder an den Tisch.

»Karl hatte wohl Postkarten geschrieben«, sagte sie. Stella runzelte die Stirn. »Ich verstehe nicht ganz. Warum *wohl*?«

Annelie Peters griff helfend in das Gespräch ein, als sie sah, dass ihre Mutter mit leerem Blick in das Glas vor ihr starrte. »Papa hat sie Mama nie gezeigt. Er scheint dem Briefträger Anweisungen gegeben zu haben, nur ihm die Postkarten von Karl auszuhändigen. Erst nach Papas Tod vor zwei Jahren haben wir die Postkarten ganz hinten in seinem Kleiderschrank gefunden.«

»Ich habe sie bis heute nicht lesen wollen«, sagte Emma Lange klar und deutlich. »Karl ist vor 45 Jahren gestorben. Was sollten mir seine Karten nach dieser langen Zeit noch erzählen?«

»Aber ich habe sie gelesen.« Ihre Tochter erhob sich. »Es stand allerdings wirklich nicht sehr viel Interessantes drin. Und es waren insgesamt auch nur fünf Karten. Ich hole sie mal eben.« Während die jüngere Frau aus dem Zimmer ging, musterte Banu die 80-Jährige, die das Glas mit Korn bereits ausgetrunken hatte. Sie lehnte sich zufrieden in ihrem Stuhl zurück und leckte sich den letzten Rest Schnaps von den Lippen. Banu trank aufgrund ihres Glaubens keinen Tropfen Alkohol. Und wenn sie Menschen wie Emma Lange sah, war sie froh darüber, dass sie bisher immer in der Lage gewesen war, der Versuchung, mal einen Schluck zu probieren, widerstanden hatte.

Kurze Zeit später erschien Annelie Peters mit einem Stapel Postkarten, der mit einem Gummiband zusammengehalten wurde. »Sie können sie mitnehmen. Ich glaube, hier hat keiner ein sentimentales Interesse daran.«

Banu nahm sie entgegen und steckte sie in ihre Handtasche. Natürlich würde sie sie bereits während der Autofahrt ihrer Kollegin vorlesen. Aber nun war sie froh, das verwinkelte Hexenhaus mit der angetrunkenen alten Frau verlassen zu können.

Die getigerte Katze hatte sich auf der Motorhaube von Stellas Wagen niedergelassen und Banu scheuchte sie mit einer Handbewegung davon. Kaum hatte sie Platz genommen, griff sie bereits nach der ersten Karte. Es war nur ein kleines Wort, was sofort ihre Aufmerksamkeit auf sich zog.

»›Liebe Mama‹,« las sie, »›ich bin jetzt im Projekt Alsterschwan.‹«

»Wahnsinn! Schon bei der ersten Karte ein Treffer«, jubelte Stella, wobei sie das Lenkrad mit beiden Händen losließ und in die Hände klatschte, was Banu mit einem tadelnden Blick bedachte.

»Und weiter: ›Alle sind sehr nett zu mir und das Ferienheim ist schön. Im Projekt Alsterschwan sollen wir lernen, friedlich miteinander zu leben.‹ Und mehr steht hier nicht.«

»Dann lies weiter. Was steht auf der nächsten Karte?«

Banu überflog den kurzen Text in krakeliger Kinderschrift mit vielen Rechtschreibfehlern. »Nichts Besonderes. Wie das Wetter ist und was es zu essen gibt.« Fast enttäuscht nahm sie sich die restlichen Karten vor und las eine nach der anderen laut vor. »Dies hier klingt noch interessant. ›Heute haben wir eine Zeitkapsel vergraben. Ich habe genau aufgeschrieben, wie es hier ist.‹ Hm. Das könnte ein Hinweis darauf sein, dass doch nicht alles so gut war. Zumindest ist es komisch formuliert. Vielleicht wollte er einen Hinweis geben. Vor allem, weil er noch genau beschrieben hat, wo die Zeitkapsel eingegraben ist. ›Sie wurde genau unter der Eingangstreppe vergraben und wir mussten alle zusehen.‹«

Stella drehte sich zu Banu um, ohne vom Gas zu gehen. »Ich denke, es ist an der Zeit, die Kapsel zu öffnen. Ruf bei Thorsten an. Sag ihm, dass er die Spurensicherung benachrichtigen soll.«

»Bevor du Kurs auf die Göhrde nimmst, sollten wir erst mal klären, ob das heute noch was wird. Es ist schon nach Mittag. Bis sich die Kollegen von der Spurensicherung positioniert haben, ist es bestimmt 16 Uhr. Und bei dem Wetter«, Banu zeigte auf die sich am Himmel kumulierende graue Masse an Wolken, »ist es um 17 Uhr stockdunkel.«

»Okay, dann ruf die anderen zusammen, damit wir uns heute Nachmittag im Präsidium treffen. Vielleicht hat ja auch jemand inzwischen mit den Bergs über Franz-Josef sprechen können.«

Banu hatte mit ihrer Wetterprognose recht behalten. Glücklicherweise hatten sie einen Parkplatz in der Nähe des Polizeipräsidiums gefunden. Stella hatte kaum die Tür ihres Autos geöffnet, als es anfing, wie aus Eimern zu schütten. Und bei der genauen Musterung ihres Wageninneren stellte Stella zwar fest, dass sie mehrere angebrochene Tüten mit Gummibärchen, eine leere Kondomschachtel (die aus der Zeit vor Jupiter stammte), zwei verbeulte Coladosen und ein paar Ersatzstrümpfe im Auto hatte, aber keinen Schirm. Dementsprechend durchnässt betraten die beiden die Räumlichkeiten der Mordbereitschaft 5.

»Halloween war doch schon«, grinste Gunnar. Stella war sicher, dass er auf ihre verlaufene Wimperntusche anspielte. Es stand zwar »wasserfest« drauf, aber eben nicht »starkregenfest«. Thorsten gab ihnen zwei Handtücher und nahm ihnen die triefnassen Jacken ab.

»Wir haben euch etwas mitgebracht«, sagte Banu, die nach dem ausgiebigen Fluchen auf dem Weg vom Auto ins Präsidium ihre gute Laune wiedergefunden hatte. Sie kramte kurz in ihrer Handtasche und legte Karls Postkarten auf den Tisch im Besprechungsraum. »Die hat Karl seiner Mutter aus dem Ferienheim geschrieben. Klingt eigentlich alles nach Spaß.«

Thorsten las die Postkarten und gab sie dann an Armin und Gunnar weiter. »Ich werde gleich die Spurensicherung anrufen. Damit die morgen früh vor Ort sind.«

Gunnar hatte nun auch die letzte der Karten durchgelesen und legte sie zur Seite. »Ich kenne Zeitkapseln nur aus amerikanischen Filmen. So etwas dient doch immer der Dokumentation beziehungsweise der Weitergabe von Informationen an eine andere Generation, oder?«

Stella war bereits einen Gedankengang weiter. »Vielleicht sollte der Nachwelt überliefert werden, dass der Aufenthalt ein voller Erfolg war. Sie kamen als Monster und gingen als Engel oder so ähnlich.«

»Wir werden es wohl morgen erfahren.« Banu nahm die Postkarten und befestigte sie mit Magneten am Whiteboard.

Thorsten ging aus dem Raum, um zu telefonieren. Vermutlich mit den Kollegen von der Spurensicherung.

»Habt ihr etwas in Sachen Franz-Josef Berg erfahren?« Gestern hatten Thorsten und Banu nur die zweite

Frau von Yannicks Vater angetroffen. Über dessen Vater wusste sie so gut wie gar nichts.

»Ja. Franz-Josef Berg ist bereits vor einem Jahrzehnt gestorben. Und ratet mal, woran?«

»Leberkrebs«, sagte Banu, die dies bereits als Feststellung formulierte und nicht als Frage. Sie nahm sich den Edding und schrieb die neuen Erkenntnisse auf einen Bogen des Flipcharts.

»Nachdem wir uns heute Morgen schon sehr ausführlich über diese Krebsart informiert und bereits mit der onkologischen Abteilung im Universitätskrankenhaus in Eppendorf telefoniert haben«, Armin blickte Gunnar an, »stehen uns nun folgende Informationen zur Verfügung.« Er klappte seinen Notizblock auf und nickte Banu zu. »Wir haben extra auf dich gewartet, um es sortiert aufzuschreiben, da du es ja immer am besten strukturieren kannst.«

Banu rollte mit den Augen, riss jedoch das eben beschriebene Papier vom Block und stellte sich in Schreibposition.

»Also, zu 80 Prozent der Fälle entsteht Leberkrebs durch eine Leberzirrhose. Und die vor allem durch Alkoholmissbrauch oder Hepatitis in den unterschiedlichsten Formen. Aber Risikofaktoren sind auch bestimmte Schimmelpilze. Natürlich könnten auch Medikamente Ursache für ganz verschiedene Krebsarten sein. Falls es bei den drei Erkrankungen einen Zusammenhang gibt, müsste es ja eine Substanz sein, die als Spätfolge Krebs nach sich zieht.«

»Habt ihr denn auch schon etwas über die beiden weiteren Überlebenden herausgefunden?« Stella warf einen

Blick auf die Namen am Flipchart. »Elli Dangemann und Dietmar Meyer?«

»Ich habe beim Melderegister nachgefragt. Eine Elli Dangemann ist vor fünf Jahren in einem Hospiz bei Hannover gestorben. Ich habe dort angerufen und mich ein wenig mit der Schwester unterhalten, die sie gepflegt hat. Elli Dangemann ist traurig und einsam an Leberkrebs gestorben. Sie hatte keine Angehörigen und ist anonym in Hannover beigesetzt worden, auf dem Stadtfriedhof Ricklingen.«

»Und was ist mit Dietmar Meyer?«

»Es gibt laut Einwohnermeldeamt insgesamt 13 Menschen mit Namen Dietmar Meyer in Hamburg und Umgebung. Zwölf haben wir schon telefonisch ausgeschlossen. Das bedeutet, dass wir noch einen abklappern müssen. Er wohnt in Tötensen, das ist kurz hinter der südwestlichen Hamburger Landesgrenze.«

Stella seufzte. »Es ist doch aber wohl nicht wahrscheinlich, dass der Dietmar Meyer noch lebt. Aber checken müssen wir es natürlich.«

Banu hatte bereits vor fünf Minuten den Stift zur Seite gelegt und blickte aus dem Fenster in den beständig vom Himmel stürzenden Regen.

»Kollegin, du darfst dich gern an den Spekulationen über die beiden noch unbekannten Überlebenden beteiligen.«

Banu starrte Stella verwirrt an, stand aber auf und ging in die Mitte des Raums.

»Kennt jemand von euch das Medikament Ritalin?« Stella blickte sich im Kreis ihrer Kollegen um und sah ratlose Gesichter. Auch sie selber hatte davon noch nichts gehört. Banu fuhr fort. »Ritalin gehört zu den Psychopharmaka und wird gegen ADHS und Konzentrationsstörungen bei Kindern eingesetzt. Tim und mir wurde vor einiger Zeit von Cans Lehrern empfohlen, beim Arzt nachzufragen, ob ihm Ritalin verschrieben werden könnte. Aber wir haben uns geweigert, denn es hat viele Nebenwirkungen. Unter anderem ist wohl nicht ganz klar, ob einer der Wirkstoffe auch Krebs auslösen kann.«

»Und wo ist jetzt der Zusammenhang?« Gunnar kratzte sich am Kopf.

»Laut den Aufzeichnungen waren die Kinder in der Villa Waldlust zum Teil extrem verhaltensauffällig. Vielleicht wurden Medikamente an ihnen getestet, ähnlich dem Ritalin. Um sie friedfertiger zu machen. Und die beinhalteten krebserregende Substanzen.«

»Aber medizinische Experimente an Kindern waren doch nicht erlaubt?« Ganz bewusst formulierte Stella dies als Frage, denn aus vergangenen Mordfällen wusste sie, was Kindern, vor allem behinderten oder verhaltensauffälligen, während der deutschen Geschichte schon alles angetan wurde.

Thorsten war gerade rechtzeitig ins Zimmer gekommen, um den Rest der Unterhaltung mitzubekommen. »Lasst uns erst mal gucken, ob wir morgen diese Zeitkapsel finden. Vielleicht gibt die Aufschluss über die Ferienfreizeit. Wir treffen uns um 9 Uhr an der Ruine der Villa Waldlust.«

Stella warf einen Blick auf ihr Handy und sah, dass sie eine Nachricht von Jupiter bekommen hatte. Um 16 Uhr hatte er ihr das Wort »Gelandet!« geschickt. Er hatte wohl doch den früheren Flieger bekommen. Jetzt war es 17 Uhr. Jupiter hatte zwar einen Schlüssel für das Haus, aber sie wollte ihn nicht allzu lange allein lassen. Er kannte ja auch Mafiosa noch nicht. »Darf ich los?«, fragte sie ihren Chef.

Thorsten nickte und Gunnar rief ihr noch hinterher: »Schöne Grüße an Braveheart.« Aber Stella hatte bereits im Laufschritt das Zimmer verlassen.

Es war definitiv keine Liebe auf den ersten Blick. Jupiter lag mit angezogenen Beinen auf dem Sofa und blickte Stella mit einer Mischung aus amüsiert und erstaunt an, als sie die Tür aufgeschlossen und ihre Einkäufe abgestellt hatte. Ihm gegenüber auf der anderen Seite der Couch thronte Mafiosa wie eine kleine schwarze Sphinx und starrte so gefährlich wie sie nur konnte auf Stellas Freund.

»Nun guck dir mal dieses Monster an«, sagte Jupiter und streckte langsam seine Beine aus. Sofort fing die Katze an zu fauchen und zu knurren und holte aus, um dem unbekannten Mann, der so dreist war, sich auf ihrem Sofa niederzulassen, auf die Füße zu schlagen. Gespielt ängstlich zog Jupiter daraufhin seine Füße wieder an.

»Also, kastrierte Männer mag sie«, erwiderte Stella und zeigte auf ihren Kater Caveman, der neben Mafiosa auf der Sofalehne saß und die Eskapaden seiner Mitbewohnerin mit gewohnt trägem Blick verfolgte. Dann ließ sie sich auf den Boden vor Jupiter nieder und zog seinen Kopf zu sich herunter. Schon ein kurzer Blick in seine grünen Augen reichte, um den Schwarm Schmetterlinge in ihrem Bauch aufzuwecken. Sie legte ihre Lippen auf seinen Mund und gab ihm einen langen Kuss. Jupiter, der auf die plötzliche Umarmung nicht gefasst war, versuchte sich mit einer Hand auf dem kleinen Couchtisch abzustützen, schob ihn jedoch stattdessen zur Seite und fiel auf die vor ihm sitzende Stella. Durch das Gerangel erschreckt, machte Mafiosa einen Riesensatz und galoppierte keifend über das am Boden liegende Paar. Einen kurzen Moment bereute Stella, eine Fußboden-Puristin zu sein, denn von einem circa 85 Kilo schweren Mann auf einen bloßen Holzboden gedrückt zu werden, war alles andere als bequem. Sie zappelte, aber Jupiter machte keine Anstalten aufzustehen, sondern schob eine Hand unter Stellas Pullover und streichelte ihren Rücken. Mit der anderen Hand begann er, ihre Hose aufzuknöpfen. Stella, die eigentlich zumindest ein Spitzenhöschen hatte anhaben wollen, heute Morgen jedoch schlaftrunken nach dem schlichten Baumwollslip mit kleinen Miss Piggys drauf gegriffen hatte, wand sich in gespielter Empörung. »Hey, es ist mitten am Tag.«

»Na und? Draußen ist es schon ganz dunkel. Wir müssen nicht mal die Vorhänge zuziehen.« Jupiter hatte ihr die Jeans über die Hüften gezogen und schien nicht mehr zu bremsen zu sein, als es laut an der Tür klopfte.

»Stella, bist du da? Ich habe vorhin ein Paket für dich angenommen.« Ihr Nachbar Anton Reimann drückte die Klinke der dänischen Haustür herunter.

Stella schoss es siedend heiß in den Kopf, dass sie eben vergessen hatte, von innen abzuschließen. Sie schubste den überraschten Jupiter von sich runter und sprang auf. In einer Zehntelsekunde hatte sie ihre Hose hoch- und ihren Pullover runtergezogen. »Bin sofort da!«, rief sie und sprintete Richtung Haustür.

Anton Reimann drückte ihr den Karton in die Hand und musterte sie von oben bis unten. »Hast du noch was vor?«

Stella folgte seinem Blick und musste feststellen, dass sie ihre Jeans zwar hochgezogen, die Knöpfe aber nicht geschlossen hatte.

Anton grinste. »Flotte Unterbüx«, sagte er und drehte sich um.

Stella schloss die Tür und las den Absender des Pakets. »Lulas Erotik-Fashion«, flüsterte sie. Das konnte heute noch ein sehr interessanter Abend werden.

Ganz vorsichtig schlug sie die Bettdecke zurück, um Jupiter nicht zu wecken. Dies war jedoch ein äußerst schwieriges Unterfangen, da sein linker Arm auf ihrem Bauch lag. Langsam drehte Stella sich nach links und rutschte zum Rand des Bettes.

»Hiergeblieben«, flüsterte ihr Freund und zog sie wieder zu sich. Aber sie entwand sich, denn nachdem sie gerade miteinander geschlafen hatten, merkte sie, dass die Schmetterlinge im Bauch langsam flügellahm wurden und zu Hunger-Faltern mutierten. Ihr Magen fing an, laut und vernehmlich zu knurren.

»Wenn du mich hier mit Vorsatz verhungern lässt, wird Banu dich festnehmen«, sagte sie.

Jupiter musterte Stella äußerst langsam von oben bis unten in ihrer Nacktheit. »Ich kann überhaupt nicht verstehen, warum du so dünn bist. Wenn ich hier bin, bist du fast immer nur am Essen.«

Stella schob mit dem Fuß den Spitzenbody beiseite, der seinen Zweck erfüllt hatte und mittlerweile sehr verknittert auf dem Holzboden gelandet war. Dann schlüpfte sie in ihren Morgenmantel. »Und wenn ich wieder da bin, möchte ich über ein ernstes Thema reden.« Sie ärgerte sich ein wenig, dass ihr Vorsatz, den sie heute nach dem Gespräch mit Bounty getroffen hatte – nämlich erst zu reden und dann mit Jupiter zu schlafen –, so schnell ins Wanken geraten war. Um ehrlich zu sein, war dieser Vorsatz in der Minute verschwunden, als sie ihren Freund auf dem Sofa liegend gesehen hatte. Als sie die steile Treppe heruntergging, schüttelte sie den Kopf. Es war ihr doch ziemlich unheimlich, welche sexuelle Anziehungskraft dieser Schotte auf sie ausübte. Und das nach bereits gut zweieinhalb Jahren Beziehung. Fernbeziehung, korrigierte sie sich. Vielleicht war das der Zauber. Es könnte ja sein, dass diese Anziehungskraft sehr schnell nachlassen würde, wenn sie sich jeden Tag sehen und den Alltag zusammen planen und bewältigen müssten. Aber das stand momentan nicht zur Debatte. Sie öffnete den Kühlschrank, nahm den Becher mit den Oliven und die gefüllten Peperoni heraus und lud eine ordentliche Portion auf ihren Teller. Nach kurzer Überlegung legte sie links noch ein paar kleine Frikadellen auf den Tellerrand. Leider hatte sie vergessen, eine vegetarische Variante davon einzukaufen, aber Jupiter gab sich auch mit Antipasti zufrieden. Auf dem kurzen Weg zurück zum Bett überlegte sie, wie sie das Gespräch am besten beginnen könnte. »Was ist denn eigentlich mit der Tittenmaus?«, erschien ihr eine gute Gesprächseröffnung.

»Espoir?«, gab Jupiter zurück. »Woher kennst du die denn?«

Stella schlug Jupiters Hand weg, die versuchte, sich unter den Morgenmantel zu mogeln. »Schon mal sehr verdächtig, dass du sofort weißt, wen ich meine.«

»Na ja, das sind ihre einzigen hervorragenden Eigenschaften. Sie kann sich keine Texte merken und stolpert andauernd über ihre eigenen Füße, weil sie zu eitel ist, eine Brille zu tragen.«

»Bei ›Gary's Gossip‹ war ein Foto, auf dem du ihr völlig ungeniert in den Ausschnitt starrst.«

Jupiter grinste. »Wenn sie dir gegenübersitzt, hast du kaum die Chance, irgendwo anders hinzugucken. Mir liegt wirklich rein gar nichts an ihr, Stella. Ich bin nicht mal ein kleines bisschen mit ihr befreundet.«

Stella atmete hörbar aus. Das wäre dann zumindest schon mal geklärt. Und sie glaubte ihm. Jupiter nahm sich eine Olive und zog mit den Zähnen die Mandel heraus.

»Aber ich bin dieses Mal nicht nur für unvergesslichen Sex zu dir gekommen, sondern um etwas ziemlich Wichtiges mit dir zu besprechen.« Er legte einen Arm um Stellas Schultern, deren Körper sich anspannte. »Wenn du auf Facebook warst, dann hast du ja auch gelesen, dass ich eine Mystery-Serie drehe, von der schon drei Staffeln bestätigt sind. Ich bin mir sicher, dass weitere folgen werden.«

Stella nickte. »So was wie ›Akte X‹?«

»Nein, eher wie ›Supernatural‹. Statt der Winchester-Brüder sind Espoir und ich die Delfenbach-Zwillinge.«

»Der Name klingt ziemlich deutsch.«

Jupiter hauchte ihr einen Kuss aufs Ohr. »Ganz genau. Und das ist auch der Punkt. Die Serie hat einen deutschen Produzenten und einen deutschen Regisseur und wird in Deutschland gedreht. Die ersten beiden Staffeln sogar vor allem in Norddeutschland. Es geht ums Biikebrennen, blutdürstige Meerjungfrauen, Wiedergänger aus der See und so weiter und so weiter.«

Stella schluckte. Das hörte sich nun nicht mehr so an, als würde ihr Freund in den nächsten Jahren um die Welt reisen. Vielleicht würden sie sich eher wesentlich öfter sehen.

Jupiter nahm ihre rechte Hand und küsste sie. »Stella, ich schwöre, dass ich das wirklich noch keiner anderen Frau gesagt habe, aber ich liebe dich. Ich möchte viel häufiger mit dir zusammen sein. Und deshalb möchte ich zu dir in dieses schnucklige kleine Häuschen ziehen. Ich kann alle Drehorte von hier aus problemlos erreichen. Was sagst du dazu?«

Stella hielt sich an einer Frikadelle fest, die sie zwischen Daumen und Zeigefinger geklemmt hatte. Bevor sie sich sortiert hatte und etwas erwidern konnte, löste sich ein schwarzer Schatten aus den Tiefen des Schlafzimmers, flog durch die Luft und riss die Frikadelle weg.

»Ich würde sogar die Katzen füttern, auch mit Fleisch.«

Stella nickte und wischte sich eine Träne aus den Augenwinkeln. Ob diese Träne nun von ihrem Lachanfall aufgrund Mafiosas akrobatischer Leistung kam oder vor Rührung, weil ihr Traummann ihr gerade gesagt hatte, dass er sie liebte und mit ihr zusammenziehen wollte, war im Nachhinein nicht mehr nachvollziehbar. Stella stellte den Teller mit den Antipasti zur Seite und ließ den Morgenmantel zu Boden gleiten. »Ich habe eine gute Idee, wie du die Miete abarbeiten kannst.«

DONNERSTAG, DEN 12. NOVEMBER 2015

Leider hatte das Wetter sich noch immer nicht beruhigt. Heute war Banu jedoch mit ihren fast kniehohen Gummistiefeln und ihrer absolut wasserdichten Outdoorjacke bestens gerüstet. Eine unglaublich gut gelaunte Stella hatte sie heute Morgen um 7 Uhr von zu Hause abgeholt, und da sie gegenläufig des morgendlichen Verkehrs aus der Stadt herausfuhren, waren sie schon um kurz nach 8 Uhr bei dem Biohotel. Stella kannte den Weg zur Villa Waldlust bereits und Banu lief einfach hinter ihr her. Da ihre Kollegin jedoch von irgendetwas dermaßen beflügelt war, dass sie geradezu über den Weg zu fliegen schien, hatte die kurzbeinigere Banu Schwierigkeiten mitzuhalten.

»Es war wohl gut gestern?«, fragte sie. Tatsächlich verlangsamte Stella ihren Schritt und drehte sich zu ihr um.

»Oh ja. Erstens war es ein toller Abend und zweitens wird Jupiter in einem Monat bei mir einziehen.« Stella grinste, als sie Banus überraschtes Gesicht sah. Banu freute sich zwar sehr für ihre Kollegin, wusste aber aus Erfahrung, dass Liebe im Alltag etwas anderes war als Liebe in einer Fernbeziehung. Und sie wusste auch nicht, ob sie Stella vielleicht noch Nachwuchs wünschen sollte, denn Liebe im Alltag mit Kindern stand noch mal wieder auf einem völlig anderen Blatt. Banu nahm sich eine

Minute Zeit, über ihre Ehe mit Tim nachzudenken, was sie selten tat, da alles immer so selbstverständlich war und zurzeit gut lief. Okay, sie hatten selten Sex. Aber wenn man seit mehr als 20 Jahren zusammen war, fiel man in der Regel nicht mehr jeden Tag übereinander her. Noch immer lachten sie über dieselben Dinge, teilten dieselbe politische Überzeugung und liebten dieselben Bücher, Filme und Songs. Dennoch neidete sie Tim zuweilen seine gute Beziehung zu ihrer Tochter. Denn Merve und sie waren nun einmal wie Feuer und Wasser. Vielleicht würde es sich in dem einen Jahr ändern, das Merve in Australien verbringen wollte. Eventuell war Abstand voneinander genau das, was sie im Moment brauchten.

»Guck mal, unsere Männer sind schon da.« Stella winkte dem kleinen Trupp zu, der bereits vor dem verkohlten Eingang des Hauses stand.

In diesem Moment holperte auch das Team der Spurensicherung in einem Geländewagen heran. Aufgrund des Regens musste die Stelle, an der nach der Zeitkapsel gegraben werden würde, mit einem Zelt abgedeckt werden. Außerdem war hier ja heute schweres Gerät wie Schaufel und Hacke vonnöten. Deshalb hatten sie sich für das Auto entschieden. Während die Ausgrabungsstelle gesichert wurde, ging Banu ins Innere der Ruine. Ihre Fantasie reichte gerade noch aus, sich vorzustellen, dass in diesem großen Raum hinter dem Eingangsbereich wahrscheinlich 25 bis 30 Personen ein halbes Jahr lang gemeinsam gegessen oder vielleicht gelesen oder gespielt hatten. Sie blickte aus dem leeren Fensterrahmen auf das verwilderte Grundstück. Sie war zwar kein Ass in Botanik, konnte aber einige Nutzpflanzen erkennen. Wahrscheinlich hatten die Jugendlichen hier auch unter Anleitung gegärtnert, was ja nach wie vor als erfolgreiche Verhaltenstherapie galt. Sie stieg über den Teil einer abgebrannten Wand in den nächsten Raum. Dieses war vermutlich die Küche gewesen. Es hingen Fragmente von Kacheln an den schwarzen Wänden und in der Ecke stand etwas, das aussah wie ein alter Ofen. Die Funktion des anschließenden Raumes erschloss Banu sich jedoch nicht ohne Weiteres. Er war deutlich kleiner als der Speiseraum, aber zu groß für ein Badezimmer.

Dahinter lag ein Zimmer, das wahrscheinlich als Schlafsaal genutzt worden war. Es war riesig. Banu vermutete, dass es einen Schlafraum für Mädchen und eventuell einen anderen für die Jungen auf einer anderen Etage gegeben hatte. Leider war die komplette Decke eingebrochen und zum größten Teil nicht mehr vorhanden. Aber es könnte sein, dass sich ein baugleicher Raum im ersten Stock befunden hatte.

»Banu, wir fangen an«, rief Thorsten. Banu ging zügig zurück zum Eingang, denn sie wollte nichts verpassen.

Der mühsamste Teil war es, die Grassode, die mit abgebröckeltem Mauerwerk und Baumwurzeln durchzogen war, abzutragen. Die Kollegen gingen dabei sorgfältig und vorsichtig vor, da niemand wusste, in welcher Tiefe die Zeitkapsel lag, und auch nicht, aus welchem Material sie gefertigt worden war. Dennoch dauerte es kaum 20 Minuten, bis eine der Schaufeln auf etwas Metallisches stieß. Banu blickte ihre Kollegen an. Die Spannung stand jedem ins Gesicht geschrieben.

Stella hockte sich hin, um besser in das gegrabene Erdloch sehen zu können. »Es sieht tatsächlich nach einer Schatulle aus. Nicht besonders groß, aber stabil.«

Erik Krüger, der heute die Gruppe von Kriminaltechnikern leitete, zog den Kasten an dem Griff herauf. Er sah aus wie eine große Kassette, in der man Wertsachen aufbewahrte. Auf der Vorderseite war eine Plakette angebracht, auf der drei Wörter und ein Datum standen.

»Zeitkapsel Projekt Alsterschwan, 15. Oktober 1970«, las Stella. Banu bekam eine leichte Gänsehaut. Dieser Fund konnte einen Durchbruch bei der Lösung des Falles bringen.

Erik Krüger begutachtete die Schatulle von allen Seiten und setzte dann beide Daumen auf zwei Einkerbungen, die sich links und rechts unter dem Deckel befanden. Sofort sprang der Deckel auf. »Tja, gelernt ist gelernt«, grinste der Kriminaltechniker, als der die bewundernden Blicke seiner umstehenden Kollegen sah. »Habt ihr auch alle Handschuhe an?« Banu nickte, während Stella sich beeilte, ein paar Plastikhandschuhe überzustreifen.

Thorsten legte seinen Kopf in den Nacken und blickte auf die Unterseite des Regendaches. »Das scheint ja dicht zu sein. Normalerweise würden wir den Kasten ja erst mal euch überlassen, aber es ist doch ziemlich unwahrscheinlich, dass sich von außen noch etwas forensisch Interessantes darauf befindet.«

Erik Krüger grinste. »Höchstens Regenwurmpipi.«

»Deshalb können wir jetzt schon mal einen Blick auf das Innere werfen.« Banu nahm sich eines der Röhrchen heraus, in dem ein zusammengerolltes Stück Papier steckte. Das Plastik und die umgebende Metallschicht hatten das Papier optimal vor Verwitterung geschützt.

»Elvira, 16 Jahre, schreibt: ›Wenn dies hier jemand findet, bin ich vielleicht schon eine Oma. Das ist aufregend. Ich freue mich, zu den Alsterschwänen zu gehören. Dank Dr. Wedemann und Dr. Borndieck bin ich ein neuer Mensch, fröhlich, lustig und freundlich. Ich möchte hiermit Danke sagen.‹ Das klingt doch sehr lebensbejahend.«

Gunnar entfaltete ein anderes Papier. »Thomas, 13 Jahre, schreibt: ›Lieber Leser, wahrscheinlich sind wir schon berühmt, wenn diese Kapsel geöffnet wird, denn unsere Ärzte haben eine Medizin erfunden, die uns alle friedlich macht und gut gelaunt. Das gab es vorher noch nie.‹

Banu nahm den Kasten in die Hand. »Also, da sind ja mindestens noch an die 20 weitere. Aber ich denke, dass es sinnvoll ist, sie alle hier zu lesen, falls es noch irgendeinen Hinweis gibt, dem wir hier vor Ort nachgehen können.« Thorsten nickte und nahm ebenfalls ein Plastikröhrchen in die Hand. So wechselten die Kollegen sich ab, bis sie auf die letzte Nachricht stießen. Sie war von Karl.

Banu überflog sie und schüttelte enttäuscht den Kopf. »Nicht der kleinste Hinweis, dass hier etwas nicht gestimmt haben könnte.«

Auch Stella schien leicht frustriert. »Es scheint hier ja die reinste Harmoniehütte gewesen zu sein. Mit Gruppenkuscheln und so.« Auf dem Boden der Schatulle lag noch ein großes Foto. »Und hier sind sie alle, die strahlenden Schwäne. Von den aggressiven hässlichen Entlein haben sie sich zu den allzeit friedlichen Schwänen entwickelt.« Stellas Stimme troff vor Ironie.

Gunnar nahm ihr das Foto aus der Hand und fragte: »Wieso betonst du das so? Es wäre doch toll, wenn es tatsächlich so ein Medikament geben würde.«

Stella schüttelte heftig den Kopf. »Wenn alles so glattgelaufen wäre, hätten die Überlebenden des Brandes doch wohl das Licht der Öffentlichkeit gesucht und über die Wunderdroge oder was auch immer berichtet. Aber wir haben nichts dergleichen in den Medien gefunden. Und auch die Nachkommen der Überlebenden wussten von dem ganzen Projekt nichts. Also mich stimmt das nachdenklich.«

Banu musterte die Gruppe der strahlenden Jugendlichen. »Und fast alle haben eine Anstecknadel. Zumindest ist es sehr wahrscheinlich, dass Fynn sie von seinem Opa bekommen hat. Vielleicht heimlich auf dem Sterbebett?«

Thorsten legte das Foto und das Nachrichten-Röhrchen, das er noch in der Hand hatte, wieder zurück in den Metallkasten und streckte sich. »Wahrscheinlich ist doch, dass die Jugendlichen nicht alles schreiben durften, was sie auf dem Herzen hatten. Es gibt nicht eine negative Bemerkung darin. Es ist also eher als Werbebotschaft für nachfolgende Generationen gedacht.«

»Aber Dr. Wedemann und Dr. Borndieck konnten ihren Erfolg nicht mehr genießen, denn sie sind ebenfalls verbrannt, oder?«

Armin nickte. »Dr. Peter Wedemann war tatsächlich sogar eine der wenigen Leichen, die identifiziert werden konnten.«

Erik Krüger hob den Kasten vom Boden auf. »Wir nehmen das Ganze jetzt mit und streuen da noch ein bisschen Zauberpulver drüber. Vielleicht ergibt sich ja etwas Interessantes.« Er übergab den Gegenstand einer Mitarbeiterin, die ihn in Richtung Auto trug. Dann wandte er sich an Thorsten. »Ihr könnt euch ja in Hamburg zusammensetzen und eure Schlüsse aus den Nachrichten ziehen. Wir sehen uns hier noch ein wenig um. Vielleicht finden wir irgendeinen Hinweis, der euch weiterbringt. Auch wenn dies alles schon 45 Jahre her ist, kann es noch Spuren geben, die etwas darüber aussagen, wie die Gruppe hier zusammengelebt hat.«

Thorsten gab das Zeichen zum Aufbruch, nahm seinen Rucksack vom Boden und ging auf den Waldweg zu, der sie wieder in die Zivilisation führte. Banu war deprimiert. Sie hatte sich mehr von dem Inhalt der Zeitkapsel versprochen und war nun enttäuscht. Aber wahrscheinlich hatten sie zu viel in Karls Postkartentext hereininterpretiert. Vielleicht hatte der Junge wirklich nur gewollt, dass die Kapsel möglichst schnell ausgegraben wurde, weil er so stolz gewesen war, der Gruppe der geläuterten Jugendlichen anzugehören.

Es war dieser spezielle Moment im Herbst, wenn der Tag mit einer kurzen Phase der Dämmerung direkt in die Nacht übergeht. Dita von Ribbeck hatte ihre Freundin Jule untergehakt und ging mit ihr den kleinen steilen Waldweg zur Bushaltestelle hinunter. Natürlich war Jule von ihren Eltern eingeschärft worden, immer auf der Straße zu bleiben, die durch das Wohngebiet führte. Aber zum Bus bedeutete dies einen Umweg von circa 15 Minuten. Dita hatte so getan, als hätte sie sich über ihre Freundin lustig gemacht, als diese lieber den langen Weg gehen wollte. Insgeheim ärgerte sie sich jedoch über ihre eigenen Eltern und deren mangelndes Interesse am Schicksal ihrer Kinder. Eigentlich war es kein Ärger, sondern eher Enttäuschung. Natürlich genoss Dita es, dass ihre Eltern ihr mehr oder weniger keine Regeln aufdrückten. Sie hatte schon immer selbst entscheiden können, wann sie nach Hause kommen und wann oder ob sie ihre Hausaufgaben machen wollte. Aber ein wenig Besorgnis zu zeigen, weil in ihrer Umgebung ein Mörder wohnte, der es offensichtlich auf Jugendliche abgesehen hatte, war doch vielleicht nicht zu viel verlangt. Dita hatte den Eindruck, dass sie ihren Eltern gleichgültig war. Und auch wenn sie es vor ihren Freunden nie zugegeben hätte, machte sie das traurig. Sie kickte einen Stein über den sandigen Weg. Jule zuckte zusammen, als der Stein mit einem dumpfen Geräusch gegen den Zaun stieß, der das Grundstück der Frielings umgab.

»Irgendwie sind wir die Einzigen, die sich nicht an die Anweisungen ihrer Eltern halten«, murmelte sie und zog ihre Schultern hoch.

»Ich habe keine Anweisungen«, entgegnete Dita. »Und außerdem wolltest du doch pünktlich beim ›Donnerwetter‹ sein. Wenn du nicht Stunden fürs Schminken gebraucht hättest, hätten wir auch den langen Weg gehen können. Aber dann wäre vielleicht kein Platz mehr am Tisch von Sergio frei.« Sie blinzelte ihrer Freundin zu, war jedoch nicht sicher, ob diese das aufgrund der zunehmenden Dunkelheit wahrnahm. Jule musste zugeben, dass sie es unterschätzt hatte, einen steil bergab führenden Weg, der fast nur aus Baumwurzeln zu bestehen schien, auf hochhackigen Schuhen herunterzugehen. Sie kamen nicht besonders schnell voran und bewegten sich noch immer rechts am Grundstück der Frielings entlang. Da die von Ribbecks einige Straßen weiter entfernt wohnten, kannte Dita die Anwohner in Jules Nachbarschaft kaum. Aber Siegfried Frieling war ihr einmal bei dem 50. Geburtstag von Jules Vater begegnet, auf dem sie als Servicekraft mitgeholfen hatte, die Gäste zu bedienen. Er hatte sie so ungeniert angestarrt, dass es ihr unangenehm gewesen war. Seiner gebotoxten Frau war sein Blick nicht entgangen.

Aus den Augenwinkeln sah Dita, wie sich auf dem Grundstück neben ihr plötzlich etwas bewegte. Jule hatte es ebenfalls gesehen, denn ihr Griff an ihrem Arm wurde deutlich fester.

»War das ein Eichhörnchen?«, fragte sie leise. »Bleib mal stehen.« Es gab mehr als eine Eigenschaft, die Dita an sich selbst nicht besonders mochte. Aber dass sie fast zwanghaft immer und überall den Eindruck erwecken musste, die Mutigste zu sein, hasste sie regelrecht. Vielleicht war es deshalb, weil sie mit ihrem weißen Haar und den eisblauen Augen auf viele so überheblich wirkte, dass sie das auch ausleben musste. Was sagte ihr weiser Bruder Theo immer? »Vorsicht ist keine Feigheit, Leichtsinn ist kein Mut.« Es war ja nicht so, dass sie nicht auf ihn hörte. Aber er war ja nun mal im Moment nicht hier. »Ich gehe mal schnell an den Zaun und werfe einen Blick hinüber. Und du bleibst hier stehen und rührst dich nicht vom Fleck.« Jule nickte ängstlich. Wie ein Krebs machte Dita zwei Seitwärtsschritte Richtung Grundstück der Frielings. Und tatsächlich sah sie einen braunen Klumpen, der zusammengekauert neben der Hecke saß, die das Grundstück begrenzte, und genussvoll seufzend auf etwas herumkaute. Dita atmete hörbar erleichtert aus. »Das ist nur der hässliche kleine Köter.«

»Dann lass uns schnell weitergehen, sonst verpassen wir den Bus.«

Aber Dita hatte eben etwas gesehen, was sie stutzig machte. Dem kleinen Mops hing etwas Weißes aus dem Maul. Sie konnte es nicht genau erkennen, denn es war ziemlich dunkel, aber das Muster auf dem Stück Tuch erinnerte sie an irgendetwas. Sie lehnte sich über den Zaun und bekam ein Ende des Stoffs zu fassen. Der Hund knurrte, da er wohl nicht bereit war, seine Beute mit jemandem zu teilen. Zum Glück war er zu wohlerzogen, um nach ihr zu schnappen. Nach kurzem Ringen hatte sie ihm den Fetzen entrissen. Es handelte sich tatsächlich um ein Stück Baumwolle, vermutlich von einem T-Shirt. Es war weiß mit einem keltischen Muster darauf. Langsam dämmerte Dita, in welchem Zusammenhang sie dieses Design schon einmal gesehen hatte. Als sie den Fetzen in der Hand hin- und herdrehte, sah sie noch einen anderen dunklen Fleck. Als sie darüberstrich, lösten sich einzelne Partikel und fielen zu Boden. Sie hielt den Stoff an die Nase, roch daran und zog ihn entsetzt wieder weg. Dita war sich ziemlich sicher, dass dieser Fleck eingetrocknetes Blut sein musste.

DIE ZEITKAPSEL

Und wieder einmal mussten wir heile Welt spielen. Es war Mitte Oktober, als wir alle in den Aufenthaltsraum gerufen wurden. Dr. Borndieck stellte eine metallische Schmuckkassette vor uns auf einem der Tische ab. Süßlich lächelnd erklärte Dr. Wedemann, dass wir nun eine Zeitkapsel mit Botschaften bestücken und in der Erde vergraben würden. Die Generation nach uns, die diese Kapsel finden würde, sollte nachvollziehen können, wie froh wir darüber waren, der Menschheit zeigen zu können, wie wir einen Weg ins gewaltfreie Leben gefunden haben.

Über Hans-Nathans Bemerkung, was wir denn über dieses verschissene Lager schreiben sollten, gingen die beiden Ärzte stillschweigend hinweg. Einer der Erzieher teilte kleine unlinierte Zettel aus und wir wurden aufgefordert, kurze Briefe zu schreiben, die dann wieder eingesammelt und den Ärzten ausgehändigt wurden. Hans-Nathan, Dietmar und einige andere mussten ihre Botschaften mehrfach schreiben, da sie offensichtlich nicht den Inhalt hatten, der gewünscht war. Bei Hans-Nathan war es sogar so, dass alle drei Erzieher und beide Ärzte sich um ihn herumstellen mussten und ihm quasi die Hand führten, damit ein Text zu ihrer Zufriedenheit herauskam. Ich war mir sicher, dass das Versenken der Zeitkapsel in der Erde noch vor zwei Monaten ein festlicher Akt gewesen wäre, aber die Stimmung war so gedrückt, dass die Schatulle jetzt still und heimlich von den Erziehern vor dem Eingang vergraben wurde. In dieser Nacht konnte ich mal wieder nicht schlafen, denn ich musste immer wieder an den Abend denken, als Friedrich Hohndorff das letzte Mal zu Besuch war. Wie sich noch am selben Tag herausgestellt hatte, hatten Dietmar, Hans-Nathan, Franz-Josef, Elli und Gudrun vom Nachmittag an tief und fest in ihren Betten gelegen und geschlafen. Was mich stutzig machte, war zum einen, dass sie selbst dann nicht aufwachten, als wir anderen abends in den Schlafsaal kamen. Zum anderen war der Schlafsaal von außen abgeschlossen gewesen. Den Schlüssel hatten die Erzieher. Für mich deutete alles darauf hin, dass meine Freunde betäubt worden waren, weil sie Herrn Hohndorff nicht präsentiert werden sollten. Ich behielt meinen Verdacht aber zunächst für mich. Später weihte ich jedoch Ela ein, was sich als großer Fehler erweisen sollte. Was mir auch einige Sorgen bereitete, war die Aussage der Ärzte, dass sie »die friedlicheren behalten würden«, wenn es zu einem Scheitern des Projekts kommen sollte. Denn die Frage war ja: Was sollte mit den anderen passieren? Ich konnte mir nicht vorstellen, dass sie mittlerweile die doppelt so gewalttätigen Jugendlichen einfach so in die Freiheit entlassen würden. Und das Gefasel von der Weitergabe an die Nachkommen kam mir immer merkwürdiger vor, je länger ich darüber nachdachte. Aber sowohl Dr. Wedemann als auch Dr.Borndieck hatten hundertprozentig überzeugt geklungen. Der Mond beleuchtete das Zimmer, als ich aus dem Bett stieg und den Flur hinunterging. Ich hatte mir überlegt, dass ich der Nachwelt hinterlassen wollte, wie es hier wirklich zuging. Auch wenn ich vielleicht nicht mehr leben würde, wenn jemand diese Nachricht las. Ich schrieb also eine kurze Botschaft und steckte sie in ein Plastikröhrchen. Die Haustür war nachts zwar immer verschlossen, aber ich wusste inzwischen, wo ein Notfallschlüssel versteckt war. Ich vergrub meine Nachricht kurz über der Zeitkapsel in der Erde und legte mich wieder ins Bett. In dieser Nacht fand ich keinen Schlaf mehr.

FREITAG, DEN 13. NOVEMBER 2015

Stella hatte nur rasch einen Kaffee heruntergekippt, ein vertrocknetes Croissant aus dem Brotkasten genommen und den Katzen Trockenfutter in die Näpfe geschüttet. Thorsten Fock hatte sie schon heute Morgen um 8 Uhr angerufen und etwas von einem sensationellen Fund gemurmelt. Um halb neun war sie bereits ins Auto gestiegen und hatte das beschauliche Blankenese in Richtung Polizeipräsidium verlassen.

Jupiter hatte sich gestern mit dem Regisseur der ersten Staffel von »Im Namen der Ahnen« in der Nähe von Schleswig getroffen und dort die Nacht in einem Hotel verbracht. Er würde im Laufe des Vormittags zurückkommen und alles für die spontane Dinnerparty vorbereiten, die sie heute geben wollten, um Stellas besten Freundinnen die freudige Botschaft von Jupiters baldigem Einzug zu überbringen. Zwar hatte Paul, Olivias Ehemann und großer Fußballfan, zunächst mit der Zusage gezögert, da die deutsche Fußballnationalmannschaft am Abend in Paris gegen Frankreich spielen würde. Der Kompromiss, dass der Fernseher im Hintergrund laufen könnte, hatte ihn jedoch umgestimmt. Auch Bounty und Tammo hatten tatsächlich kurzfristig einen Babysitter gefunden und würden ebenfalls kommen. Und damit würde Stellas kleines Fischerhäuschen auch schon fast voll sein.

Eine halbe Stunde später saß sie neben Banu am Tisch im Besprechungszimmer der Mordbereitschaft 5 und entrollte die Nachricht, die die Kriminaltechniker gestern am späten Nachmittag in dem Erdloch gefunden hatten, in dem auch die Zeitkapsel vergraben gewesen war. Anscheinend hatte Karl, kurz nachdem die eigentliche Schatulle in die Erde eingelassen worden war, ein Plastikröllchen mit einer weiteren Nachricht gefüllt und ein paar Zentimeter über der Zeitkapsel in die Erde gesteckt. Es war jedoch zunächst im Aushub gelandet, da es kurz unter der Grasnarbe von mehreren Pflanzenwurzeln umschlungen gewesen war. Erst als die Kriminaltechniker das Loch wieder zuschütten wollten, war das kleine Gefäß aufgefallen. Stella trudelte als Letzte heute Morgen ein. Ihre Kollegen hatten den kurzen Brief bereits angesehen, aber ihr Chef bat sie, die Nachricht laut vorzulesen.

»›Liebe Nachwelt‹«, las Stella, »›heute wurde eine Zeitkapsel in der Erde versenkt. Wir haben alle Nachrichten dort hineingetan, die kontrolliert wurden. Aber es ist hier ganz anders. Das Projekt Alsterschwan ist eine Lüge. Niemand ist hier friedlich geworden, im Gegenteil wird die Wut vieler immer größer und unkontrollierbarer. Aber Dr. Wedemann und Dr. Borndieck halten an ihren Forschungen fest. Nachdem sie gemerkt haben, dass nicht alles so läuft, wie sie möchten, haben sie sich auf eine neue Idee gestürzt. Nicht wir werden friedlich, sondern das Medikament macht etwas mit unseren Nachkommen. Es verändert angeblich das, was wir in uns haben und an unsere Kinder weitergeben, die Gene. Selbst wenn wir unsere Wut nicht ablegen, können wir Sanftmut an unsere Nachkommen vererben. Wir können hier nicht raus. Ich fürchte, dass es bald Tote geben wird. Hier schreibt Karl, 15 Jahre alt.‹« Stella lehnte sich zurück und legte die Nachricht, die sich sofort wieder einrollte, auf den Tisch. »Das ist ja der Hammer!«

Banu schüttelte angewidert den Kopf. »Genau wie ich vermutet habe. Illegale Forschung an Kindern und Jugendlichen. Natürlich gut vertuscht.«

Gunnar knetete gedankenverloren auf seiner Unterlippe. »Die Frage ist aber doch, warum keiner der Überlebenden des Brandes jemals ein Wort darüber verloren hat. Gut, Karl ist selbst verbrannt, aber fünf Jugendliche haben überlebt.«

»Vielleicht standen sie mit den beiden Ärzten im Bunde«, mutmaßte Thorsten. »Oder sie haben in ihrer Zeit in der Villa Waldlust selbst etwas Schreckliches getan, was nicht ans Tageslicht kommen sollte, und sie hatten Angst, dass es rauskommt, wenn sie auspacken.«

Banu stand auf und ging zum Fenster. »Da könnte etwas dran sein. Aber was mich interessiert, ist die Frage nach der dauerhaften Veränderung des Erbguts durch Medikamente. Ist so was überhaupt möglich?«

Stella blickte in die ratlosen Gesichter ihrer Kollegen. Dann griff sie nach ihrem Handy und schrieb eine Nachricht an den mit Abstand intelligentesten Menschen, den sie kannte. Etwas essen würde sie heute Mittag sowieso. Da konnte sie das Angenehme gleich mit dem Praktischen verbinden.

Das kleine italienische Restaurant am Schulterblatt war voll bis auf den letzten Platz. Stella ließ ihren Blick suchend über die Tische gleiten. Der Journalist, mit dem sie sich spontan zum Mittagessen verabredet hatte, saß in einer der hinteren Ecken an einem Zweiertisch. Er hatte seine Tasche neben sich auf den freien Stuhl gestellt und so den Platz für Stella besetzt. Allerdings strahlte die ganze Aura von Jan Domingo eine solche Arroganz aus, dass ihn wahrscheinlich niemand angesprochen hätte, ob der Platz neben ihm noch frei sei. Stella hatte Jan mindestens ein halbes Jahr nicht gesehen. Er hatte ihnen sowohl bei den Ermittlungen vor einigen Jahren im Fall Henning Manteuffel als auch im Mordfall auf Neßsand, der mittlerweile drei Jahre zurücklag, ziemlich wichtige Hinweise geliefert. Da Stella und er sich in der Vergangenheit immer wieder mal in verschiedensten Zusammenhängen über den Weg gelaufen waren, hatten sie beschlossen, sich zu duzen. Anfangs war Stella dies schwergefallen, denn Jans Wesen war alles andere als einnehmend. Er war ausnehmend intelligent, hatte jedoch, außer seiner Freundin, keine nennenswerten sozialen Kontakte und legte anscheinend keinen Wert darauf. Allerdings war er auch einer der attraktivsten Männer, die ihr jemals begegnet waren. Schon so manches Mal hatte sie darüber nachgedacht, ob sie sich zu ihm hingezogen fühlen würde, wenn er nicht 15 Jahre jünger wäre als sie. Heute allerdings, mit der Aussicht, demnächst jeden Morgen neben einem mindestens ebenso gut aussehenden und zudem auch noch sympathischen Mann aufzuwachen, war sie immun gegen solche Gedanken. Jan nickte Stella zu und zeigte auf den Platz neben ihm. Da er jedoch keine Anstalten machte, seine Tasche vom Stuhl zu nehmen, griff Stella danach und stellte sie auf den Boden. Dann griff sie zur Speisekarte und winkte die Bedienung heran. »Hast du schon bestellt, Jan? Ich lade dich ein. Im Gegenzug gibst du mir Informationen. Ich nehme das Rindersteak. Ganz blutig, bitte.«

Ein Lächeln machte Jans kantige Züge weicher. »Wenn das so ist, bestelle ich doch die gegrillte Dorade. Hätte ich selber bezahlen müssen, hätte ich die Pasta all'arrabiata genommen.«

Stella grinste. »Dann will ich aber auch etwas hören.«

Jan griff nach seiner Serviette, faltete sie auseinander und legte sie auf seinen Schoß. »Ich habe dir ja schon geschrieben, dass Bio zwar eines meiner Abifächer war und ich natürlich auch 15 Punkte in Bio hatte.«

»Natürlich«, sagte Stella. »Ich habe auch nichts anderes erwartet.«

»Aber wie bereits geschrieben, habe ich mich trotzdem noch mit einem entfernten Bekannten besprochen, der im Institut für Humangenetik arbeitet.«

Stella trommelte mit den Fingern auf dem Tisch. Jan schien darüber hinwegzusehen und nahm einen langen Schluck aus seinem Wasserglas. »Das Zauberwort lautet Keimbahnmutation. Die Mutation ist in den Keimzellen angelegt und wird an die Nachkommen weitergegeben.« Jan musste Stellas Blick richtig interpretiert haben, denn er fügte rasch hinzu: »An deinen Intellekt angepasst, hier ein simples Beispiel. Kennst du Spiderman?«

Stella nickte.

»Peter Parker wurde ja von einer radioaktiven Spinne gebissen und kann deshalb an Wänden hochklettern und Klebefäden aus seinen Händen schießen lassen. Können seine Nachfahren dies auch, obwohl sie ja selbst nicht gebissen wurden, hat er es also durch seine Gene weitergegeben. Dann handelt es sich um eine Keimbahnmutation.«

»Aha, und kann so etwas auch durch Medikamente ausgelöst werden?«

»Ja, ich denke schon. Ausgelöst werden Mutationen von sogenannten Mutagenen, die eine Veränderung im Erbgut von Menschen auslösen können. Um bei unserem Beispiel zu bleiben: Bei Peter war das Mutagen der radioaktive Stoff, der in dem Speichel der Spinne war, die ihn gebissen hat. Es kommen eine Vielzahl von chemischen und physikalischen Substanzen als Mutagene infrage. Und es sind noch lange nicht alle erforscht.«

Stella wusste, dass Jan sich enorme Mühe gab, ihr in verständlicher Form die menschliche Genetik nahezubringen. Und tatsächlich hatte sie auch das allermeiste verstanden. Aber gerade was den aktuellen Fall anging, war eine Frage für sie noch von besonderem Interesse. »Gibt es ein Gen, das beim Menschen für aggressives Verhalten verantwortlich ist?«

Jan zögerte. Stella vermutete, dass er in seinem Kopf den Übersetzer »Fachsprache in Stellas Sprache« aufrief. »Ich habe gerade neulich einen Artikel darüber gelesen. Es gibt aktuelle Forschungen dazu. Stand heute ist, dass es einen Zusammenhang zwischen der Aktivierung von Botenstoffen durch ein bestimmtes Gen und verstärkter Aggressivität gibt. Je weniger aktiv das Gen Enzyme steuert, desto höher ist das Aggressionspotenzial. Dies hängt aber wohl zusätzlich noch mit bestimmten Umweltfaktoren zusammen. Du wirst mir wahrscheinlich nicht sagen, warum du das alles wissen willst, oder?«

Stella versuchte, möglichst viel Autorität in ihren Blick zu legen. »Natürlich nicht. Das weißt du ganz genau. Aber du hast dir deine Dorade redlich verdient, mein Lieber. Ich denke, ich bin jetzt deutlich besser informiert.«

Jan seufzte. »Und falls es bei euch jemanden gibt, der ein wenig mehr Ahnung von der Materie hat, würde ich mich statt wie mit dir jetzt in Teletubbie-Sprache gern in Fachwörtern unterhalten.« Stella rollte mit den Augen, war dann aber sehr froh, als das Essen kam und sie schweigend noch einmal rekapitulieren konnte, was Jan ihr gerade erzählt hatte. Zumindest hatte sie jetzt schon ein gewisses Backgroundwissen und würde sogar die eine oder andere intelligente Frage stellen können, wenn sie später selber noch mal mit einem Genetiker im Detail darüber sprechen würde.

Der Laserdrucker warf Papier um Papier aus und Charles blickte besorgt auf die letzten Bögen, da die Druckerpatrone nahezu leer war. Er atmete auf, als auch die letzte Seite noch gut lesbar ausgedruckt vor ihm lag, und ordnete die Papiere gerade übereinander an. Ein halbes Jahr seines Lebens, zusammengeschrieben auf 50 Seiten. Charles wusste nicht, ob das, was er geschrieben hatte, irgendeine Relevanz hatte, aber tatsächlich ging es ihm jetzt besser. Eigentlich wollte er den Umschlag mit der Geschichte jetzt gleich in den Briefkasten werfen. Dann konnte er es sich nicht mehr anders überlegen. Er hatte bereits die Adresse des Polizeipräsidiums in Hamburg herausgesucht und schrieb sie in Druckschrift auf den Umschlag. Das Problem war nur, dass ihm eine Briefmarke fehlte, um diesen schweren Brief ausreichend zu frankieren. Er blickte auf seine Armbanduhr. Es war bereits nach 19 Uhr. Die Post hatte schon geschlossen. Und er hatte noch etwas vor. Über dem Schreiben hatte er die Zeit ganz vergessen. Charles zog die Schublade seines Nachtschränkchens auf und legte den Umschlag hinein. Morgen Vormittag wollte er über den Marché des Enfants Rouges im Marais bummeln und danach noch einen Espresso trinken. Er konnte auf dem Weg dorthin bei der Post vorbeigehen. Charles ging zu der Magnetwand, die über seinem Schreibtisch hing, und nahm die Konzertkarte ab. Seine Lieblingsband, die Eagles of Death Metal, spielten heute im Bataclan-Theater am Boulevard Voltaire. Er hatte jedes Album der Band seit der Gründung vor fast 20 Jahren gekauft und gemeinsam mit Michelle zu der rhythmischen Rockmusik getanzt. Es waren kaum noch Mitglieder von der alten Besetzung dabei, aber er und die Band waren zusammen gealtert. Zwar hätte die abergläubische Michelle niemals an einem Freitag den 13. das Haus verlassen, aber sie war ja nicht mehr hier und konnte ihn nicht daran hindern. Wehmütig lächelte er das Foto seiner verstorbenen Frau an, das in einem silbernen Rahmen auf seinem Schreibtisch stand, und warf ihm eine Kusshand zu. Dann griff er sich seinen dicken Parka und zog die Tür ins Schloss.

Stella war gerade dabei, ihren Schlüssel aus der Jackeninnentasche hervorzukramen, als die Haustür sich öffnete.

»Ich habe das Quietschen der Gartenpforte gehört«, sagte Jupiter. »Da muss wohl mal jemand mit Öl ran.«

»Wie schön, dass ich bald einen Mann im Haus habe, der sich um all diese Dinge kümmert.« Stella zog ihre Stiefel aus und stellte sie auf den Holzboden neben den Fußabtreter mit der Aufschrift »Tritt ein. Bring Glück herein. Aber keinen Straßenschmutz!«. Sofort kam der zierliche orange-weiße Kater Shir Khan angelaufen und rieb sich an ihren Beinen. Das Sofa war bereits voll besetzt mit Bounty, Olivia und ihrem kleinen Border Terrier Pauli. Stella fand es nicht ganz so originell, dass der Hund hieß wie sein Herrchen. Da Pauli jedoch schon drei Jahre alt gewesen war, als Olivia ihn von einer Freundin übernommen hatte, die ins Ausland gegangen war, und er bereits auf seinen Namen hörte, hatte es keinen Sinn mehr, ihn umzubenennen. Stella beugte sich hinunter und kraulte den Hund zwischen den Ohren. Insgeheim hatte sie ihm den Namen »Ewok« gegeben, da sie fand, dass er aussah wie eines der pelzigen, teddyähnlichen Wesen in einem der Star-Wars-Filme. Während die beiden Frauen jede ein Glas Sekt in der Hand hielten und Bounty gerade in gespieltem Entsetzen von Fleurs erstem Wort erzählte, standen Tammo, Paul der Mensch und Jupiter an der Arbeitsplatte der Küchenzeile und schnitten Tomaten, Mozzarella und Basilikumblätter für den Salat.

»Was soll ich Fleur denn sagen, wenn sie fragt, was ihr erstes Wort war? Soll ich lügen?«

Olivia schüttelte ihre lange rote Mähne und lachte. »Ach Quatsch. ›Titten‹ ist doch viel origineller als Mama oder Papa. Das macht sie zu etwas ganz Besonderem.«

Stella schenkte sich einen Sekt ein und setzte sich zu ihren Freundinnen. »Wahrscheinlich wird sie mal plastische Chirurgin. Mit dem Spezialgebiet Brustvergrößerung.«

»Oder Oben-ohne-Model«, seufzte Bounty. Sie schlug ihre Beine übereinander und nahm sich eine Olive aus dem kleinen Schälchen, das auf dem Tisch stand.

Stella fiel auf, wie viel entspannter Bounty heute Abend aussah. Die Aussicht auf einen baldigen Umzug aus dem migrantenfeindlichen Umland nach Hamburg hatte das Strahlen zurück in das Gesicht ihrer Freundin gebracht.

Bounty hob ihr Glas. »Tammo und ich haben heute etwas zu feiern. Wir haben uns, bevor wie hierher zu Stella gefahren sind, die Wohnung von Olivias Kundin angesehen. Und, was soll ich sagen? Sie ist genau das, was wir haben möchten.«

Stella umarmte ihre Freundin, wobei ein wenig Sekt aus ihrem Glas über den kleinen Hund schwappte, der ihn begeistert ableckte. »Na so was. Man merkt, Pauli ist dein Hund, Olli.«

»Ach was, bei uns kriegt er nur Veuve Cliquot.«

»Wann zieht ihr ein?«

»Das ist überhaupt das Beste. Wir könnten eigentlich sofort einziehen. Und das werden wir auch zum nächsten ersten. Tammo und ich sind uns einig, dass wir die drei Monate Miete für unser Reihenhaus zwar noch zahlen, aber dennoch unser Heil in der Flucht suchen. Wir wollen keine Minute länger als nötig bei diesen Nazis bleiben. Lieber ein Ende mit Schrecken als ein Schrecken ohne Ende.«

Olivia erhob erneut ihr Glas. »Darauf trinken wir.«

Jupiter stellte einen mit Ciabatta gefüllten Brotkorb

auf den Esstisch, nahm die Sektflasche aus dem Flaschenkühler und schenkte den drei Freundinnen nach. Er trank zwar so gut wie keinen Alkohol, tolerierte es jedoch, dass seine Freundin dann und wann mal ein wenig tiefer ins Glas schaute.

Stella fand, bei so viel guter Stimmung war jetzt genau der richtige Zeitpunkt, um ebenfalls eine gute Nachricht zu verkünden. Sie stand auf, stellte sich neben Jupiter und nahm seine linke Hand in ihre rechte. »Und wir haben euch auch etwas zu sagen. Jupiter wird in den nächsten Jahren in Deutschland drehen. Und im Dezember zieht er hier ein.« Stella war sehr zufrieden mit der Wirkung, die ihre Worte auf die Gäste hatte. Zunächst erstarrten alle für eine Zehntelsekunde in ihren Bewegungen. Olivia und Bounty, während sie gerade dabei waren, ihre Sektgläser zum Mund zu führen, und Tammo und Paul beim Hacken der Kräuter. Dann sprang Olivia auf, wobei sie fast über den empörten Pauli fiel, und stellte sich an den Kopf des Esstisches.

»Ich erhebe mein Glas auf alle Ein- und Umzüge, die noch vor Weihnachten stattfinden werden. Auf dass ihr alle miteinander in eurer neuen Heimat glücklich werden mögt.« Dann zwinkerte sie Stella zu. »Und wenn ihr heiraten wollt, was ja der nächste logische Schritt wäre, sagst du mir bitte rechtzeitig Bescheid. Ich habe schon die perfekte Location für euch im Auge.«

Jupiter bat ihre Gäste Platz zu nehmen, denn schließlich war um 21 Uhr Anpfiff im Stade de France. Und nicht nur Paul, sondern eigentlich alle bis auf Stella, die sich nicht sonderlich für Fußball interessierte, wollten das Spiel sehen.

Paul und Olivia, die in einem bewaldeten Gebiet ein paar Kilometer südlich von der Stadtgrenze wohnten, hatten von einem ansässigen Jäger einen Rehbraten gekauft. Jupiter und Stella hatten zunächst protestiert, da sie ja diejenigen gewesen waren, die die Einladung ausgesprochen hatten. Aber Paul hatte dann mehr im Scherz gesagt, dass zu einer Dinnerparty ein ordentliches Stück Fleisch dazugehöre. Jupiter dürfte ja ruhig auf seinem Tofuschnitzel herumkauen, aber er hätte schon gern ein Stück totes Tier. Da Jupiter und Paul sich schon von mehreren Dreharbeiten kannten, denn Paul war als Maskenbildner ziemlich gefragt, nahm er ihm diesen Spruch nicht übel. Stella war allerdings heute Abend ausnahmsweise mal nicht nach Fleisch, das innen noch rosa war. Stella musste plötzlich an Dita von Ribbeck denken, das Mädchen, das Zeuge von Fynns Tod geworden war. Sie war mit ihrer Freundin Jule heute Nachmittag noch im Polizeipräsidium erschienen und hatte einen Fetzen Stoff abgegeben. Sie hatten ihn auf dem Grundstück der Frielings gefunden. Es sah so aus, als würde ein Blutfleck darauf sein. Dita konnte sich daran erinnern, dass Fynn ein Shirt mit diesem Muster getragen hatte. Natürlich wurde es sofort an die Forensik geschickt. Mit Sicherheit hatten sie die Ergebnisse morgen im Laufe des Vormittags. Obwohl sie nicht mit Wochenenddienst dran waren, hatten sich die Kollegen der Mordbereitschaft 5 besprochen, dass sie sich morgen gegen Mittag im Präsidium treffen würden. Durch den Brief von Karl, die Informationen von Jan Domingo und nun auch noch den Fund, den Dita und Jule gemacht hatten, gab es einiges, dem sie nachgehen wollten, bevor das Wochenende startete. Falls sich nichts Neues ergeben würde, konnten sie zumindest den Sonntag freinehmen. Stella hatte das Gefühl, dass sie sich kurz vor einem Durchbruch befanden. Sie merkte, wie Jupiter sie aus den Augenwinkeln beobachtete, weil sie so lustlos in ihrem Fleisch herumstocherte. Um ihm zu zeigen, dass sie nichts mit dem Magen hatte, nahm sie die Bratkartoffeln und lud sich eine riesige Portion auf ihren Teller. Die Gespräche bei Tisch drehten sich vor allem um die geplanten Um- und Einzüge. Natürlich sagten alle Freundinnen samt Anhang Bounty Unterstützung beim Transport der Möbel zu. Tatsächlich hatten Tammo und Bounty auch bereits das letzte Novemberwochenende dafür festgelegt.

Nachdem alle das Reh und die diversen Beilagen verspeist hatten, fragte Paul mit Blick auf seine Uhr, ob er die Käseplatte mit zum Fernseher nehmen könnte, denn in zehn Minuten sei der Anpfiff. Während Stella und Jupiter den Tisch ab- und die Geschirrspülmaschine einräumten, quetschten sich die anderen auf das Sofa.

»Und die Gastgeber?«, fragte Bounty. Stella griff sich ein Kissen von einem der Stühle und nahm auf dem Fußboden Platz. Jupiter setzte sich hinter sie und umfasste ihre Schultern. Stella lehnte sich gegen ihn und war plötzlich unendlich glücklich und unglaublich müde zugleich. Satt von den vielen Kohlenhydraten und erschöpft von dem ereignisreichen Tag fielen ihr die Augen zu. Um ungefähr 21.20 Uhr wurde sie aus ihrem leichten Schlaf geweckt, als ein Knall das Fußballstadion im Norden von Paris erschütterte.

STINE

Niemand von uns wusste, warum Stine eigentlich in unser Projekt gekommen war. Sie war etwas jünger als die meisten von uns, klein und schmächtig. Wenn sie ging, zog sie ihr Bein etwas nach. Wir hatten in unserer Gruppe häufiger darüber gesprochen, dass keiner sich so recht erinnern konnte, was damals über Stines Straftaten gesagt worden war. Ich wusste als Einziger, dass sie auch zu der Placebo-Gruppe gehörte. Ich war permanent das ganze halbe Jahr über in kleinere und größere Streitigkeiten verwickelt gewesen. Das wunderte mich jetzt nicht mehr, da ich ja wusste, dass ich das Wundermedikament nie bekommen hatte. Aber Stine war die ganze Zeit über Konflikten aus dem Weg gegangen. Vielleicht hatte sie eine dunkle Seele, die sie niemandem offenbarte? Ich nahm mir vor, sie danach zu fragen, aber dazu sollte es nicht mehr kommen. Es war ungewöhnlich warm für Anfang November und wir saßen draußen ein wenig abseits von den anderen an dem Ende des Grundstücks, das so dicht am Wald lag, dass die Feuerstelle von Bäumen umgeben war. Auch wenn bereits alle Blätter gefallen waren und als bunte Schicht auf dem Rasen lagen, bildeten einige immergrüne Büsche einen Sichtschutz. In den vergangenen friedlichen Zeiten hatten die Gruppen sich damit abgewechselt, wer hier abends zusammensitzen durfte. Aber seit Hans-Nathan und Dietmar zwei der anderen Gruppenführer zusammengeschlagen hatten, hatten wir dieses stille Plätzchen jeden Abend für uns. Ich habe bis heute nicht verstanden, warum die beiden Ärzte das Projekt nicht zu diesem Zeitpunkt bereits abbrachen, denn ich vermutete, dass auch sie mittlerweile Angst vor den Schlägern hatten, aber vielleicht waren sie doch verrückt genug zu glauben, dass die verbleibenden vier Wochen letztlich noch die Wende bringen würden. Und mit Sicherheit steckte auch eine Menge Geld dahinter. »Neger, sammle mal Feuerholz«, sagte Franz-Josef. Da ich keinen Streit wollte, stand ich auf und wollte den Kreis verlassen, als ich sah, wie Stine die Blätter des Buschs zur Seite hielt, um sich zu uns zu setzen. Ich hatte bereits bei mehreren Gelegenheiten bemerkt, dass sie kein Pokerface hatte. »Da kommt die kleine Petze«, sagte Hans-Nathan. Stine blickte erschrocken und wollte wieder gehen, aber Elli packte sie an der Schulter. »Setz dich doch zu uns«, sagte sie honigsüß und wies auf den Platz neben sich. Stine sah Hilfe suchend zu mir, aber ich sah zu Boden und wich ihrem Blick aus. Ich wusste, dass es mir schlecht ergehen würde, wenn jemand aus meiner Gruppe erfuhr, dass ich ein Spitzel war. Also setzte sie sich. »Wie kommst du auf die Idee?«, stotterte sie. Elli und Dietmar, der auf der anderen Seite neben Stine saß, rückten so dicht an sie heran, dass sie aussah wie eine Scheibe Salami zwischen zwei Brothälften. »Ich habe gestern gesehen, wie du kopfschüttelnd aus Ingos Gruppe gekommen und dann ganz schnell zu einem dieser beiden Quacksalber gegangen bist, um ihm etwas zu erzählen«, sagte Gudrun. Hans-Nathan zog eine Augenbraue hoch und blickte Stine strafend an. »Ist das so, du kleine

Schlampe?« Stine schüttelte heftig den Kopf. Leider sah sie dabei so ängstlich aus, dass sie alles andere als glaubhaft war. Und, was mir gar nicht gefiel, sie starrte die ganze Zeit zu mir. »Warum guckt sie dich so an, Neger?« »Was weiß ich«, erwiderte ich und legte meine ganze Gleichgültigkeit in meine Stimme. »Ich glaube der Sau nicht«, sagte Hans-Nathan. Stine versuchte mittlerweile, ihrer misslichen Lage zu entkommen, aber Elli und Dietmar hatten ihre Arme umklammert. Franz-Josef fragte: »Was macht man noch mal mit Verrätern?« »Auf jeden Fall müssen wir sie körperlich züchtigen«, meinte Elli. Dietmar zeigte nacheinander auf Hans-Nathan, Franz-Josef und mich. »Will einer sie ficken?« Aber Hans-Nathan verzog das Gesicht. »Das Klappergestell. Also ich kriege da keinen hoch.« Zu meinem Entsetzen mischte sich nun auch Ela in das Gespräch ein. »Was haltet ihr von einer richtigen Gerichtsverhandlung? Ich bin die Staatsanwältin und Hans-Nathan der Richter. Verteidiger gibt es keine.« Stine schlug wild um sich und hätte wahrscheinlich laut um Hilfe geschrien, wenn Dietmar ihr nicht den Mund zugehalten hätte. Ela erhob sich von ihrem Platz, verschränkte die Hände hinter dem Rücken und fing an zu dozieren. »Stine Bluhm, dir wird vorgeworfen, dass du andere Alsterschwäne verpetzt hast, um ihnen zu schaden. Willst du etwas zu deiner Verteidigung sagen?« Stine gab würgende Geräusche von sich. »Also nein«, konstatierte Ela. »Ehrenwerter Richter, welche Strafe steht auf Hochverrat?« Ich erstarrte, als Hans-Nathan sagte: »Die Todesstrafe!« Ich schwieg jedoch und hasste mich gleichzeitig dafür. »Was sagen die Geschworenen?« Ela nickte Dietmar, Franz-Josef, Elli, Gudrun und mir zu. »Schuldig«, sagte Franz-Josef. »Schuldig«, rief Dietmar. »Schuldig«, juchzte Elli. »Schuldig«, flüsterte Gudrun theatralisch. Ich spürte, wie der Blick der anderen mich verbrannte. »Schuldig«, seufzte ich. Hans-Nathan hob einen der riesigen Steine von der Feuerstelle auf, als wäre es ein Kiesel. »Das Urteil wird sofort vollstreckt.« Bis heute sehe ich diese Szene in Zeitlupe vor mir. Er stand auf, mit dem Stein in der rechten Hand, ging auf Stine zu und schlug ihr damit mit voller Wucht auf den Kopf. Als sie vornüberfiel, rutschte Dietmars Hand ab, die ihr den Mund zugehalten hatte, und Stine rief flehend meinen Namen. Das war das Letzte, was sie sagte. Als ihr Schädel brach, hörte es sich an, als wäre eine riesige Nussschale geknackt worden. Blut und Gehirn spritzten auf die Feuerstelle. Aber Hans-Nathan hörte nicht auf. Immer und immer wieder ließ er den Stein auf Stines Schädel sausen, bis kaum noch etwas vorhanden war, was man als Kopf hätte erkennen können. Wie gelähmt schaute ich zu, wie die anderen juchzten und laut Beifall klatschten. Und meine Ela war mittendrin. »Normalerweise werden die Köpfe von Verrätern irgendwo aufgespießt«, meinte Dietmar und sah sich um, aber er schien keinen passenden Stab zu finden. »Die Doktoren sind doch immer so scharf darauf, dass der Nachwelt etwas bleibt«, sagte Hans-Nathan und wischte sich das Blut aus dem Gesicht. »Wir können Stines Kopf vergraben, so wie wir die Zeitkapsel vergraben haben.« »Aber der verwest doch schnell«, sagte Gudrun. Elli kaute auf ihrer Unterlippe. »Die Einkäufe aus dem Supermarkt werden doch in Plastiktüten geliefert. Wir schneiden Stine den Kopf ab und tun ihn in eine der Tüten. Darin bleibt er bestimmt länger frisch.« »Genau«, Ela strahlte. »Und dann schreiben wir ›Verräterin‹ auf einen Zettel und legen ihn dazu. Damit alle wissen, warum sie sterben musste.« »Und was machen wir mit dem Körper?« »Den verscharren wir einfach daneben. Der kann ja ruhig verwesen.« Ich musste würgen, als ich sah, wie Dietmar mit einer Art Faustkeil, den er schon vor einigen Wochen auf dem Grundstück gefunden hatte, anfing, die Reste von Stines Kopf von den Schultern zu hacken. Währenddessen ging Elli ins Haus, um die Tüte zu holen. »Und was machen wir jetzt mit dem Neger? Ich sage euch, er ist genauso schuldig«, sagte Hans-Nathan. Ela stellte sich schützend vor mich. »Keiner fasst ihn an«, sagte sie bestimmt.

DIE ROTE NACHT

Ein paar Tage lang lebte ich wie im Vakuum. Zwar tat mir keiner etwas an, aber ich merkte sehr deutlich, dass ich von Gesprächen ausgeschlossen wurde. Der Mord an Stine blieb zunächst unentdeckt. Natürlich suchte man nach ihr. Für das Projekt wäre es fatal gewesen, wenn Stine in die Freiheit entkommen wäre. Wahrscheinlich hätten sich die Ärzte und Herr Hohndorff wegen Kindesmissbrauchs verantworten müssen. Denn soweit ich weiß, hatte niemand zugestimmt, dass wir als Laborratten benutzt wurden. Das medizinische Team der Villa Waldlust sowie die Erzieher suchten jeden Winkel des Hauses und des Grundstücks ab. Zwei Tage nachdem Stine getötet wurde, fanden sie den Körper des Mädchens. Die Ärzte machten zwar kein Aufhebens darum. Franz-Josef erzählte mir mit einem Grinsen im Gesicht, dass sie den Kopf ein Stück weiter weg und vor allem tiefer an der zwischen Kiefern stehenden Birke vergraben hätten. Beim Körper wären sie jedoch schlampig gewesen. Stines Überreste wurden still und heimlich entsorgt. Aber diese Tat war der Anlass, das Projekt tatsächlich abzubrechen. Auch das wurde zunächst nicht laut ausgesprochen. Als ich im Behandlungszimmer war, um meine Berichte abzuliefern (den Mord an Stine ließ ich aus), sah ich, dass Kisten mit Medikamenten und medizinischem Bedarf über-

einandergestapelt und praktisch bereit zum Abtransport überall herumstanden. Und unklar war, was denn aus uns, den gefallenen Alsterschwänen, werden würde. Würden einige von uns zur Zucht benutzt werden und der Rest entsorgt? Seitdem ich gesehen hatte, was aus Stine geworden war, hatte ich Angst vor meinen früheren Freunden. Auch das Verhältnis zu Ela hatte sich abgekühlt. Ich konnte nicht vergessen, was sie dem hinkenden Mädchen angetan hatte. Ich liebte sie noch immer, da ich in meinem Innersten wusste, dass nur das Medikament sie zu dem gemacht hatte, wie sie jetzt war. Wenige Tage nach Stines Tod kam sie zu mir, legte ihren Kopf auf meine Schulter und fing an zu weinen. Sie weinte und weinte und konnte gar nicht wieder aufhören. Ich zog ihren Kopf zu mir heran und begann, ihre Tränen wegzuküssen. Da ich wusste, dass unsere Zeit hier bald zu Ende gehen würde, erzählte ich ihr alles, was ich damals beim Lauschen gehört hatte. Völlig unwissend, dass ich damit eine Katastrophe auslöste. An diesem Abend machte ich wie an den vorherigen auch einen großen Bogen um Hans-Nathan und seine Gruppe, die auch einmal meine gewesen war. Als ich vom Füttern der Hühner zurückkam, sah ich sie jedoch an ihrem gewohnten Platz sitzen. Ela redete aufgeregt auf sie ein. Ich war mir sicher, dass sie weitererzählte, was ich ihr berichtet hatte.

Der nächste Tag war der 15. November 1970. Es war ein sonniger Tag ohne eine einzige Wolke am Himmel. Es lag jedoch etwas in der Luft, das nicht fassbar war. Eine unerklärliche Spannung.

Ich hatte gemeinsam mit meinen früheren Kameraden Küchendienst, aber wir verrichteten unsere Dienste mitt-

lerweile schweigend. Ich wurde von den anderen ignoriert und wie Luft behandelt. Da doch irgendwie alle gehört hatten, dass Stine ermordet worden war, ging die Angst in der Villa Waldlust um. Dennoch versuchte man, soweit es ging, den Alltag aufrechtzuerhalten. Der Tag war ereignislos verlaufen. In den letzten Tagen achteten die Ärzte nicht mehr so strikt darauf, ob man die Medizin bekam oder nicht. Und ich beobachtete, dass einige der Jugendlichen sich mittlerweile wieder auf das normale Maß an Gewalttätigkeit zurückentwickelt hatten. Dies traf jedoch auf die Teilnehmer, die häufig die doppelte Dosis bekommen hatten, nicht zu. Heute gab es aber merkwürdigerweise keine Angriffe von Hans-Nathan oder anderen der besonders aggressiven Jugendlichen. Um 17.30 Uhr fingen wir an, das Abendbrot vorzubereiten. Es gab Kürbissuppe und Weißbrot. Dazu Salat. Schon in der Küche merkte ich, wie Hans-Nathan, Elli, Franz-Josef, Gudrun, Ela und Dietmar sich verstohlene Blicke zuwarfen. Sie schienen wegen irgendetwas ziemlich aufgeregt zu sein. Das Einzige, was ich auffällig fand, war, dass Gudrun sehr umständlich und lange den Tee in den großen Metallkannen umrührte. Ich vermutete, dass sie den Zucker besonders sorgfältig auflösen wollte. Wie immer stellten wir das Geschirr und das Essen in den Speisenaufzug und stiegen die Treppe in den ersten Stock hoch, um den Tisch im Speiseraum zu decken. Heute herrschte eine fast andächtige Stille dabei. Wie jeden Abend setzten wir uns in der immer gleichen Sitzordnung nebeneinander an die große Tafel und Dr. Borndieck sagte ein Gebet. Wir hielten unsere Teebecher hoch und Dr. Wedemann sprach einen Toast auf Friedrich

Hohndorff. Dann tranken wir. Dies war unser allabendliches Ritual. Ich fand, dass der Tee heute anders schmeckte als sonst. Irgendwie bitter. Bevor ich jedoch in der Lage war, zu überlegen, was der Grund dafür sein könnte, war ich bereits weggetreten. Das Nächste, woran ich mich erinnere, ist, dass Ela mir mit aller Kraft ins Gesicht schlug. Es war so schmerzhaft, dass mir Tränen die Wange herunterrannen. Ich fühlte mich wie benommen, sah jedoch, wie Hans-Nathan die Haushälterin Rose, deren Kehle durchschnitten war, hinter sich her in Richtung Speisesaal zog. Ihr Körper hinterließ Schleifspuren in ihrem eigenen Blut. Ich merkte noch, dass ich meine Zahnspange nicht mehr im Mund hatte. Dann muss ich wieder kurz eingenickt sein, denn ich wachte davon auf, dass mir beißender Brandgeruch in die Nase trat. Eine Sekunde danach zog Ela mich vom Boden hoch und wir stolperten die Treppe runter. Ich war noch etwas benommen, konnte aber schon wieder einigermaßen gehen. Durch den Rauch sah ich, wie die anderen zur Haustür rannten. Aber mir fiel noch etwas Wichtiges ein. Ich riss mich von Ela los und lief in den Schlafsaal. Dort öffnete ich die Schublade meines Nachtschränkchens und nahm das Besinnungstagebuch heraus. Ein kurzer Blick sagte mir, dass die 150 Mark, die ich mir mit dem Bespitzeln meiner Freunde verdient hatte, noch in der Mitte des Hefts lagen. Ich steckte es mir in den Hosenbund und verließ die Villa Waldlust für immer. In sicherer Entfernung standen sie in einer Reihe am Zaun des Grundstücks. Alle hatten einen unterschiedlichen Gesichtsausdruck. Ich konnte es im tanzenden Schein der Flammen erkennen. Hans-Nathan starrte trotzig, Gudrun ängst-

lich, Franz-Josef fast ehrfürchtig, Dietmar wütend, Elli grinste gelassen, und Ela fiel mir erleichtert um den Hals, als sie mich sah. »Du hast echt mehr Glück als Verstand, Neger«, sagte Hans-Nathan. »Wenn es nach uns anderen gegangen wäre, wärst du jetzt genauso verbrannt wie die anderen. Aber deine große Liebe hat dich gerettet.« Langsam fand ich zu mir selbst zurück. »Ihr Mörder«, schrie ich. »Seid ihr von allen guten Geistern verlassen?« »Lieber sie als wir«, sagte Dietmar, riss einen Grashalm ab und kaute darauf herum, während die Villa Waldlust in Flammen aufging. Und mit ihr 18 Jugendliche, drei Erzieher, die Haushälterin und die beiden Ärzte. Während die anderen wie in Trance auf die Flammen starrten, setzte Ela sich auf einen Stein und schüttelte den Kopf. »Wir mussten es tun«, flüsterte sie mir zu. »Die anderen wussten zu viel. Sie wussten über Stine Bescheid.« »Außerdem waren sie alle Schwächlinge«, brüllte Hans-Nathan, berauscht von seiner Tat und reckte seine rechte Faust gen Himmel. Dann wandte er sich an uns. »Wenn die Feuerwehr und Polizei kommt, möchte ich die allerbeste Schauspielerei von euch sehen. Wir gehen noch mal durch, was wir besprochen haben. Gudrun?« »Wir waren noch unten in der Küche, um den Nachtisch zu holen, als wir den Brandgeruch wahrnahmen.« »Dietmar?« »Anscheinend gab es einen Kurzschluss am Kronleuchter über der Treppe.« »Elli?« »Das Treppenhaus brannte sofort lichterloh.« »Franz-Josef?« »Du hast noch versucht, einige zu retten, aber es war vergeblich, da das Treppenhaus sofort in Flammen stand.« Hans-Nathan nickte und strich über die frischen Brandwunden, die er sich anscheinend eben selbst zugefügt hatte. Ziemlich bedrohlich baute er sich vor mir auf. »Wage bloß nicht, etwas zu sagen, Neger! Du bist genauso dran wie wir. Du hast auch Stine auf dem Gewissen.« »Er heißt Karl«, sagte Ela leise. »Meinetwegen«, grunzte Hans-Nathan. Ela sah ihm lange in die Augen. »Karl und ich werden jetzt gleich verschwinden. Wir wollen nicht zurück in unser altes Leben. Wir haben darüber gesprochen. Wir beide sind ebenfalls bei dem Brand ums Leben gekommen.« Jetzt verstand ich auch, warum mir die Zahnspange fehlte. Ela hatte sie vermutlich einem anderen betäubten Jugendlichen in den Mund gesteckt. Somit würde meine Mutter mich wahrscheinlich als Brandopfer identifizieren. Wieder nickte Hans-Nathan. »Und auch für alle anderen gilt: Wir werden uns nach dieser Nacht niemals wiedersehen.« Er nahm das Messer, an dem noch das Blut der Haushälterin klebte, und fügte sich einen winzigen Schnitt auf der Handfläche zu. Dann gab er das Messer weiter. »Macht keinen zu großen Schnitt«, mahnte Dietmar, »Das ist sonst zu auffällig.« Jeder von uns ritzte sich die Haut, sodass etwas Blut heraustrat. Dann stellten wir uns dicht zusammen und pressten die blutigen Stellen gegen die Wunden der Person, die neben einem stand. Wir leisteten einen Blutschwur. Auf keinen Fall durfte einer von uns jemals wieder mit einem anderen der Gruppe Kontakt aufnehmen. Denn einer von uns könnte sich verplappern. Es war das Beste, wenn jeder seiner Wege ging und niemals etwas über das Projekt Alsterschwan gesagt würde. »Und was das Geschwafel angeht, dass wir irgendetwas weitervererben könnten: Damit muss jeder selber umgehen. Ich habe sowieso keinen Bock auf Kinder«, sagte Hans-Nathan. Für Ela und mich war es Zeit zu gehen. Ich drehte mich um und warf noch einen allerletzten Blick auf das Flammeninferno, die Villa Waldlust, die zum Massengrab geworden war. Elli hatte einen großen Schlüsselbund, an dem auch der Schlüssel für das schwere Eingangstor war. Ich erfuhr später, dass sie ihn einem der Erzieher gestohlen hatte. Der Plan sah vor, dass die Bewohner der Villa Waldlust mit dem Betäubungsmittel ruhiggestellt werden sollten, mit dem vor einiger Zeit Hans-Nathan und Co. betäubt worden waren, als Herr Hohndorff zum letzten Mal zu Besuch war. Einer der Erzieher, Herr Wenger, war schon lange auf Elli scharf gewesen. Sie hatte ihn also an dem Nachmittag vor dem Brand rangelassen und ihm den Schlüsselbund abgenommen. Natürlich war ihm das nach kurzer Zeit aufgefallen, aber sie hatte gesagt, dass sie melden würde, er hätte sie vergewaltigt. Und so ließ er ihr den Schlüssel. So kamen sie an die Schränke, in denen die Schlaftabletten aufbewahrt wurden. Die Jungen hatten derweil die Benzinkanister aus dem Schuppen gestohlen, mit dem das Notfallauto, das immer hinter dem Haus parkte, betankt werden konnte. So kam es, dass das Haus so schnell und gründlich bis auf die Grundmauern niederbrannte. Ela und ich rannten mehrere Stunden, bis unsere Lungen fast kollabierten. Mit meinem Geld kauften wir uns Fahrkarten, um schnell und möglichst weit von der Villa wegzukommen. Elas Sippe war weit über Deutschland verstreut. Wir wurden überall freundlich aufgenommen und man teilte mit uns gern das bisschen, was man hatte. Nach einigen Wochen gelangten wir nach Frankreich. Wir überquerten die Grenze versteckt in einem Heuwagen. Ela und ich versuchten möglichst wenig über unsere Zeit im Projekt Alsterschwan zu sprechen, aber wir konnten das Thema nicht ganz umgehen. Denn vor allem Ela sah überall Flammen. Ihr Körper war unversehrt, aber ihre Seele für immer verbrannt. Und jetzt komme ich zum Ende meiner Geschichte. Ich bin zwar erst 60 Jahre alt, aber man weiß nicht, wie viel Zeit einem noch bleibt. Und ich möchte nicht sterben, ohne jemandem über unsere immensen Verfehlungen, aber auch über das Leid, das wir selbst erfahren haben, zu erzählen. Denn ohne das Medikament wären einige von uns möglicherweise im Knast gelandet, wir wären jedoch nicht zu Mördern geworden. Vielleicht hat Gott über uns gerichtet, indem er die anderen an einem tückischen Krebsleiden hat sterben lassen. Wer weiß, was er für mich vorgesehen hat.

Karl Lange,
Paris, den 13. November 2015

SAMSTAG, DEN 14. NOVEMBER 2015

Heute konnte kein Make-up der Welt ihr helfen. Banu verzichtete auf Milch in ihrem Kaffee, verzog zwar beim ersten Schluck das Gesicht, kippte das starke Getränk jedoch in einem Zug hinunter. Ihre Kollegen saßen mit fassungslosen Gesichtern im Raum. Sie hatte nicht das Gefühl, dass die Lagebesprechung heute so produktiv werden könnte wie erhofft. Gestern waren bei Terroranschlägen in Paris rund 140 Menschen getötet und circa 700 Personen zum Teil schwer verletzt worden. Banu konnte sich noch sehr gut an den 11. September 2001 erinnern, als Terroristen mit Flugzeugen in das World Trade Center geflogen waren. Es war wunderschön und sonnig gewesen und sie hatte spontan einen Tag freigenommen und die vierjährige Merve bereits mittags aus dem Kindergarten abgeholt. Als um kurz vor drei die erste Eilmeldung einging, dass ein Flugzeug in einen der Twin Towers gestürzt war, hatte sie einen Eiskaffee vor sich stehen gehabt und Merve hatte an einer Kugel Erdbeereis gelutscht. Rund eine Viertelstunde später wurde sie via Fernseher im Café Zeuge, wie das zweite Flugzeug in den Südturm flog. Danach glaubte keiner mehr an einen Unfall. Banu hatte schnell bezahlt, Merve etwas unsanft an der Hand gepackt und war mit ihr nach Hause gelaufen. Die jammernde Merve hatte sich darüber beschwert, dass ihre Mutter ihr wehtat, aber Banu wollte ihre Tochter auf keinen Fall loslassen. Denn selten zuvor hatte sie solche Angst und Hilflosigkeit gespürt wie in dieser Situation. Heute empfand sie ähnlich. Die Zahl der Todesopfer war zwar deutlich geringer als vor 14 Jahren, aber das Gefühl, nirgendwo mehr sicher zu sein, wurde wieder sehr stark. Denn dieses Mal war ihr Nachbarland betroffen. Die Menschen in Paris waren ganz normalen abendlichen Freizeitbeschäftigungen nachgegangen: Sie wollten ein Fußballspiel genießen, saßen mit Freuden in einem Restaurant oder besuchten ein Rockkonzert. Und dabei wurden sie getötet. Die meisten Toten hatte es bei dem Konzert der Rockgruppe Eagles of Death Metal gegeben, einer Band, von der ihr Mann Tim einige Alben besaß.

Banu gab sich einen Ruck und ließ sich schwer auf einen der Stühle fallen. Zumindest konnten sie vielleicht noch das Leben von zwei vermissten Jugendlichen retten. Und das war das Einzige, worauf sie sich im Moment konzentrieren sollte.

»Stella telefoniert gerade, aber ich möchte dennoch jetzt beginnen. Ich weiß, wie es gerade in uns allen aussieht«, eröffnete ihr Chef die morgendliche Besprechung. »Wir haben wohl alle in dieser Nacht sehr wenig geschlafen. Aber dennoch müssen wir zur Tagesordnung übergehen.« Thorsten wartete ein knappes Nicken seiner Kollegen ab. »Zunächst einmal eine wichtige Nachricht: Das Blut auf dem Stofffetzen ist tatsächlich von Fynn Benner. Kein Zweifel.«

Banu konnte sich gut an das Shirt des Toten erinnern. Es hatte ein außergewöhnliches Muster gehabt und ihr war schon am Abend seines Todes aufgefallen, dass ein Stück herausgerissen war.

Gunnar räusperte sich. »Das bedeutet also, dass wir die Frielings auf jeden Fall heute ins Präsidium einladen sollten. Immerhin ist das Stück Stoff auf ihrem Grundstück gefunden worden.«

»Das ist das eine. Dann wäre da noch Dietmar Meyer, vielleicht ist er der letzte Überlebende der Brandkatastrophe von 1970. Wenn man mal von Elli Dangemann absieht, von deren Verbleib wir nichts wissen«, sagte Thorsten.

Stella betrat den Besprechungsraum und setzte sich auf die Fensterbank. Banu bemerkte dunkle Schatten unter ihren Augen. »Also, ich habe eben mit Dr. Gabriele Seibold telefoniert. Sie ist Genetikerin am Institut für Humangenetik am UKE und hat mehr oder weniger alles bestätigt, was Jan erzählt hat. Sie hat mir allerdings noch deutlich mehr Fachwörter um die Ohren geschlagen und ich war froh, dass ich dank Jan zumindest ein bis zwei intelligente Fragen stellen konnte. Dr. Seibold schreibt einen Bericht und schickt ihn an uns.«

Banu hatte das Gefühl, nicht länger untätig auf ihrem Stuhl sitzen zu können, stand auf und ging zum Fenster. Sie schlang die Arme um ihren Oberkörper, weil ihr kalt war. Wahrscheinlich eine Folge der Übermüdung. »Jemand sollte zu Herrn Meyer nach Tötensen fahren. Falls es tatsächlich unser Dietmar Meyer ist, kann er ja eventuell Karls Aussagen bestätigen. Es sieht ja so aus, als wäre er der Letzte, der noch etwas darüber erzählen kann.«

Thorsten zeigte auf Karls Brief, der an der Magnettafel hing. »Außerdem haben wir ja nun den Zusammenhang zwischen den entführten Jugendlichen. Es ist ihre DNA. Falls es tatsächlich stimmt, was Karl geschrieben hat, könnte der Entführer und mutmaßliche Mörder von Fynn irgendeinen Nachweis erbringen wollen, dass die beiden Ärzte, die das Projekt Alsterschwan durchgeführt haben, recht hatten. Und das Genom der Nachkommen der Jugendlichen in der Villa Waldlust verändert worden ist.«

Banu löste ihren Blick von den hellgrauen Wolken, die vom Wind getrieben über den Himmel jagten. »Ganz genau. Vielleicht hat jemand vor, die Forschungen weiterzuführen und den gewaltfreien Menschen zu züchten. Haben Fynn, Fenja und Yannick Wesenszüge, die darauf hindeuten, dass ihnen nichts ferner liegt als Gewalt?«

Armin zeigte auf das beschriebene Flipchartpapier. »Also Fynn war ja wohl der sozialste und netteste Mensch, den man sich vorstellen kann. Bei Fenja und Yannick wissen wir es nicht so genau. Was aber auch ins Schema passen könnte: Fenja war Klassensprecherin und Yannick war in seiner Schule Pate für die neuen Fünftklässler.«

Banu sah Stella an, dass sie bereits einen Schritt weiterdachte. »In welchem Verhältnis könnte denn der Entführer zu einem von den beiden Ärzten gestanden haben? Nehmen wir mal an, dass sie Anfang der 70er-Jahre 35 Jahre alt gewesen waren. Ich meine, das stand in einem Zeitungsartikel.« Sie blickte zu Armin und der bejahte.

»Peter Wedemann war 35 Jahre alt, als er starb, und Jürgen Borndieck 42 Jahre alt.«

»Dann sind sie 1928 und 1935 geboren, wären jetzt also 80 Jahre alt und weit drüber. Freunde halte ich dann eher für unwahrscheinlich. Mit ungefähr 80 Jahren ist man doch wohl nicht mehr in der Lage, jemanden zu entführen und gefangen zu halten.«

Auch Gunnar stand auf. »Vielleicht ist es ja Dietmar Meyer selber. Wahrscheinlich ist er an die 60. Wenn er der Einzige ist, der davon weiß, könnte es ja sein, dass er Kapital daraus schlagen möchte. Aus den Einträgen im Internet ist auch zu entnehmen, dass er jahrelang eine eigene Apotheke hatte. Er ist also quasi vom Fach. Immer unter der Voraussetzung, dass er der gesuchte Dietmar Meyer ist.«

»Hatten die beiden Ärzte selbst Kinder?«

»Darüber stand nichts in den Zeitungen. Aber ich denke, dass dies auch eine Richtung ist, die wir einschlagen könnten. Die Kinder würden dann wahrscheinlich zwischen 45 und 55 Jahren alt sein.« Banu merkte, wie ihr Tatendrang zurückkam. Nun hatten sie viele Anhaltspunkte, denen sie nachgehen konnten, gesammelt.

Thorsten schien es auch zu merken, denn er ging als Erstes auf Banu zu. »Stella und du, ihr fahrt zu Dietmar Meyer nach Tötensen. Er geht zwar nicht ans Telefon. Laut Einwohnermeldeamt ist er jedoch dort sesshaft. Armin, du versuchst alles über Peter Wedemann und Jürgen Borndieck herauszubekommen. Und Gunnar und ich bestellen die Frielings ins Präsidium. Wir dürfen nicht vergessen, dass der Fund, den Dita und Jule gemacht haben, die beiden in den Kreis der Verdächtigen rücken könnte. Immerhin ist es ihr Grundstück.«

Banu griff erleichtert nach ihrer Tasche. Sie war froh, eine Aufgabe zu haben, der sie ihre volle Aufmerksamkeit widmen konnte.

Die uralten Bäume, die links und rechts den Ehestorfer Heuweg flankierten, hatten mittlerweile so gut wie alles Laub abgeworfen. Es war ein grauer Tag, aber die leuchtenden Blätter in bunten Herbstfarben bildeten einen Kontrast zu den dunklen Stämmen der Bäume. Banu überlegte, welche Jahreszeit gerade in Australien war. Wahrscheinlich Sommer. Aber angesichts des Terrors, der sich am gestrigen Abend in Paris manifestiert hatte, beschäftigte sie auch noch etwas anderes. »Hast du schon mal etwas über Terroranschläge in Australien gehört?«

Nach einigen Widrigkeiten waren Banu und Stella nun tatsächlich unterwegs zu dem mutmaßlich Letzten der Überlebenden der Brandkatastrophe in der Villa Waldlust, Dietmar Meyer. Es war bereits später Nachmittag, da zuerst der Dienstwagen nicht angesprungen war und es aufgrund eines Unfalls eine Vollsperrung der Autobahn gegeben hatte. Und statt den Dienstwagen auf der Autobahn mal richtig ausfahren zu können, was Stella liebte, hatten sie einen Umweg nehmen müssen und zuckelten nun in Stellas Privatauto mit Tempo zehn in Richtung Tötensen, vor und hinter sich eine Blechlawine. Sie hatten seit Dienstag mehrfach versucht, Dietmar Meyer telefonisch zu erreichen, um ihn ins Präsidium vorzuladen, jedoch ohne Erfolg.

Stella schüttelte den Kopf. »Ich kann mich jedenfalls nicht erinnern, mal irgendetwas über Terrorismus in

Australien gelesen zu haben. Ist wahrscheinlich zu weit weg von allem.«

Banu schwieg einen Moment, dann versuchte sie, die Gedanken an ihre durch den Outback irrende Tochter zu verscheuchen, und zeichnete einen Smiley auf die beschlagene Scheibe. »Langsam komme ich mir vor wie in einem Roadmovie«, sagte sie. »Ich kann mir wirklich nicht vorstellen, dass der Alsterschwan Dietmar Meyer noch lebt. Denn die anderen sind alle in den letzten Jahren an Leberkrebs gestorben.«

»Vielleicht ist er ja auch im Hospiz oder im Krankenhaus. Hans-Nathan Benner hat es ja auch erst vor zwei Jahren erwischt.«

»Wahrscheinlich war auch die übrige Konstitution des Körpers dafür entscheidend, wann der Krebs sich ausgebreitet hat. Hans-Nathan Benner hat ja weder geraucht noch getrunken und war auch noch ziemlich sportlich.« Banu nahm ihr Handy aus der Tasche und schrieb eine Nachricht an Tim, dass er heute nicht mit dem Essen auf sie warten sollte. Bis zu der beim Einwohnermeldeamt verzeichneten Adresse waren es noch gut zehn Kilometer. Stella trommelte mit den Fingern auf das Lenkrad und rutschte auf dem Fahrersitz hin und her. Dieser Anblick erinnerte Banu an einen Fitnesskurs, den sie mit ihrer Kollegin besucht hatte, »Pilates am Arbeitsplatz«. Das war nun schon einige Jahre her und sie hatten nur sehr wenig von diesen Übungen umsetzen können. Zwar mangelte es weder Banu noch Stella an Selbstbewusstsein, aber das Gekicher ihrer männlichen Kollegen, wenn sie mit der Nase eine Acht in die Luft malten oder den Brustöffner durchführten, hatte dazu geführt, dass sie die Übungen im Büro unterließen.

»Öffnest du gerade dein Powerhouse?«, fragte sie Stella.

»Nein, ich muss nur ziemlich dringend. Den vorletzten und den letzten Kaffee hätte ich vielleicht nicht mehr trinken sollen. Ob ich einfach mal rechts ranfahre und hinter den Bäumen verschwinde? Aber irgendwie sehe ich hier keine Parkbucht.«

»Die Autofahrer hinter dir werden dich erschlagen, wenn du jetzt anhältst.« Banu bemerkte, dass die Mimik ihrer Kollegin immer angestrengter wurde.

»Zum Glück habe ich einen einigermaßen intakten Beckenboden. Aber lange kann ich es nicht mehr anhalten.«

Banu blickte auf die Rücklichter vor sich. Dann kam ihr eine Idee. »Lass uns doch kurz zu Dr. Mohr fahren. Da darfst du bestimmt aufs Klo gehen. Wir müssen nur bei der nächsten Straße rechts abbiegen und dann noch einen Kilometer oder so fahren.«

Stella strahlte Banu erleichtert an. »Super. Da wäre ich gar nicht draufgekommen. Aber das passt gut. Dann kann ich ihm gleich erzählen, wie es Mafiosa geht, und ihren Impfpass mitnehmen. Den wollte er noch fertig machen.«

Banu musste erneut den Kopf darüber schütteln, dass Stella dieses unglaublich hässliche Tier tatsächlich mitgenommen hatte. Sie konnte sich überhaupt nicht vorstellen, ein Haustier zu haben. Gerade eine Katze oder ein Hund verloren sicherlich Unmengen an Haaren, die dann durch die Wohnung flogen. Und bei der Vorstellung, eine Katzentoilette sauber zu machen oder Hundekot mit einem Plastikbeutel von der Straße aufzuheben, ekelte sie sich. Natürlich hatten Merve und Can immer abwechselnd, seit sie fünf Jahre alt waren, entweder einen Hund oder eine Katze haben wollen, aber Tim und sie waren standhaft geblieben.

Mittlerweile waren sie in die kleine Seitenstraße abgebogen, die zum Haus des Hundepsychologen führte. Im Gegensatz zu dem regen Verkehr auf dem Ehestorfer Heuweg schien hier alles wie ausgestorben. Je weiter sie sich auf den Wald zubewegten, desto größer wurde der Abstand zwischen den Straßenlaternen und desto löchriger der Straßenbelag, auf dem sie fuhren.

»Jetzt könntest du natürlich auch rechts ranfahren.«

»Ach nee, die paar Meter kann ich nun noch warten. Außerdem ist die Aussicht auf ein schönes warmes Klo mit Toilettenpapier doch erfreulicher, als bei knapp unter null Grad im Freien zu pinkeln.«

Banu steckte die Packung Papiertaschentücher wieder ein, die sie ihrer Kollegin gerade in die Hand drücken wollte, und rief Google Maps auf, um zu sehen, wie lang die Straße noch war. Bei ihren letzten Besuchen hatte sie gar nicht das Gefühl gehabt, dass sie so weit in den Wald hineingefahren waren.

Die letzten circa 500 Meter waren ohne Straßenbeleuchtung, was Banu bei Tageslicht nicht aufgefallen war. »Im Dunkeln sieht es hier ja doch leicht anders aus. Aber hier müsste die Einfahrt sein.«

Stella nickte erleichtert und lenkte den Wagen geschickt um die Schlaglöcher herum. Nach einigen Metern verjüngte sich die Auffahrt jedoch zu einem schmalen Kiesweg. Etwa hundert Meter voraus konnte man die hell erleuchteten Fenster vom Haus sehen. Stella riss die Autotür auf und sprintete zum Eingang.

»Ich bleibe im Auto«, rief Banu ihr hinterher. »Grüße Dr. Dolittle, äh Mohr bitte von mir.« Aber ihre Kollegin wurde durch ihre volle Blase zu sportlichen Höchstleistungen angetrieben und hörte sie wahrscheinlich gar nicht mehr. Banu lehnte sich im Autositz zurück und schloss den Reißverschluss ihrer Jacke. Sie hoffte, dass Stella sich nicht verquatschte, denn der Wagen hatte keine Standheizung. Aber im Moment war es noch wohlig warm, und es konnte ja eigentlich nicht schaden, wenn Banu mal ganz kurz die Augen schloss. Denn in den letzten zwei Wochen war Schlaf bei ihr Mangelware gewesen.

Eigentlich hatte Stella gar nicht mehrfach auf den Klingelknopf drücken wollen. Aber völlig unsinnigerweise und fast reflexartig kam ihr in den Sinn, dass Sturm zu klingeln mit dem schnellen Öffnen der Tür korrelieren müsste. Und tatsächlich dauerte es kaum eine halbe Minute, die ihr dennoch viel länger vorkam, bis ein sehr überrascht dreinblickender Henrik Mohr vor ihr stand.

»Frau Brandes, was machen Sie denn hier?«

Stella trug kurz ihr Anliegen vor und der Tierarzt lachte. »Selbstverständlich können Sie die Toilette benutzen. Wenn Sie durch den Flur gehen, ist es die dritte Tür links. Ich mache den Impfpass gleich fertig. Ich glaube, er liegt irgendwo in der Küche.«

Stella sauste an ihm vorbei und konnte sich erst entspannen, nachdem sie sich von der Toilettenbrille erhoben und die Spülung betätigt hatte. Beim Abrollen des

Papiers musste sie grinsen, denn es war mit kleinen Hunden und Katzen bedruckt, die Weihnachtsmützen aufhatten. Sehr authentisch für einen Tierarzt. Nach dem Händewaschen warf Stella einen Blick in den kleinen Spiegel, der über dem Waschbecken hing. Der Kratzer auf ihrer Nase war schon fast verheilt. Dafür zeugten die dunklen Augenringe davon, dass die Nächte seit Jupiters Ankunft intensiver und mit deutlich weniger Schlaf verliefen. Um es mit wenigen Worten und etwas anders auszudrücken, Stella war momentan sehr glücklich. Den aktuellen Fall zu lösen, wäre jetzt noch das i-Tüpfelchen. Dann konnte sie sich endlich Zeit nehmen, wirklich zu verstehen, dass sie nach sechs Jahren wieder mit einem Mann zusammenleben würde, der ihr mehrmals am Tag sagte, dass er sie liebte. Sie kniff sich in die Wange, um etwas Farbe auf ihren blassen Teint zu zaubern, und verließ die Gästetoilette in die Richtung, in der sie die Küche vermutete. Obwohl die Tür geöffnet war, klopfte sie an. Henrik Mohr stand am Herd und wendete ein Spiegelei. Ein gedrungener Junge saß vornübergebeugt an einem großen Holztisch, ein vollgekritzeltes Blatt Papier und eine Federtasche mit Holzbuntstiften vor sich. Er nickte Stella freundlich zu, sagte jedoch nichts. Sie musste nicht raten, um wen es sich hier handeln könnte, denn man sah dem Jugendlichen seine geistige Behinderung deutlich an.

»Wollen Sie mit uns essen? Meine Frau kauft für eine kranke Freundin ein und versorgt sie dann. Jonas und ich würden uns über Gesellschaft freuen.«

Stella schüttelte den Kopf. »Ich muss leider noch arbeiten. Haben Sie den Impfpass? Mafiosa geht es übrigens sehr gut. Mit den Katern versteht sie sich super.«

Henrik Mohr drehte ihr den Rücken zu, um den Salzstreuer aus dem Regal zu nehmen. »Er liegt auf dem Esstisch. Ich habe alle Impfungen eingetragen.«

Stella wollte das Heft von der Tischplatte nehmen, erstarrte jedoch in ihrer Bewegung. Sehr ungelenk nahm Jonas einen Stift in die Hand und begann ohne abzusetzen weitere krakelige Linien auf das Blatt zu zeichnen.

»Haus Nikolaus«, nuschelte er.

Obwohl Stellas Verstand blitzschnell erarbeitete, was diese ungelenken Zeichnungen bedeuteten, war Henrik Mohr schneller. Bevor sie ihre Dienstwaffe ziehen konnte, sauste der Mörser aus Granit auf ihren Kopf nieder.

Angela Frieling tippte genervt mit den Fingern auf die furnierte Holzplatte des Schreibtischs. Ihr gegenüber saß ein Mann, den sie auf Mitte 50 schätzte. Ein weiterer Mann mit bayrischem Akzent stellte gerade ein Diktiergerät vor ihr auf. Sie sah keinen Sinn darin, dass Siegfried und sie getrennt befragt wurden, denn sie hatten ja voreinander nichts zu verbergen. Dennoch ergab sie sich ihrem Schicksal.

»Vielen Dank, Frau Frieling, dass Sie so schnell aufs Präsidium gekommen sind, um unsere Fragen zu beantworten. Mein Name ist Thorsten Fock, und dies ist Armin Leitmeyr. Wir würden Ihnen gern noch einmal ein paar Fragen zum Fall Fynn Benner stellen.« Thorsten Fock klappte eine Pappmappe auf und entnahm ein Foto mit einem fleckigen Fetzen Stoff darauf. »Haben Sie das schon einmal gesehen?«

Angela Frieling runzelte gekonnt die Stirn und tat so, als ob sie das Foto konzentriert fixierte. In Wahrheit hatte sie jedoch ihre Lesebrille vergessen und sah nur die Konturen des Gegenstands. Aber dennoch war sie sicher. »Nein, was ist das?«

»Es ist ein Teil des Shirts, das Fynn Benner am Tag seines Todes trug. Sein Blut ist darauf.«

Nun war Angela tatsächlich verwirrt. »Und was habe ich damit zu tun?«

Thorsten Fock legte das Foto in die Mappe zurück und lächelte sie freundlich an. »Ein Mädchen hat es Ihrem Mops auf Ihrem Grundstück aus dem Maul genommen.«

Angela Frieling dämmerte etwas. »Wo genau auf dem Grundstück soll das denn gewesen sein?«

Ihr Gegenüber nahm ein Schriftstück zur Hand. »Das ist das Protokoll vom Verhör der beiden Mädchen. Mit einer Zeichnung.« Er legte auch diese Abbildung auf den Tisch. Angela atmete erleichtert aus. Ab und zu räumte sie Werthers Schatztruhe zwar auf, aber da es ihm immer mal wieder gelang auszubüxen, sammelte sich schnell auch wieder Neues an. »Das gehört nicht mehr zu unserem Grundstück.«

Der Bayer hob fragend eine Augenbraue.

»Ja, ich weiß, es ist kaum abgeteilt. Es existiert noch ein umgekippter Zaun, den man aber von der Straße aus nicht sehen kann. Und eine verwitterte Terrasse mit dem Rest eines Gartenhauses darauf. Außerdem ein alter Brunnen. Wenn Werther mal aus der Haustür läuft, ist er eigentlich immer dort. Er hortet liebend gern dort Sachen und wird den Fetzen irgendwo da gefunden haben.« Angela sah von einem zum anderen und war sehr zufrieden, dass sie nun wohl aus der Sache raus war. Nicht dass sie oder Siegfried nun zu dem Kreis der Verdächtigen gezählt wurden.

»Wissen Sie, wem das Grundstück gehört?«

»Soweit ich weiß, gehört es Dr. Mohr. Sein Vater hat es vor langer Zeit gekauft. Das muss 1965 oder so gewesen sein. Die Vorbesitzerin unseres Hauses hat uns davon erzählt. Sie hatte es quasi schon gekauft, da sie anbauen wollten. Aber der Vater von Dr. Mohr soll den Verkäufern das Doppelte geboten haben. Und so ging es an ihn.«

»Haben Sie auch rausfinden können, warum es ihm so wichtig war, das Grundstück zu bekommen?«

Angela lächelte und winkte ab. »Ach ja, hier gab es vor Urzeiten wohl mal ein Bergwerk, und es geistert das Gerücht durch die Gegend, dass noch intakte Stollen existieren. Das ist aber Quatsch. Uns hat man damals bei der Bauabteilung gesagt, dass alle Stollen korrekt verfüllt wurden. Aber vielleicht fand der Vater von Dr. Mohr das interessant. Wir haben uns natürlich oft darüber unterhalten, warum er so viel geboten hat. Aber mir war es immer peinlich, Dr. Mohr darauf anzusprechen. Ich wollte nicht aufdringlich wirken.«

»Hat sich denn der Besitzer des Grundstücks niemals gezeigt?«

Angela Frieling schüttelte den Kopf. »Ich habe in den fünf Jahren, die wir dort wohnen, nicht eine Menschenseele dort gesehen.« Sie beeilte sich hinzuzufügen: »Aber ich finde es auch nicht schlecht. So haben wir quasi eine Alleinlage und einen unverbauten Blick auf den Wald. Und Werther vergräbt seine stinkenden Knochen und getöteten Mäuse nicht auf unserem Grundstück. Deshalb haben wir auch nie nachgeforscht.«

Ihre Augendeckel fühlten sich schwer an, aber Stella gelang es, einen nach dem anderen zu öffnen. Der Schmerz in ihrem Schädel strahlte vom linken Hinterkopf aus. Sie griff sich in ihre Haare und ertastete eine feuchte Stelle, die anfing anzuschwellen. Die Verletzung war nicht groß und konnte wahrscheinlich mit wenigen Stichen genäht werden. Die Wunde würde Stella also nicht umbringen. Sie musste schnell den Rest der Lage checken, in der sie sich befand. Sie saß auf einem harten Boden mit dem Rücken an eine unebene Wand gelehnt. Noch ein wenig benommen sah sie sich um. Ihr fiel zunächst der starke Geruch von Moder und Schimmel und die feuchte Kälte auf, die von der Wand ausging. Über ihr hing eine kleine Lampe und erleuchtete ungefähr zwei Quadratmeter vor ihr. Sie konnte gerade bis zu der vergitterten Tür sehen, hinter der man sie eingesperrt hatte.

»Hallo, Frau Brandes. Wie ich sehe, geht es Ihnen gut. Ich hätte Ihnen auch auf die Stirn schlagen können, aber Sie haben so ein hübsches Gesicht.«

Stella sah, wie Henrik Mohr durch das Gitter auf sie herabblickte und grinste. Auf einmal wirkte er nicht mehr wie der attraktive Arzt, den sie kennengelernt hatte, sondern irgendwie verrückt.

»Ihre Dienstwaffe und Ihr Handy musste ich leider an mich nehmen. Ich habe auch nicht viel Zeit, denn wahrscheinlich sind Ihre Kollegen bald auf der Suche nach Ihnen.«

Stella nickte kraftlos. Zumindest schien er nichts davon zu wissen, dass Banu in dem Wagen vor dem Haus wartete. Sie vermochte nicht zu schätzen, wie viel Zeit vergangen war, seit der Tierarzt sie niedergeschlagen hatte. Aufgrund der Konsistenz des Blutes an ihrem Hinterkopf konnte es jedoch erst wenige Minuten her sein.

»Sie befinden sich übrigens in der Zelle von Fynn Benner. Er war auf keinen Fall ein Schwan. Er wollte mich austricksen. Deswegen ist er jetzt tot.«

Stella wusste, dass vielleicht die einzige Chance für sie darin lag, Henrik Mohr in ein Gespräch zu verwickeln, um Zeit zu gewinnen. »Was ist das hier für ein Ort?«

»Interessieren Sie sich für Geschichte?«

Stella bejahte, obwohl es eine Lüge war. Geschichte war eines der ersten Fächer, die sie in der Oberstufe abgewählt hatte.

»Genau hier befand sich Anfang der 20er-Jahre ein Bergwerk, Robertshall. Die Braunkohle, die abgebaut wurde, war qualitativ alles andere als gut. Deshalb wurde auch schon 1922 alles wieder rückgebaut. Nur ein Teil der Stollensysteme existiert heute noch. Und in so einem Stollen sitzen Sie jetzt. Genau 17 Meter unter der Erdoberfläche.«

Stella war verwirrt. Sie hatte noch nie etwas von einem Bergwerk in den Harburger Bergen gehört. Bevor sie eine Zwischenfrage stellen konnte, redete der Tierarzt jedoch weiter.

»Mein Vater hat damals Versuche an Lebewesen aller Art durchgeführt, meistens an Tieren. Ab und zu soll jedoch auch mal ein Obdachloser dabei gewesen sein. Er brauchte etwas Abgeschiedenes, da es nicht immer rechtens war, was hier passiert ist.« Wieder dieses Grinsen. Es sah so aus, als hätte Henrik Mohr seine Mundmotorik nicht mehr im Griff. »Als eingeborener Hausbrucher

Anwohner kannte er die Legende, dass noch einige von den Stollen existieren. Mein Vater hat damals mit einigen fachkundigen Menschen gesprochen, die ihm verschiedenes Kartenmaterial gezeigt haben. Unter anderem ebenfalls mit einer Handvoll der noch lebenden Bergarbeiter, die hier Kohle abgebaut hatten. Auf gut Glück kaufte er eines der Grundstücke, übrigens direkt neben den Frielings, sowie das große Grundstück, auf dem unser Haus steht. Und siehe da: Er fand tatsächlich ein Stollensystem, das nicht verfüllt wurde. Ein idealer Ort, um ungestört aus niederen Wesen Schwäne werden zu lassen. Mein Vater hatte bahnbrechende Forschungsergebnisse. Aber sein Genius blieb leider unentdeckt, denn er ist verbrannt.« Henrik Mohrs Stimme klang andächtig und er hielt einen Moment inne.

»Und Sie haben Fynn Benner hier gefangen gehalten. Warum?«

»Das kann ich Ihnen jetzt nicht verraten, denn ich muss los. Die Welt ist noch nicht bereit für das Vermächtnis meines Vaters. Wahrscheinlich wird sie es niemals sein. Es wäre in seinem Sinne, nun alles zu vernichten. Ich gebe Ihnen jedoch hier unten die Chance, dass Sie gerettet werden. Ich bin kein Mörder.« Henrik Mohr blinzelte Stella fast verschwörerisch zu.

Sie wollte etwas erwidern, ihr Gesprächspartner hatte sich jedoch bereits entfernt. In der Nähe hörte sie etwas, das klang, als wäre ein sehr PS-schwacher Motor gestartet worden. Nach kurzer Zeit herrschte Stille. Stella versuchte abzuschätzen, wie groß die Wahrscheinlichkeit war, dass jemand sie hier finden würde. Sicher kam es darauf an, was Henrik Mohr vorhatte. Wenn es wirklich eine Viertelstunde her war, dass er sie niedergeschlagen hatte, hatte Banu sie sicher versucht, auf dem Handy zu erreichen, und danach im Präsidium angerufen. Stella hoffte, dass ihre Kollegin so vernünftig war, auf die Verstärkung zu warten. Aber bei Banu konnte man nicht sicher sein. Vielleicht hatte sie auch bei dem Tierarzt geklingelt, war überwältigt worden und lag nun auch irgendwo hier unten.

Stella starrte ins Halbdunkel und auf einmal überkam sie eine Welle der Wut, gefolgt von Selbstmitleid. Warum konnte sie nicht einfach mal problemlos glücklich sein? Sie hatte nur den Fall abschließen und sich dann mit Jupiter eine kurze Auszeit gönnen wollen. Und nun saß sie hier in dieser verschimmelten Zelle mit kahlen felsigen Wänden. Unter der Lichtquelle war ein grüner pelziger Belag zu erkennen. »Lampenflora«, flüsterte sie. Dann erhob sie sich auf ihre wackligen Beine und umklammerte mit den Händen das Türgitter. Vielleicht sollte sie in erster Linie froh sein, dass sie noch nicht tot war. »Aber wie komme ich hier raus? So ganz allein«, sagte sie laut. Stella zuckte zusammen, als sie eine brüchige Mädchenstimme hörte. »Sie sind nicht allein.«

Banu erwachte von ihrem eigenen Schnarchen. Im Wagen war es eiskalt. Sie guckte zweimal auf ihre Armbanduhr, um zu begreifen, dass sie tatsächlich eine Dreiviertelstunde geschlafen hatte. Leise verfluchte sie Stella, die anscheinend eine sehr angeregte Unterhaltung mit dem Tierarzt führte. Wahrscheinlich saßen sie gemütlich auf dem Sofa, tranken Kaffee und sprachen über Katzen. Sie zog ihr Diensthandy aus der Tasche und wollte ihre Kollegin gerade anrufen und sie daran erinnern, dass zehn Kilometer weiter ein alter und wahrscheinlich krebskranker Mann auf sie wartete. Der war mit Sicherheit nicht so attraktiv wie Henrik Mohr, aber eine Unterhaltung mit ihm hatte momentan Vorrang. Als die Beleuchtung das Display erhellte, wunderte sie sich. Ihr Chef hatte in den letzten zehn Minuten dreimal angerufen. Sie hatte wohl so tief geschlafen, dass das Klingeln sie nicht geweckt hatte. Sofort drückte sie auf »Rückruf«. Thorsten Fock war gleich dran.

»Sag mal, wo treibt ihr euch rum? Stella geht auch nicht an ihr Handy.« Banu wollte gerade erwidern, dass im Wald kaum Netz war, was auch stimmte, aber Thorsten ließ sie gar nicht zu Wort kommen. »Wir müssen uns dringend noch mal mit Henrik Mohr unterhalten. Die Frielings sitzen bei uns im Präsidium. Der Stofffetzen von Fynns T-Shirt lag gar nicht auf ihrem Grundstück. Dieses endet nämlich an einem kleinen, bereits zusammengebrochenen Zaun, den man gar nicht mehr als Grenze wahrnimmt. Das angrenzende Grundstück gehörte dem Vater von Henrik Mohr. Er hat es an seinen unehelichen Sohn vererbt. Werther streunt öfter mal dort herum, da auf dem Grundstück niemand wohnt.«

Banu schluckte und erklärte ihrem Chef die Lage, in der sie sich gerade befand.

»Ich fordere Verstärkung aus Harburg an. Auf keinen Fall bewegst du dich vom Fleck, Banu.« Die Stimme ihres Chefs klang betont streng, aber sie bemerkte, dass noch etwas anderes mitschwang. Vielleicht Angst? »Ich telefoniere mal eben und rufe dich gleich wieder an. Wir machen uns auch sofort auf den Weg. Und noch mal: Gehe unter gar keinen Umständen ins Haus!«

Banu rutschte auf dem Sitz hin und her. Sie wusste, dass es gefährlich werden konnte, Stella sofort suchen zu gehen. Sie hatte zwar ihre Dienstwaffe, war jedoch allein. Und falls Henrik Mohr etwas mit dem Tod von Fynn Benner zu tun hatte, war er mit Sicherheit auf der Hut. Vielleicht hatte er Stella in seine Gewalt gebracht und wartete jetzt nur darauf, dass ihre Kollegin den Fehler begehen und allein ins Haus kommen würde.

Aber Stella war schon vor geraumer Zeit in diesem alten hölzernen Kasten verschwunden. Und sie war nun möglicherweise verletzt oder benötigte Hilfe anderer Art. Banu zwang sich dazu, sich nicht noch schlimmere Szenarien auszumalen. War sie tatsächlich die Frau, die untätig herumsaß, während ihre Kollegin vielleicht mit dem Tode rang? Sie öffnete die Beifahrertür, schlug sie jedoch wieder zu, als ihr Handy erneut klingelte.

»Die Verstärkung aus Harburg ist in 15 Minuten da! Wir sind schon auf dem Weg.« Banu versuchte, einen Kompromiss zu finden. Es bestand ja immer noch die Möglichkeit, dass Henrik Mohr unschuldig war und sich gerade mit Stella über Fusselroller und Wurmtabletten austauschte. Aus der Ferne konnte sie Licht hinter den Fenstern im Erdgeschoss sehen. Es flackerte allerdings. Aber vielleicht waren ihre Kontaktlinsen auch einfach in Mitleidenschaft gezogen, weil sie sie eben natürlich nicht wie sonst vor dem Schlafen herausgenommen hatte. Es schadete sicher nicht, wenn sie zumindest einen Blick von außen ins Haus hineinwarf.

Vielleicht konnte sie schnell Entwarnung geben, bevor das Großaufgebot ihrer Kollegen hier erschien. Banu verließ geduckt das Auto und befand sich gerade auf halbem Weg zum Eingang, als sie ein lautes Knallen hörte, als ob Glas zerbarst. Gleichzeitig nahm sie einen bekannten Geruch war. Das Holzhaus musste brennen. Nun konnte sie auch die Flammen sehen, die durch die gerade zerbrochenen Scheiben leckten.

Während Banu mit zitternden Händen die Nummer der Feuerwehr eintippte, brach bereits das Dach des Hauses ein.

Einen kurzen Moment lang war Stella erleichtert, als sie hörte, dass mindestens eine weitere Person hier unten eingesperrt war. Ziemlich schnell kam sie jedoch zu dem Schluss, dass dies nichts an ihrer verzweifelten Situation ändern würde.

»Fenja?«, fragte sie.

»Sie wissen, wer ich bin? Dann sind Sie bestimmt Polizistin.« Die Stimme wurde eine Nuance dunkler. »Yannick Berg ist auch hier unten. Es geht ihm jedoch sehr schlecht. Er schläft meistens.«

In Stellas Kopf arbeitete es unermüdlich. Was hatte Henrik Mohr gemeint, als er sagte, er hätte noch etwas vor? Vielleicht konnte Fenja Licht ins Dunkle bringen. Wenn sie eins hier unten genug hatten, war es ja wohl Zeit. Stella hoffte, dass ihre Kollegen bereits auf der Suche nach ihr waren. Die Frage war nur, ob sie sie hier unten finden würden. Wahrscheinlich war, dass es im Haus einen Zugang zu diesem Stollen gab. Aber es könnte ziemlich lange dauern, bis jemand diesen entdeckte. Genug Sauerstoff schienen sie zu haben. Schließlich lebten die Jugendlichen hier unten schon eine lange Zeit. Stella überlegte, wie lange ein Mensch ohne Wasser überlebte. Waren es drei Tage?

Leider hatte sie ja auch eben gepinkelt. Es würde also kein Urin da sein, den sie trinken konnte. Aber zumindest konnte sie sich anhören, was Fenja zu sagen hatte, bevor sie starb. Oder gerettet wurde. »Weißt du, wieso ihr hier seid, Fenja?« Einen Moment herrschte Stille, und Stella dachte, dass das Mädchen vielleicht eingeschlafen war. Dann jedoch antwortete es.

»Der Mann ist verrückt. Er hat uns täglich Blut abgenommen und DNA-Tests durchgeführt. Er ist besessen von der Idee, dass unsere Gene verändert sind. Und zwar in der Art und Weise, dass wir nicht zu Gewalt fähig sind. Er meinte, dies anhand von Chromosomenanomalien erkennen zu können.«

Stella überlegte. Nun ergaben Fynns letzte Worte tatsächlich Sinn. Henrik Mohr hatte angenommen, dass Fynn, Yannick und Fenja »Schwäne« sein könnten und sie das Stadium der »hässlichen Entlein« durch die genetische Veränderung ihrer Großeltern übersprungen hatten. »Und, hat er etwas gefunden?«

»Nein. Und er wurde immer wütender darüber. Ich habe überall blaue Flecken, weil er mich ständig tritt. Aber er hat nicht aufgegeben.«

»Ich bin zwar nicht besonders gut in Biologie. Aber hätte es nicht gereicht, euch einmal Blut abzunehmen und zu untersuchen? Ich meine, entweder hat jemand eine Anomalie oder nicht. Das müsste sich doch schon in der ersten Blutprobe abbilden.«

»Das ist ja das Verrückte. Der Typ will nicht glauben, dass er falschliegt. Er ist so besessen von diesem Gedanken und erzählt immer, was sein Vater für ein Genie war. Werden wir jetzt sterben?«

Stella überlegte, was sie darauf antworten sollte. Sie konnte natürlich lügen und ihre Situation schönreden, aber sie schätzte, dass Fenja klug genug war, um nicht darauf reinzufallen. »Das weiß ich nicht. Meine Kollegen sind mit Sicherheit schon beim Haus. Aber ob sie den Einstieg in den Stollen sofort finden, wage ich zu bezweifeln. Zumindest könnte es eine Weile dauern.«

Jetzt klang Fenjas Stimme deutlich trauriger. »Das habe ich mir gedacht. Aber danke, dass Sie mich nicht anlügen. Ich bin jetzt auch sehr müde.«

Bei Stella schallten die Alarmglocken. Yannick war vielleicht schon tot. Wenn Fenja jetzt auch noch einschlafen würde, könnte es sein, dass sie so schwach war, dass sie ebenfalls nicht wieder aufwachte. »Fenja, du darfst jetzt nicht schlafen. Erzähl mir bitte alles von Anfang an. Wie seid ihr hierhergekommen? Warum wusste Henrik Mohr überhaupt von euch? Wie ist Fynn hier rausgekommen?«

Fenja lachte traurig. »So heißt der Verrückte also. Der Mann war sehr redselig. Wahrscheinlich hatte er sonst niemanden, außer seinem behinderten Sohn. Den hat er nämlich einige Male mit hier runtergenommen. Vielleicht weil die Schule ausgefallen ist oder so. Der hat aber nie was gesagt, sondern immer nur ›Das Haus vom Nikolaus‹ auf Papier gekritzelt. Fynn, Yannick und ich haben uns anfangs auch viel unterhalten. Und so kann ich Ihnen einiges erzählen.« Fenja machte eine Pause und Stella hörte ein lautes Schlucken. Das Mädchen hatte wohl noch etwas Wasser zu trinken. »Fynns Opa ist gestorben und er hat ihm quasi auf dem Sterbebett eine Anstecknadel mit einem Schwan darauf vermacht. Er hat Fynn das Versprechen abgenommen, nie mit jemandem darüber zu reden, da es gefährlich werden könnte. Nach einiger Zeit wollte Fynn aber doch etwas über die Nadel erfahren und hat sich unter einem Fantasienamen bei Facebook angemeldet und ist einer Gruppe beigetreten. Die hieß ›Rätselhafte Symbole‹ oder so ähnlich. Dort hat er ein Foto gepostet. Und irgendwann hat der Verrückte sich bei ihm gemeldet. Sie haben sich irgendwo im Wald getroffen, er hat ihn niedergeschlagen und in diesen Tunnel gesperrt. Laut seinem wirren Gerede war er schon lange an der Idee dran, die Forschungen seines Vaters weiterzuführen. Er wusste, wie meine Oma und Yannicks Opa hießen, und hat herausgefunden, wer wir sind. Heutzutage ist das ja durch die ganzen sozialen Netzwerke kein großes Problem mehr.« Fenja nahm wieder einen Schluck Wasser.

Stella bemerkte erfreut, dass die Stimme des Mädchens nun wieder wacher klang. Sie war offensichtlich froh, wieder jemanden zu haben, mit dem sie sich unterhalten konnte, denn die nächsten Worte sprudelten nur so aus ihr heraus: »Und jemanden zu überwältigen, der nachts allein, nichts ahnend und angetrunken von einer Party kommt und eine Abkürzung nach Hause durch einen verwahrlosten Park nimmt, so wie ich, ist für einen kräftigen Mann nicht schwierig. Bei Yannick war es ähnlich.«

Stella dachte für einen Sekundenbruchteil lang an Banu. Wenn sie dies hier hörte, würde sie ihre Tochter nie wieder allein aus dem Haus gehen lassen.

Aber Banu war ganz weit weg. Wie in einer anderen Welt. »Diese wirre DNA-Geschichte hatte der Mann übrigens aus Briefen, die sein Vater seiner Mutter geschrieben hatte. Und seinen Tagebüchern.«

»Der war nämlich Arzt und hat in den 70er-Jahren Experimente an Jugendlichen in einem abgelegenen Ferienheim durchgeführt«, sagte Stella.

»Dann haben Sie ja doch etwas herausgefunden. Sein Vater hat diese unterirdische Anlage. Es ist alles alt und die Apparaturen rostig. Aber um uns Blut abzunehmen, reichte es. Nach oben sind wir gar nicht mehr gekommen. Dieser Teil des Stollens ist ein gutes Stück von seinem Haus entfernt. Er hat so ein kleines Golfauto, mit dem er hier unten rumgefahren ist. Gar nicht so langsam.«

»Weißt du, wie Fynn entkommen ist?«

Fenja pausierte einen Moment und sprach dann stockend weiter. »Das ist so traurig. Fynn war der Mutigste von uns allen. Wenn uns direkt in dem unterirdischen Labor nur 50 Meter von hier entfernt Blut abgenommen wurde, konnten wir einen Schacht sehen, der nach oben führte. Und an der Wand lehnte eine Leiter. Fynn ist irgendwann durchgedreht. Ich glaube, er hatte eine Infektion oder so etwas. Jedenfalls ging es ihm schlecht. Er hat immer wieder gesagt, dass er hier nicht sterben möchte. Der Sohn von dem Verrückten ist einmal beim Blut abnehmen vom Anblick umgefallen. Als der Mann sich um ihn kümmerte, hat Fynn ein Skalpell gestohlen. Er hat es uns erzählt. Am nächsten Tag hörten wir einen lauten Krach, als Fynn im Labor war. So wie bei einer Schlägerei. Wir haben Fynn nicht wiedergesehen.«

»Hast du nicht damit gerechnet, dass Fynn vielleicht zu euch kommt und versucht, eure Zellen aufzuschließen? Für den Fall, dass er Henrik Mohr den Schlüsselbund abgenommen hat.«

Fenja überlegte. »Tatsächlich hatte ich das für einen Moment gehofft. Aber dann habe ich gedacht, dass er ja schnell verschwinden musste, um Hilfe zu holen. Er hat es wohl durch den Schacht geschafft. Der Mann ist eine ganze Zeit später ziemlich benommen und sehr wütend zu uns gekommen. Vielleicht hatte Fynn ihn bewusstlos geschlagen. Und so konnte er fliehen.«

Stella setzte sich wieder auf den feuchten Steinboden, denn das schmerzhafte Pochen in ihrem Kopf nahm zu.

»Natürlich hat er uns erzählt, dass Fynn tot ist. Als Abschreckung wahrscheinlich. Er klang sehr wütend dabei, aber auch irgendwie enttäuscht. Da er ja dachte, dass wir die friedlichsten Menschen der Welt sind, hat er natürlich nie mit einem Angriff gerechnet.« Fenja lachte bitter. »Das ist das Ende unserer Geschichte. In den letzten Tagen hat er uns schon immer weniger zu essen und zu trinken gegeben. Mittlerweile hat er wohl eingesehen, dass unsere DNA völlig normal ist. Ich glaube, er hat bereits geplant, hier alles stehen und liegen zu lassen. Dann hätte uns hier sicher nie jemand gefunden. Aber nach Ihnen wird hier gesucht werden. Durch Ihre Anwesenheit haben wir eine Chance.«

»Es könnte sein, dass du recht hast.« Stella gab ihrer Stimme einen euphorischen Klang. In ihr drin sah es jedoch anders aus. »Eine Sache interessiert mich noch. Ich habe in deinem Zimmer eine Liste mit Vokabeln in Deutsch und Finnisch gefunden. Da war auch das Wort

›Schwan‹ dabei.« »Reiner Zufall«, sagte Fenja, die nun wieder müde klang.

Die Feuerwehr kämpfte schon seit zwei Stunden gegen die um sich greifenden Flammen. Derjenige, der das Feuer im Gebäude gelegt hatte, hatte Benzin als Brandbeschleuniger benutzt. Auch wenn das Haus natürlich nicht zu retten war, sollte verhindert werden, dass das Feuer auf den umliegenden Wald übergriff. Glücklicherweise hatte es in den letzten Tagen mehrfach geregnet, sodass das Holz der Bäume feucht und nicht so einfach zu entzünden war. Eine gute Nachricht war, dass die Feuerwehr bisher keine Leichen im Haus gefunden hatte. Natürlich konnte Stella trotzdem tot sein und irgendwo anders liegen. Das Grundstück hatten sie abgesucht, soweit es ging, möglicherweise befand Stella sich in dem alten Stollen, der wahrscheinlich tatsächlich existierte. Und noch ein anderer Gedanke ging ihr durch den Kopf: Möglicherweise hielt Henrik Mohr auch die beiden vermissten Jugendlichen hier gefangen. Das Haus brannte noch immer, sodass Banu und ihre Kollegen nicht nach etwaigen Zugängen in den Untergrund suchen konnten. Es war einfach noch zu gefährlich. Banu klammerte sich an den Gedanken, dass Henrik Mohr ihr noch immer nicht wie ein kaltblütiger Mörder vorkam. Sicher, er hatte möglicherweise den Tod von Fynn Benner zu verschulden. Aber sie wussten nach wie vor nicht, wie es zu Fynns Tod gekommen war. Hatte Henrik Mohr versucht, Fynns Flucht zu verhindern? Oder hatte er ihn vorsätzlich fast zu Tode getreten und ihn dann sterbend in die Freiheit entlassen, in der Gewissheit, dass er mit der Verletzung sowieso nicht weit kommen würde? Da das Auto des Tierarztes fehlte, waren sie sich sicher, dass er auf der Flucht war. Banu war überzeugt, dass Henrik Mohr bald aufgegriffen würde, denn sehr weit konnte er mit seinem behinderten Sohn nicht kommen, ohne erkannt zu werden. Aber hatte Stella noch so viel Zeit? Banu war nicht der Typ, der zu Panik neigte. Wenn sie die Details von Stellas Verschwinden erneut konsequent durchging, musste sie eingestehen, dass es natürlich ein großer Fehler von ihr gewesen war, einzuschlafen. Andererseits wäre sie wahrscheinlich sowieso erst nach 20 Minuten losgegangen, um nach Stella zu schauen. Ihr Schlaf hatte also quasi gut 20 Minuten von der Zeit gekostet, die sie hatten, um ihre Kollegin möglicherweise noch zu retten.

Der Hotelier des Bellevue Hausbruch hatte die Polizisten und die Feuerwehr sofort mit Broten, Kaffee und Tee versorgt, nachdem er erfahren hatte, was passiert war. Er war nun schon mehrfach von dem brennenden Haus zum Hotel und zurück gefahren und hatte immer wieder Nachschub geholt. Banu stellte ihren Becher mit heißem Kaffee auf einen Baumstumpf. Gerade schoss ihr eine Idee durch den Kopf. Sie winkte Thorsten und Gunnar zu sich, die mit ernsten und müden Gesichtern am Waldrand standen und auf die verkohlte Ruine blickten.

»Erzähl noch mal kurz, was die Frielings gesagt haben«, forderte sie ihren Chef auf.

»Also, die Kurzversion ist folgende: Henrik Mohrs Vater hat das Grundstück Mitte der 60er-Jahre gekauft, und zwar zu einem sehr überteuerten Preis. Er vermutete dort einen noch intakten Stollen des früheren Bergwerks.« Thorsten zuckte mit den Achseln. »Das ist so ziemlich alles.«

»Wie weit ist dieses Grundstück von hier entfernt?«

»Es werden so zwei bis drei Kilometer sein.«

»Genau. Und deshalb haben wir Henrik Mohr auch nicht genauer durchleuchtet. Denn sein Haus befindet sich außerhalb des Radius, den Fynn mit seiner Verletzung noch geschafft haben könnte.« Banu zeichnete mit ihrem Fuß eine Linie in den Sand und fügte mit der Ferse einen Anfangs- und einen Endpunkt hinzu. »Nehmen wir mal an, dass dies das Haus ist. Die Linie ist der Stollen und der Endpunkt ist das Grundstück neben den Frielings.«

Gunnars Gesichtszüge erhellten sich. »Ich glaube, ich weiß, worauf du hinauswillst. Vielleicht wurde Fynn nicht hier gefangen gehalten, sondern in dem Teil des Stollensystems – vorausgesetzt es gibt es tatsächlich –, der neben dem Grundstück der Frielings endet. Das würde erklären, wie Fynn es überhaupt bis zu Jules Party schaffen konnte.«

Thorsten hatte bereits seinen Autoschlüssel aus der Tasche gezogen. »Worauf warten wir?«, fragte er.

Banu sprang vor Schreck zur Seite, als sie auf etwas trat, das ein quietschendes Geräusch machte. Sie beleuchtete die Stelle mit der Taschenlampe und entdeckte lediglich ein zerkautes Gummitier. Wie Angela Frieling bereits ausgesagt hatte, war dieses Fleckchen Erde anscheinend Werthers kleines Paradies. Banu blickte sich um. Überall auf dem Grundstück waren Polizisten verteilt, die die

Erde mit Taschenlampen absuchten. Thorsten war bereits zu dem alten runden Brunnen vorgedrungen. Banu stellte sich neben ihn und musterte den schweren perforierten Holzdeckel. Sie zog Plastikhandschuhe über und zerrte an einer Ecke, konnte den Deckel jedoch nicht bewegen. »Es fühlt sich an, als wäre er auf der Unterseite fest angebracht.«

»Oder zumindest mit einem Schloss gesichert. Meinst du, die Frielings haben eine Axt?«

Banu zuckte die Achseln und ihr Chef setzte sich in Bewegung, um beim Nachbarhaus zu klingeln. Banu machte sich darauf gefasst, in den Brunnen steigen zu müssen, falls hier ein Zugang war. Denn für die meisten Männer wirkte der Brunnenschacht zu schmal. Armin, der eher klein und drahtig war, würde eventuell durchpassen. Banu musterte noch einmal die Polizisten auf dem Grundstück und kam zu dem Schluss, dass vielleicht eine Handvoll Kollegen für einen Abstieg in den Schacht infrage kamen. Sie hatte sich bereits mit Thorsten verständigt und sie waren übereingekommen, nicht das Sondereinsatzkommando anzufordern. Es ging hier weder um Geiselnahme noch um Zugriff auf eine gefährliche Person. Und selbst beim SEK gab es kaum Kollegen mit den Maßen, die solch eine Aktion durchführen konnten. Die Mitarbeiter der Mordbereitschaften in Hamburg absolvierten in regelmäßigen Abständen ein Sportprogramm, das sie vielleicht nicht fit für einen Marathon machte, aber für ein wenig Kletterei sollte es reichen.

Banu sah zu dem Rettungswagen, der am Rand der Straße parkte. Sie hoffte, dass sie hier tief unter der Erde Stella finden würden. Vielleicht auch Fenja und Yannick.

Dann würden sie das medizinische Personal sicher heute noch brauchen.

»Geh zur Seite. Ich versuche jetzt, den Deckel zu zertrümmern.« Ihr Chef holte aus und trieb die Axt in das glücklicherweise schon ziemlich morsche Holz. Er brauchte einige Schläge, um den Deckel so zu zerschlagen, dass fast die ganze Öffnung des Brunnens frei lag.

Banu leuchtete hinein. »Sieht reichlich tief aus. Aber soweit ich sehen kann, sind an den Seiten Steigeisen befestigt.«

Thorsten winkte die Kollegen zu sich und musterte sie. Dann zeigte er auf drei Polizisten und zwei Polizistinnen und auf Armin. »So, ihr klettert mit Banu dort runter. Sie übernimmt das Kommando.« Er nickte ihr zu. »Traust du dir das zu?«

Banu bejahte. Sie fühlte sich schlecht, denn durch ihren Schlaf hatten sie kostbare Zeit verloren. Sie wollte es wiedergutmachen, indem sie Stella und möglicherweise auch die beiden vermissten Jugendlichen hier rausholte.

»Ihr wisst nicht, ob oder was euch dort erwartet. Henrik Mohr wird es wohl nicht sein. Es ist unwahrscheinlich, dass er erst das Haus angezündet und sich dann in den Untergrund begeben hat. Zumal sein Wagen nicht mehr in der Garage steht und auch nicht in der näheren Umgebung. Aber nichts ist unmöglich. Also, ich bitte um größtmögliche Vorsicht. Ihr geht nacheinander. Jeder wird mit einem Seil gesichert, das gut 20 Meter lang ist. Hals- und Beinbruch.« Thorsten gab Banu die Hand und half ihr auf den Rand des Brunnens.

Da sie ihre Hände für den Abstieg brauchten, trugen die Polizisten Stirnlampen. Banu nickte ihrem Chef noch einmal zu und begab sich mit den Füßen tastend ins Dunkle. Vorsichtig stieg sie Stufe um Stufe herab und sah, wie die Gesichter über ihr immer kleiner wurden. Banu war fokussiert. Sie konzentrierte sich nur darauf, keinen Fehltritt zu tun. Nach gefühlten fünf Minuten bemerkte sie, dass der Schacht endete. Sie ließ mit einer Hand die eiserne Sprosse über ihr los und zog die Taschenlampe aus ihrem Gürtel. In etwa zwei bis drei Metern vom Schachtende abwärts konnte sie Boden erkennen. Sie würde sich also mit beiden Händen an der letzten Sprosse festhalten und fallen lassen. Da sie 1,65 Meter groß war, wären es dann noch circa 1,40 Meter bis zum Boden. Das schien machbar, aber dennoch nicht ungefährlich. Sie verdrängte die Gedanken an ihre Kinder und Tim und rief in ihrem Kopf ein Bild von Stella auf. Banu zählte leise bis zehn und sprang. Sie war selber verwundert, dass sie sicher auf ihren Füßen landete. »Ich bin unten. Völlig unproblematisch«, sprach sie in ihr Walkie-Talkie. »Der Nächste kann kommen.«

»Banu, bist du das?« Banu leuchtete das Terrain mit ihrer Taschenlampe aus. In ihrer unmittelbaren Nähe standen medizinische Apparate, die aussahen wie aus einer anderen Zeit. Sie leuchtete weiter den Gang hinab. Dann sah sie etwa 50 Meter entfernt eine Hand aus einem Türgitter winken.

Irgendjemand hatte fünf Klappstühle neben den Rand des Brunnens gestellt, und Thorsten hatte darauf bestanden, dass Stella sich erst mal setzte. Sie hatte höllische Kopfschmerzen. Granit war doch tatsächlich noch härter als ihr Dickkopf. Sie sah den Sanitätern nach, die Fenja und Yannick zum Rettungswagen trugen. Bei Yannick waren die Vitalzeichen sehr schwach. Es war wohl fraglich, ob er überleben würde. Sie hatten jedoch Glück gehabt, denn beide Jugendliche waren so schmal, dass sie durch den Schacht gepasst hatten. Die beiden wurden nun in das nächstgelegene Krankenhaus gebracht. Ihre Eltern waren informiert worden. Der Fall war so gut wie gelöst, nur der Täter war noch auf freiem Fuß. Stella hatte sich das nächstbeste Handy geben lassen und sofort Jupiter informiert, der ja von nichts wusste. Sie wollte noch darüber nachdenken, wie viel sie ihm tatsächlich erzählen würde. Thorsten würde sie gleich zur Untersuchung ins Krankenhaus fahren. Sie ging davon aus, dass sie eine Nacht zur Beobachtung bleiben musste.

»Na, du Schnarchnase!«

Banu ließ sich schwer auf den Stuhl neben ihr fallen. »Nun lass mal gut sein. Meinst du, ich mache mir nicht schon genug Vorwürfe deswegen?«

»Dann hör auf damit. Es ist ja alles gut ausgegangen. Und du hast mich sogar noch gerettet. Eigentlich bist du die Heldin des Tages.«

Banu steckte ihrer Kollegin die Zunge raus. Stella umklammerte den Becher mit heißem Tee, den Angela Frieling ihr in die Hand gedrückt hatte. Natürlich hatte sie von ihrem Fenster aus den Polizeieinsatz verfolgt. Sie würde es sicher nicht glauben können, wenn sie morgen in der Zeitung las, dass Henrik Mohr der Täter war. Ihr gut aussehender und feinsinniger Mopsbeschwörer.

»Ein paar Fragezeichen habe ich aber noch. Warum war das unterirdische Labor so weit vom Haus entfernt?

Wäre es nicht praktischer gewesen, die Laborratten so dicht wie möglich am Haus zu halten?«

»Ich glaube, es gibt einen ganz banalen Grund dafür. Wahrscheinlich ist der Stollen nur an dieser Stelle breit genug, um die Zellen und das Labor unterzubringen. Und zusätzlich unter dem Haus zu sprengen, damit es dort einen breiteren Raum geben würde, wäre zu auffällig gewesen.«

Armin gesellte sich zu ihnen. »Die Wände und Decken des Stollensystems sind mit Grubenholz-Türstücken gesichert. Wenn irgendwem seine Machenschaften komisch vorgekommen wären, hätte er die Stützen einfach einreißen können und der Stollen wäre in sich zusammengefallen. Dann hätte niemand sein Labor entdeckt. Wahrscheinlich wäre die Erde eingesackt, aber die größte Strecke geht ja durch den Wald. Es wäre vielleicht nicht so aufgefallen. Ich denke, dass Peter Wedemann, der Vater von Dr. Mohr, einige Helfer hatte. Während sein Sohn wohl tatsächlich allein gearbeitet hat.«

»Henrik Mohr hat dann alles so übernommen. Allerdings hat er überall Kameras angebracht, um seine Gefangenen überwachen zu können.«

»Und Fenja hat von einem kleinen Golfauto gesprochen, mit dem er durch die Stollen gefahren ist. So ein Vehikel fährt gut und gerne 25 Kilometer pro Stunde. Er war also von seinem Haus in fünf Minuten im Labor. Einige Kollegen sind wieder runtergestiegen und gehen den Weg durch den Stollen bis zu dem Haus von Henrik Mohr.«

Thorsten winkte Stella zu sich. »So, Stella, ich fahre dich jetzt ins Krankenhaus. Ich habe noch einige Polizisten bei der Brandruine deponiert. Falls Hernrik Mohrs Frau irgendwann von ihrem Krankenbesuch zurückkommt.«

Sehr mühsam erhob Stella sich. »Wenn die man überhaupt existiert. Ich habe da so eine Ahnung.«

Thorsten stand auf und streckte sich. »So, es wird jetzt für uns alle Zeit, ein wenig zu schlafen.«

Stella protestierte zwar halbherzig, ließ es jedoch zu, dass Thorsten und Banu sie links und rechts unterhakten und zum Wagen geleiteten. Ihr war bewusst, dass sie dem Tod recht nahe gewesen war. Und zwar so nahe wie nie zuvor. Aber sie hielt dagegen, dass sie zwei Jugendlichen das Leben gerettet hatten, falls Yannick überleben würde. Sicherlich würde die Erfahrung, einem Verrückten ausgeliefert gewesen zu sein, sie verändern. Heute freute sie sich allerdings erst mal, dass sie noch am Leben war.

SECHS WOCHEN SPÄTER

Eine dünne Schneeschicht lag über dem toten Holz und verlieh der schwarzen Ruine etwas Märchenhaftes. Der letzte goldene Funke des schwindenden Tageslichts breitete einen warmen Lichtstreifen über den Garten, den nun keiner mehr pflegte.

Stella stellte die beiden Haustiertransporter auf den gefrorenen Boden und setzte sich auf einen Baumstumpf. Sie hatte sich auf eine lange Wartezeit vorbereitet und sowohl eine Thermoskanne mit heißem Kaffee als auch eine randvolle Brotdose eingepackt. Denn sie wusste: Katzen hielten sich nicht an Uhrzeiten. Vor drei Tagen hatte Angela Frieling sie im Präsidium angerufen und ihr von zwei riesigen Kreaturen erzählt, die in der Abenddämmerung über ihr Grundstück huschen und Werther zu Tode erschrecken würden. Sie hatte sie in der letzten Zeit schon mehrfach gesehen. Stella war ein Stein vom Herzen gefallen, denn dies musste bedeuten, dass die Katzen nicht in Mohrs Haus verbrannt waren. Da sie annahm, dass die Tiere ihre nächtlichen Streifzüge wahrscheinlich von ihrem früheren Zuhause aus starteten, war sie ein gutes Stück in den Wald gefahren. Nun saß sie vor dem Trümmerhaufen aus verbranntem Holz, zersplittertem Glas und geschwärztem Stein.

Der Bericht darüber, dass zwei Maine-Coon-Katzen ein neues Zuhause suchten, hatte in ihrem Freundeskreis unterschiedliche Reaktionen ausgelöst. Jupiter hatte stumm den Kopf geschüttelt und auf seine Bettseite gezeigt, wo sich sowohl Shir Khan als auch Caveman und Mafiosa zum Schlafen zusammengerollt hatten. »Levi hat eine Katzenhaarallergie. Außerdem haben wir schon Pauli«, hatte Olivia gesagt. Banu hatte gemeint: »Ich brauche kein Haustier, ich habe einen Sohn.« Aber Bounty hatte ergeben genickt. Sie war noch zu geschafft von ihrem Parforceritt durch die Welt der Migrantenfeindlichkeit, um zu widersprechen. »Okay«, hatte sie gesagt, »aber du musst sie einfangen und ihnen Namen geben. Ich bin so unkreativ.« Da Stella nie mit Dr. Mohr ausführlich über die Katzen gesprochen hatte, kannte sie ihre Namen nicht. Es war ja auch nicht so schlimm, wenn sie ab jetzt anders hießen, denn Katzen hörten sowieso nur höchst selten auf ihre Namen.

Stella holte eine große knisternde Tüte mit Katzenleckerlies aus ihrem Rucksack und fing an, sie zu schütteln. Es dauerte ungefähr eine Viertelstunde, bis sie unmittelbar neben sich ein Knacken im Unterholz hörte. Stella hatte die beiden großen Katzen ja bereits auf einem Foto bei Dr. Mohr gesehen. Der Kater, der nun neben ihr auftauchte, war eine ziemlich beeindruckende Erscheinung. Das rote Fell an seinem Hals schimmerte im Licht der untergehenden Sonne golden und unterstrich noch einmal mehr die Ähnlichkeit mit seinem großen Verwandten, dem Löwen. Im Gegensatz zu seiner imposanten Gestalt klang sein Maunzen mehr als kläglich. Stella streckte ihre Hand aus und der Kater rieb seinen Kopf daran. »Hallo, Spark«, flüsterte Stella, strich dem Tier über den Rücken und bemerkte, wie verfilzt das Fell war. »Schön, dass du gekommen bist. Und wo ist Flame?« Zwar würde sie für die Namen ›Spark‹ und ›Flame‹, Funken und Flamme, auch nicht unbedingt einen Platz auf dem Olymp der kreativsten Köpfe bekommen, aber immerhin hatten sie einen Bezug zu ihrer Geschichte. Sie legte ein Leckerli in ihre Hand und hielt sie dem Kater hin, der die Knuspertasche sofort verschlang und anfing, Stellas Handfläche nach weiterem Futter abzusuchen. »Ihr müsst ja völlig ausgehungert sein.« Stella öffnete einen der Haustiertransporter und schüttelte mehrere Leckerlis aus der Tüte hinein. Spark schien nicht misstrauisch zu sein und sprang mit einem Satz in den Kasten. Stella hütete sich jedoch davor, den Deckel sofort zu schließen. Der Kater könnte nämlich anfangen zu jammern und das würde Flame fernhalten. Diese erschien gerade, wahrscheinlich angelockt durch die Kaugeräusche ihres Katzenfreundes, rechts von Stella im Unterholz. Die Katze war deutlich kleiner als der Kater, aber noch immer wesentlich größer als eine normale Hauskatze. Und sie war deutlich scheuer. Als Stella das Katzenfutter in den zweiten Transporter gestreut hatte, schien Flame hin- und hergerissen von ihrem Hunger und ihrer Angst vor dem Plastikkasten. Stella redete einige Minuten auf sie ein und gab währenddessen Spark immer wieder Leckerlis, damit er keine Anstalten machte, den Katzentransporter zu verlassen. Schließlich ließ auch Flame sich auf die ungewohnte Situation ein und sprang in die

Box. Erleichtert schloss Stella die Scharniere und trug die beiden Vierbeiner, wohl die letzten Lebewesen, die noch auf dem verbrannten Areal gehaust hatten, in ihr neues Leben.

EPILOG
23. APRIL 2016

Es hatte einige Zeit gedauert, die Genehmigung für die Trauerfeier von der Samtgemeinde Lüchow-Dannenberg zu bekommen. Zudem hatten sie sich geeinigt, auf besseres Wetter für diesen letzten gemeinsamen Akt im Fall Alsterschwan, so nannten sie ihn jetzt, zu warten. Die Initiative, noch einmal zur Ruine der Villa Waldlust zu gehen und der Toten zu gedenken, war ursprünglich von Karls Mutter gekommen. Sie hatte bereits im November 1970 um ihren verbrannten Sohn getrauert. Doch nun war er ein zweites Mal bei den Anschlägen in Paris gestorben. In seiner Wohnung hatte man den Umschlag mit seiner Geschichte gefunden und unter Angabe der Umstände nach Hamburg geschickt.

Karl hatte in seinem Testament verfügt, eingeäschert und neben seiner Frau Michelle, Ela, auf dem Pariser Friedhof Père Lachaise beigesetzt zu werden. Dies hatte er schon vor sehr langer Zeit festgelegt. Er war wohlhabend gestorben. Um den finanziellen Aspekt des Begräbnisses musste sich also niemand kümmern. Den Rest seines Geldes hatte er einer Initiative für brandverletzte Kinder vermacht. Emma Lange und ihre Tochter Annelie waren nicht zur Beisetzung nach Frankreich gefahren. Emma hatte vorgeschoben, dass ihr Gesundheitszustand für eine

Reise zu schlecht wäre. Banu wusste, dass Karl nie versucht hatte, Kontakt zu ihr aufzunehmen. Sie hatte in Karls Geschichte herausgelesen, dass er das Gefühl gehabt hatte, von niemandem mehr geliebt zu werden. Er hatte seine Mutter 45 Jahre lang aus seinem Leben gestrichen und wohl das Gefühl gehabt, dass sie ihn im Stich gelassen hatte. Wahrscheinlich wäre eine Teilnahme Emmas an dem Begräbnis in Paris auch nicht passend gewesen.

Die Benners waren auch gekommen, da der Tod ihres Sohnes unmittelbar mit dem Schicksal der Kinder zusammenhing, an denen hier im Namen der Forschung Versuche durchgeführt worden waren.

Aufgrund von Karls Hinweisen war der Schädel von Stine gefunden worden. Ihre Familie hatte das Recht, darüber informiert zu werden, dass noch sterbliche Überreste ihrer Angehörigen existierten. Über die Umstände ihres Todes wurde jedoch nicht gesprochen. Stines Eltern und ihre Geschwister wurden lediglich über die kleine Andacht informiert.

Banu war sehr gerührt vom Anblick von Gustav und Amanda Bluhm, den Eltern von Stine, die, laut Karls Geschichte, das erste Todesopfer der pharmazeutischen Experimente geworden war. Stines Schädel war bereits kurz nach seiner Bergung auf einem Friedhof nahe dem Seniorenheim ihrer Eltern beigesetzt worden. Aber dies war der Ort, an dem sie zu Tode gekommen war. Die beiden alten Menschen hielten sich an den Händen und wurden von Stines Geschwistern, Hannes und Mathilde, flankiert.

Für die Pressekonferenz zur Aufklärung des Todes von Fynn Benner hatte man sich auf folgende Sprachregelung geeinigt: Der Täter, Henrik Mohr, ist davon ausgegangen, dass die in den 70er-Jahren von seinem Vater durchgeführten Medikamentenversuche an Jugendlichen das Erbgut der Probanden verändert haben. Der Täter dachte, dass eine Verifizierung dessen einen großen Durchbruch in der Forschung bedeutet hätte. Deshalb hat er die drei Jugendlichen, Nachkommen der Testpersonen, entführt. Dies war auch der Stand gewesen, den sie hatten, als sie die Akte vorerst schlossen, ohne den Täter jedoch gefasst zu haben. Karls Geschichte hatte die Mordbereitschaft 5 Anfang Dezember erreicht. Nachdem sie einige Zeit diskutiert hatten, was sie damit anfangen sollten, waren sie zu dem Schluss gekommen, sie nicht an die Öffentlichkeit zu tragen. Es gab keinen Zeugen, der das, was Karl über den Mord an Stine und die Rote Nacht geschrieben hatte, bestätigen konnte. Und alle mutmaßlichen Täter waren mittlerweile wahrscheinlich verstorben. Es herrschte zwar noch immer Unklarheit darüber, was aus Dietmar Meyer geworden war, denn der gleichnamige Mann aus Tötensen war nicht der Gesuchte gewesen. Aber selbst wenn er noch leben würde, schien es kaum möglich, ihn aufzufinden.

Letztlich war es zwar nicht unbedingt wahrscheinlich, aber möglich, dass Karl einfach ein Mann mit zu viel Fantasie gewesen war. Vielleicht sind Fiktion und Wahrheit in seiner Geschichte verschwommen. Dies glaubte zwar eigentlich keiner ihrer Kollegen, aber sie konnten auch das Gegenteil nicht beweisen. Und auf gar keinen Fall wollten sie den Eltern von Fynn, Fenja und Yannick darüber berichten, dass ihre Eltern wahrscheinlich Massenmörder gewesen waren. Sie hatten nun wirklich genug durchgemacht.

Banu war nicht ganz klar gewesen, ob es richtig von ihr war, mit Stella zu der Trauerfeier in die Göhrde zu kommen. Sie hatten nicht direkt etwas mit den Toten zu tun gehabt, aber Fenja und Yannick hatten sich Stellas Teilnahme gewünscht. Sie sahen in Stella ihre Retterin, obwohl diese beteuerte, dass sie im Stollen genauso gut hätte sterben können. Tatsächlich waren sie dem Tode sehr nah gewesen. Der alte Stollen war zwar so gut abgeriegelt, dass sie noch nicht mal Rauchvergiftungen davongetragen hatten. Wären sie jedoch nicht so rasch gefunden worden, hätte zumindest Yannick auf keinen Fall überlebt.

Die Erfahrung, einem Psychopaten auf Leben und Tod ausgeliefert zu sein, hatte Stella verändert. Banu war sich sicher, dass sie den Moment, als sie gesehen hatte, wie Jonas Mohr das Haus vom Nikolaus zeichnete, immer und immer wieder durchlebte. Die Erkenntnis, wie es war, hinterrücks überwältigt worden zu sein, hatte sie Banu jetzt voraus. Und diese beneidete sie nicht darum. Stella war heute äußerst schweigsam. Vielleicht weil die Trauerfeier bevorstand.

Von außen betrachtet sah sie jedoch aus wie immer. Dem Anlass entsprechend trug sie ein schlichtes schwarzes Kleid, hatte ihre Haare zu einem einfachen Pferdeschwanz gebunden und war sehr dezent geschminkt. Neu war der zierliche goldene Ring am Ringfinger ihrer linken Hand. Banu war sicher, dass Stella ihr sehr zeitnah Auskunft geben würde, was er bedeutete. Aber heute war nicht der Tag dafür.

Banu war gekommen, um emotionalen Abstand zu gewinnen. Sie hatte kurz nach Abschluss des Falles drei Wochen Urlaub genommen und in dieser Zeit nach und nach ihre seelische Stabilität zurückgewonnen. Denn sie hatte immer wieder das Gefühl, als hätte sie ihre Kollegin im Stich gelassen, als sie im Auto vor dem Haus der Mohrs eingeschlafen war. Diese Dämonen, die sich in ihrem Kopf festgesetzt hatten, hoffte sie heute zu vertreiben.

Für alle war es wichtig, nun abzuschließen. Die Benners hatten Hamburg bereits verlassen und waren nach Stuttgart gezogen. Auch Gretas Mutter hatte signalisiert, die Hansestadt für immer verlassen zu wollen. Sie hatte ihr Haus bereits zum Verkauf inseriert.

Banu überlegte, ob ein emotionaler Abschluss zu diesem Zeitpunkt tatsächlich möglich sein würde. Denn Henrik Mohr war noch immer nicht gefasst worden. Es schien zwar nahezu unmöglich, dass er mit einem Wolfshund, falls es diesen tatsächlich gab, und einem geistig behinderten Sohn nirgendwo erkannt worden war, aber vielleicht hatte er noch einen ähnlich versteckten Unterschlupf wie den Stollen.

Ihre Kollegen in Mainz hatten jedoch Gesine Mohr, die Ehefrau des Tierarztes, ausfindig machen können. Er war in zweiter Ehe mit ihr verheiratet. Seine erste Frau, die Mutter von Jonas, hatte vor mehr als zehn Jahren eine Überdosis Schlaftabletten genommen und war daran gestorben.

Gesine Mohr sagte aus, dass sie sich bereits vor zwei Jahren von ihrem Mann getrennt hatte. Er wäre ihr immer unheimlicher geworden. Nachts hätte er stundenlang in alten Briefen und Tagebüchern seines Vaters gelesen. Er hatte ihr erzählt, dass sein Vater bei seinem letzten Forschungsprojekt einem Brand zum Opfer gefallen war. Er hatte jedoch die Tagebücher bereits nach Hause geschickt, da das Projekt abgebrochen werden sollte. Henrik Mohr hatte fantasiert, dass er dank der Aufzeichnungen seines Vaters in der Lage sein würde, einen gewaltfreien Menschen zu erschaffen. Kinder wie Jonas würden nie wieder geärgert werden. Sie hatte gewusst, dass ihr Ehemann sich schon lange mit Genetik befasste. Als Tierarzt hatte er verschiedene Hundezüchter in diesem Bereich beraten, vor allem, was rassebedingte Gendefekte anging. Um genetische Tests in seinem Labor in der Tierarztpraxis durchführen zu können, hatte er sich viele teure medizinische Apparate angeschafft. Kurz bevor sie ihn verlassen hatte, hatte er ihr erzählt, dass er auch an sich selbst experimentiert hätte und Jonas' Behinderung vielleicht darauf zurückzuführen sei. Natürlich hatte sie überlegt, nach ihrer Trennung irgendjemandem von den Psychosen ihres Mannes zu berichten. Aber sie hatte Angst, dass er das herausfinden könnte und sich an ihr rächen würde. Also war sie einfach weggezogen, hatte jeden Kontakt abgebrochen und auch Jonas seinem Schicksal überlassen, was Banu nicht nachvollziehen konnte.

Am späten Vormittag hatte die kleine Prozession sich vom Parkplatz des Biohotels aus in Bewegung gesetzt. Sie kam nur langsam voran, da immer wieder Pausen gemacht werden mussten, denn sowohl Emma Lange als auch das Ehepaar Bluhm waren schlecht zu Fuß. Laut Wettervorhersage waren an diesem Vormittag Schauer zu erwarten. Aber bisher strahlte eine wärmende Frühlingssonne vom Himmel und nur kleine Wolken sorgten für Schattierungen auf den Lichtungen zwischen den Bäumen.

Die Geschichte von Karl ließ Banu keine Ruhe. Dem Geschriebenen konnte man entnehmen, wie sehr Karl Ela geliebt hatte. Vor allem ihre Tat wollte er erklären. Angehörige von Ela waren nicht zu ermitteln gewesen. So war niemand hier, um der jungen Frau zu gedenken, die Täter und Opfer gleichermaßen gewesen war.

Im tiefsten Herbst und bei Regen war die Ruine der Villa Waldlust ein abweisender und deprimierender Anblick gewesen. Umso mehr staunte Banu über die vielen Farbtupfer, die das verfallene Gebäude von beiden Seiten einrahmten und den Schauplatz des Massenmords eher wie die Kulisse eines Historienfilms aussehen ließen.

Den ganzen Weg über und auch bei der Niederlegung der Kränze und Blumensträuße wurde kaum ein Wort gesprochen. Einzig Gustav Bluhm flüsterte ein gebrochenes »Für Stine«, als er den filigranen Kranz aus perfekt gebundenen Frühblühern neben das große Gesteck legte, das die Benners bereits an eine Mauer gelehnt hatten. Alexander Benners Gesicht wirkte wächsern, während Diana Benner die ganze Zeremonie hindurch lautlos schluchzte. Kurz bevor die Prozession den Rückweg antrat, geschah etwas, das Banu nicht einordnen konnte. Die Benners hatten der Ruine bereits den Rücken zugekehrt, als Diana sich dem Arm ihres Mannes entwand. Sie lief die wenigen Schritte zurück und kniete sich neben das Gesteck. Da Banu Annelie Lange half, ihre Mutter zu stützen, die noch dabei war, einen Blumenstrauß abzulegen, konnte sie hören, wie Diana Benner flüsterte: »Es tut uns so leid, Schatz. Bitte vergib uns.« Einige Momente später war ihr Mann auch schon an ihrer Seite und hakte sie unter.

Den ganzen Rückweg nach Hamburg grübelte Banu über die Worte von Diana Benner nach.

»Kannst du dir einen Reim darauf machen?«, fragte sie Stella, die jedoch angestrengt durch die Windschutzscheibe guckte, um sich offensichtlich voll und ganz auf den Verkehr zu konzentrieren, was sie normalerweise auch beim Gestikulieren und Diskutieren schaffte. Banu war irritiert, denn sie kannte Stella als eine Fahrerin, die sehr selten beide Hände am Steuer hatte, nicht immer einen korrekten Schulterblick durchführte und stets viel zu schnell fuhr. Banu seufzte und beendete die Versuche, eine Konversation zu starten.

»Du kannst mich hier absetzen«, sagte sie, als sie bei ihrer Wohnung angekommen waren. Sowohl Banu als auch Stella hatten sich den heutigen Tag freigenommen. Doch Stella lavierte den Wagen in eine der raren Eimsbüttler Parklücken und machte den Motor aus. Dann wendete sie sich zum ersten Mal seit eineinhalb Stunden ihrer Beifahrerin zu.

»Ich wollte es dir eigentlich nicht sagen, Banu. Und ich hätte es vielleicht auch nicht getan, wenn Diana Benner sich heute nicht so verhalten hätte.«

Banu runzelte fragend die Stirn. Selten hatte sie Stella so ernst erlebt.

Stella räusperte sich. »Du weißt doch, dass Thorsten und ich zu den Benners gefahren sind, um ihnen von der Rettung von Fenja und Yannick zu berichten und ihnen zu sagen, warum ihr Sohn gestorben war.« Banu nickte. »Ich hatte an diesem Tag den Papierkram fertig gemacht und bin am Tag darauf in den Urlaub gegangen.«

»Ganz genau. Ich weiß noch, dass Thorsten und ich gesagt haben, dass wir dir den Urlaub nicht verderben wollen. Und danach hat es irgendwie auch keiner angesprochen …«

»Was denn?«, fragte Banu, die auf einmal ein sehr merkwürdiges Bauchgefühl hatte.

»Du bist meine Kollegin, Banu, und auch fast so etwas wie eine gute Freundin. Und ich weiß, wie nahe dir der Tod von Fynn ging. Er hat ja Merve auch noch gekannt und war im selben Alter. Du hast selbst gesagt, dass du nachts nicht mehr schlafen konntest.« Stella machte eine Pause. »Also, ich mach's kurz. Wir haben den Benners von Henrik Mohrs genetischen Forschungen erzählt und sie waren geradezu schockiert. Denn Alexander war gar nicht der leibliche Sohn von Hans-Nathan Benner. Er wurde adoptiert. Nach dem, was ich heute weiß, gehe ich fast davon aus, dass Hans-Nathan aufgrund möglicher genetischer Defekte keine eigenen Kinder haben wollte. Gudrun Baldrum wollte dies ja eigentlich auch nicht. Und auch Elli Dangemann, Karl und Ela hatten keine Kinder.«

Für wenige Sekunden krallte Banu sich in das Kunstleder des Autositzes.

»Fynn wusste nicht, dass er genetisch nicht mit seinem Opa verwandt war. Dir ist klar, was das bedeutet, oder?«

Banu nickte. »Wahrscheinlich hätte Henrik Mohr zumindest Fynn in Ruhe gelassen, wenn er gewusst hätte, dass er die Genanomalie gar nicht hätte haben können.« Dann riss sie die Tür auf, schnappte sich ihre Tasche und sprang aus dem Auto. Sie brauchte frische Luft.

»Wir können es aber auch nicht zu hundert Prozent wissen, Banu«, rief Stella ihr hinterher. »Soll ich mit zu dir raufkommen?«

Aber Banu schüttelte heftig den Kopf. Sie war Stella nicht böse, weil sie wusste, dass sie sie nur hatte schützen wollen. Aber jetzt wollte sie mit diesem neuen und erschreckenden Wissen allein sein.

In ihrer Wohnung angekommen, zog sie den Mantel aus und schmiss ihn auf einen Stuhl. Dann kamen die Tränen. Banu war ungeübt im Weinen, und so versuchte sie zunächst, sie wegzublinzeln. Im ersten Moment schämte sie sich dafür. Aber dann kam das Bild zurück: ein kleiner Junge, der die sechs Kerzen auf seinem Kuchen ausblies. Banus ruckartiges unterdrücktes Schluchzen ging in ein heiseres Weinen über. Und ebenso gleichmäßig, wie sie nun atmete, liefen ihr die Tränen aus den Augen, verwischten ihre Wimperntusche und pflügten Rinnsale in das unnütze und viel zu teure Make-up, das sie heute aufgetragen hatte.

Sie lehnte sich mit dem Rücken an die Wand und flüsterte: »Fynn hätte nicht sterben müssen. Er hatte nicht die Gene von Hans-Nathan Benner.« Langsam rutschte sie die Raufasertapete entlang, bis sie auf dem Boden saß. Hier blieb sie lange Zeit sitzen und weinte. Tim, der einige Zeit später von der Arbeit kam, zog sie hoch, nahm sie in den Arm und stellte keine Fragen.

ENDE

ÜBER DAS BUCH

Das im Buch erwähnte Bergwerk Robertshall hat es in den Harburger Bergen tatsächlich gegeben. Hier wurde nur für kurze Zeit, von 1919 bis 1922, Braunkohle abgebaut. Es ist nicht hundertprozentig sicher, dass beim Rückbau alle Stollen zugeschüttet wurden. Insgesamt soll es ein 25 Kilometer langes Stollensystem gegeben haben. Da die Stollen zum Teil innen ausgemauert wurden, ist es möglich, dass noch einzelne Stollenabschnitte erhalten sind. Momentan stehen noch die Fundamente der ehemaligen Kohlewäsche sowie einige Mauerreste an der Straße Am Bergwerk. Auf der gegenüberliegenden Seite der Straße wurde dem Bergwerk 2018 ein Denkmal in Form eines Förderwagenmodells sowie einer Gedenktafel gesetzt.

Auch das Alte Ortsamt Süderelbe ist ein real existierendes Gebäude. Es befindet sich seit mehreren Jahren im Dornröschenschlaf. Nachdem zunächst die am Ehestorfer Heuweg ansässige Waldorfschule Interesse gezeigt hatte, die Villa und das Nebengebäude zu erwerben, gibt es aktuell keine Pläne, das Haus zu sanieren. So verfällt es immer mehr. So wie auch das ehemalige Kinderheim Birkenhöhe in Ehestorf. Bis in die 90er-Jahre wurden kranke und behinderte Kinder hierhin zur Kur geschickt. Nun ist es ein florierender Treffpunkt für Fans von Lost Places.

Andere in »Alsterschwan« beschriebene Locations wie das Bellevue Hausbruch sind Fiktion. Es gibt zwar ein Hotel mit Restaurant in den Harburger Bergen. Dieses hat jedoch mit dem von mir beschriebenen wenig gemein.

Auch die Villa Waldlust ist meiner Fantasie entsprungen. Ich bin ein großer Freund von sogenannten Lost Places. Sie vermitteln den Geist einer anderen Zeit und beflügeln die Vorstellungskraft. Und mit Sicherheit gibt es noch das eine oder andere verlassene Gemäuer in der Göhrde, das jedoch mit der Villa Waldlust in meiner Geschichte nichts zu tun hat.

Und nun zu den inhaltlichen Aspekten: Es gab von den 50er- bis in die frühen 70er-Jahre Medikamententests an Heimkindern. Heute weiß man, dass wohl Tausende Kinder für die medizinische Forschung in dieser Weise ohne ihre Einwilligung oder die der Erziehungsberechtigten missbraucht wurden. Hauptsächlich wurden Versuche mit Psychopharmaka durchgeführt. Dies geschah sowohl stationär in Sanatorien und Krankenhäusern als auch im ganz normalen Alltag der Heimkinder mit dem Verabreichen einer täglichen Pille. Obwohl es vielfache Beweise für diesen Missbrauch gibt, wurde bisher kein Pharmaunternehmen oder kein Arzt dafür verurteilt. Bis Mitte der 70er-Jahre gab es keine gesetzlichen Regelungen für die Durchführung klinischer Studien in Deutschland. Diese wurden erst 1976 erlassen. Die Menschen, die für diese Versuche missbraucht wurden, leiden noch heute darunter. Das Szenario, die Versuchsstudie als Kur zu tarnen, habe ich mir für meine Geschichte ausgedacht. Ich halte es aber nicht für unmöglich, dass es so etwas oder so etwas Ähnliches gegeben haben könnte.

Wie wir alle wissen, sind die Anschläge in Paris vom 13. November 2015 traurige Realität. Sie sind nicht die ersten und nicht die letzten in einer Reihe brutalen, sinnlosen und unfassbaren Terrors.

Nachdem viele Geheimnisse des menschlichen Genoms entschlüsselt sind, gibt es aus Forscherkreisen Aufrufe, dass es an der Zeit sei, den perfekten Menschen zu züchten, indem man die Methoden der Gentechnik radikaler einsetzt. Schon jetzt gibt es Medikamente, die zu Genveränderungen führen. Wie ethisch vertretbar dieses Ansinnen ist und ob es sich wesentlich von den Ansätzen des Nationalsozialismus unterscheidet, der ebenfalls die Zucht eines perfekten (arischen) Menschen zum Thema hatte, ist mehr als fraglich. Es gibt jedoch sehr viele interessante Aufsätze darüber.

DANKSAGUNG

Mir fällt auf, dass man sich als Autorin ja meist bei immer denselben Menschen bedankt. Das ist ja auch irgendwie klar, denn die Testleserinnen und -leser sind ja bei der Mehrzahl der Bücher identisch. Umso mehr freue ich mich, dass sich mein Testleserkreis bei »Alsterschwan« um einige Personen erweitert hat. Besonders bedanken möchte ich mich an dieser Stelle bei Susanne, die eine der ersten war, die das Manuskript durchgelesen hatte und Feedback gab. Aber gefreut habe ich mich natürlich auch über die Rückmeldungen von Petra, Julia, Patricia, Blanka, Yvonne, Sandra, Neele und meinem Ehemann Christoph.

Ich finde es auch toll, wie viele interessierte Leute zu meinen Lesungen kommen, und möchte mich an dieser Stelle dafür bedanken, denn man liest natürlich am liebsten vor einem vollen Haus.

Vielen Dank auch an die Mitarbeiter des Gmeiner-Verlags für das mir entgegengebrachte Vertrauen.

Und ein letztes Dankeschön geht an meine Mutter, dafür, dass sie und mein Vater Ende der 60er-Jahre ihr Haus in einem so inspirierenden Stadtteil wie Neugraben gebaut haben. Denn dieser bietet neben der außergewöhnlich schönen Natur eben auch genügend potenzielle Schauplätze für Mord und Totschlag.

Brandes und Kurtoğlu ermitteln:

1. Fall: Falkenberg
ISBN 978-3-8392-2209-6

2. Fall: Elbleichen
ISBN 978-3-8392-2526-4

3. Fall: Alsterschwan
ISBN 978-3-8392-2687-2

GMEINER SPANNUNG

WWW.GMEINER-VERLAG.DE
Wir machen's spannend